The sage cries out: "Open, Gates of Heaven. Bless us and bestow miracles upon us!"

邪龙与圣女

[日] 东出祐一郎 / 著
[日] 近卫乙嗣 / 绘
tomo / 译

北京工艺美术出版社

职阶

裁定者

御主	—
真名	贞德
性别	女
身高&体重	159cm 44kg
属性	秩序·善

筋力 B　魔力 A
耐久 B　幸运 C
敏捷 A　宝具 A++

职阶技能

对魔力:EX
有着剑士级别的对魔力,加上不会动摇的信仰之心,让贞德发挥出极高的对魔力,但也只是让魔术偏移轨迹(绕开贞德)。若在大范围魔术的攻击下,只能保护自身。对教会的秘迹无效。

真名识破:B
一旦作为裁定者被召唤,只要是直接见过面的从者,都将自动得到对方的真名和能力等信息。但是,遇到有隐蔽能力的从者,就需要根据幸运值进行判定。

神明裁决:A
作为裁定者的最高特权。
可以对每位参与圣杯战争的从者行使两次令咒。
不能挪用其他从者的令咒。

固有技能

启示：A

与直觉同等的技能。
直觉是战斗中的第六感，"启示"则适用于与达成目标有关的所有情况（比如在旅行中选择最合适的路线）。但是因为（本人认为）没有根据，所以无法对其他人进行合理解释。

领袖气质：C

指挥军队的天赋才能。贞德在战场上高举旗帜突击的身影，能让士兵的士气达到顶点，让军队团结一心。
因为这个领袖气质，她能让人相信毫无根据的"启示"内容。

圣人：B

证明本人是被承认的圣人。作为从者被召唤时，可以从"提升秘迹效果""自动回复生命值""领袖气质提升1级""有可能制作圣骸布"中，选择一项作为圣人的能力。

宝具

La Pucelle
红莲圣女

等级：C（发动前）EX（发动后）　种类：特攻宝具　有效范围：?　最大捕捉：?

"主啊，我将为您献上此身——"这个辞世之句就是发动技能的咒语，让圣剑放出火焰。这是概念结晶武装，把焚烧贞德的烈火作为攻击的形式。属于固有结界的亚种，将心象风景以剑的形式结晶化。这把剑就是贞德本身，一旦发动宝具，贞德就会在战斗结束后消失。

Luminosite Eternelle
吾主在此

等级：A　种类：结界宝具　有效范围：1~10　最大捕捉：?

贞德生前挥舞的圣旗化作了宝具。以这面旗帜为中心，在有效范围10以内会得到天使祝福的守护。可以直接把贞德超出正常水平（EX）的对魔力转化为物理防御力。但是，在此期间，贞德不能进行任何攻击行为。另外受到的伤害也会积累在旗的本体上，如果随意使用，很快就会坏了。

职阶

裁定者

御主	无
真名	天草四郎时贞
性别	男
身高&体重	169cm 59kg
属性	秩序·善

筋力	C	魔力	A
耐久	C	幸运	B
敏捷	B	宝具	D

职阶技能

对魔力:A — 虽然是剑士级别的对魔力,但对教会的秘迹无效。

真名识破:B — 一旦作为裁定者被召唤,只要是直接见过面的从者,都将自动得到对方的真名和能力等信息。但是,遇到有隐蔽能力的从者,就需要根据幸运值进行判定。

神明裁决:- — 因为他不是这次圣杯战争的参与者,所以失去了这个技能。

固有技能

启示：A

与直觉同等的技能。
直觉是战斗中的第六感，"启示"则适用于与达成目标有关的所有情况（比如在旅行中选择最合适的路线）。但是因为（本人认为）没有根据，所以无法对其他人进行合理解释。

领袖气质：C-

指挥军队的天赋才能。虽然不能管理国家，但是也能建立强大的联系，让志同道合的同伴不畏死亡。另外，因为这个技能，他能让同伴相信"启示"的内容。

洗礼咏唱：B+

被转化成了教会流形式的魔术。对灵体有极大的效果。与他持有的两种宝具一起使用，甚至可以升华从者。

宝具

Right Hand - Evil Eater
右腕·恶逆捕食

Left Hand - Xanadu Matrix
左腕·天惠基盘

等级：D　种类：对人宝具　有效范围：1　最大捕捉：1

为了让一路苦难的信徒们怀抱希望，他一直用自己的双手不断引发奇迹，这就是那双手化作的宝具。能与任何魔术基盘相连接，是可以使用所有魔术的万能钥匙。
同时，用右腕发动类似"心眼（真）"的技能，用左腕发动类似"心眼（伪）"的技能，强化洗礼咏唱。

"烧尽一切……日轮啊，顺从死亡！"

少女露出的笑容，就像盛放的鲜花一样，她说出了自己心中所想。

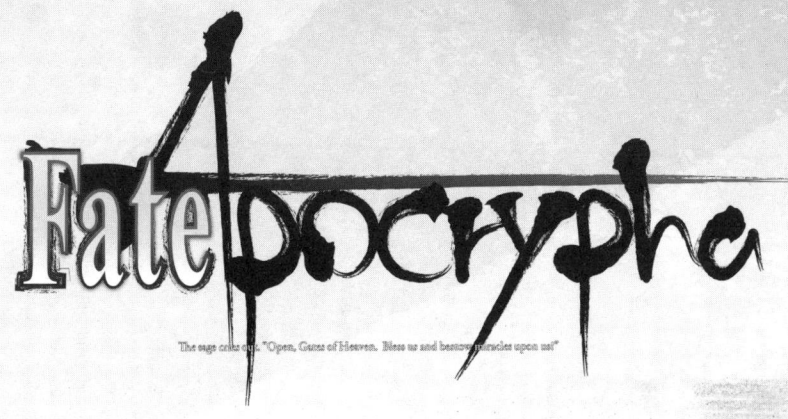

邪龙与圣女

[日] 东出祐一郎 / 著
[日] 近卫乙嗣 / 绘
tomo / 译

北京工艺美术出版社

目录
CONTENTS

序章	001
第一章	009
第二章	071
第三章	163
第四章	205
尾声	283
Apocrypha	299
后记	306

序章

归根结底，人生于世或许没有意义，也没有理由。
同理，死亡也没有理由和意义。
就连这个过程，对世界来说也毫无意义吧。
但影响世界的，正是那些微不足道的选择。

我们出生的时代完全不同。但是，在得知她的事迹之后，我确实产生了无法抑制的共鸣与同情。

我听到了哀叹，听到了民众和他们所信仰的神明的哀叹。我必须要做些什么。在求助无门的情况之下，我做出了错误的选择。

多么罪孽深重，多么愚蠢！

我当时所寻求的，并不是胜利，而是要证明这种充满了苦难与绝望的选择有多么高尚。

所以，杀死他们的不是幕府，而是天草四郎时贞本人。

那么，他们的选择是没有意义的吗？

他们的人生，他们的生存和死亡，难道就一文不值吗？

不是的，一定不是的。那么，又应该如何来证明呢？

应该去憎恨什么人吗？

憎恨逼民众拿起武器的幕府吗？憎恨那些认为这样做没问题的人吗？还是说应该憎恨自己，希望自己毁灭——这样就能得到救赎吗？

不应该是这样的。他们所希望拥有的，只是和平的世界而已。谁也不想拿起武器，给其他人造成伤害。

他们只是被逼到绝境了，因为不这么做，他们就会死。

我觉得如果能憎恨，反而更好。如果我能憎恨杀死他们的人，憎恨这个世界，就能以普通人类的身份迎来毁灭吧。

但是，我很清楚——

自私、执念、傲慢，都是人类难以违背的本性，所以败北是正常的，胜利才是弥足珍贵的。

我也想过要憎恨他们。如果我能憎恨那些刽子手，也许就能沉溺在刹那的快乐之中了吧。

但是，每当我闭上眼睛，我都会想起——那些刽子手只是人类，普普普通通的人类。即便是站在日本顶端的德川也不例外。

我认为,憎恨他们,就等于憎恨那些相信自己、追随自己的民众。

但是,即便如此,我内心也是有恨的。那份恨意在窃窃私语,试图让我沉溺在这些身为人类理所当然的强烈感情中。

是憎恨一切,还是怜悯一切?

我做出了选择。

为一切感到悲痛吧,感到怜悯吧。我相信人类,相信总有一天,人类会抵达"那个地方"。

但是,在抵达"那个地方"之前,人类会失去很多。

遗憾像落下的雪一样越积越多。还有什么是我能做的呢?

我是否有方法治愈他人的哀伤呢?

有的。

那样做一定能正确地拯救人类,是让人类抵达"那个地方"的唯一捷径。

那是奇迹的结晶。

是位于世界外侧的孤高的仪式。

天之杯(Heaven's Feel)——正是第三魔法的名字,而其效果就是"灵魂物质化"。

在世界上,灵魂是永久不变的。星幽界位于与物质界不同的维度,只要被记忆在星幽界的设计图还存在,灵魂就不会死亡。

但是,生物都会死。那是因为,在物质世界,灵魂是不能独立存活的,如果不能与灵体或者肉体之类的东西结合在一起,灵魂就不能作为生命进行任何活动。

而肉体是会消亡的,灵体也是。最后,灵魂也会退化、腐坏。

这是何等矛盾,如此令人绝望地环环相扣。这样的连锁带来了死亡,死亡带来了欲望,欲望令罪恶不断累积。

如果说有什么能颠覆这种让人无计可施的矛盾,打破这种令人悲哀的法则，那就是第三魔法，它可以让这个世界变成完全推崇善良、热爱善良的理想世界——

　　冬木的大圣杯，就是旨在重现这一魔法的魔导器。
　　然而，爱因兹贝伦家族的步伐太慢了。如果不能在圣杯战争中取得胜利，他们就永远没有完成第三魔法的机会。
　　我没有协助他们，他们那孤独的旅途已经过于漫长了。
　　如果想完成第三魔法，就不应该成为魔术师。
　　如今奇迹就在眼前。
　　或许可以尽可能多地带走那些充斥在人世间的悲伤。
　　这是前往终将抵达之地的捷径。
　　不管是善、恶、应该怜悯的人、应该憎恨的人，这一切我都想拯救。
　　所以我才会怜悯那些应该憎恨的人。这些人杀了我深爱的人，我依然要对他们倾注深深的爱意。
　　我必须要歪曲自己的心，打消那些激烈的感情，让那被憎恨浸染的心重回正路，不断自我改造——这样做，都是为了忘记憎恶，转化憎恶。

　　而我虽然是个圣人，但一旦松懈下来，还是会想自我了断。

　　那些过往不可能忘掉。光是压制住内心的想法已经用尽全力，再去怜悯他们更是不可能。
　　他们是如此可恨。
　　内心的杀意是如此强烈。
　　但我已经发过誓，要怜悯，要慈爱。
　　所以，我绝望地背叛了自己。
　　啊，憎恶不会消失，我身上还残留着人类的习惯。
　　但我将那些习惯丢弃并封印，不再去看。我是四郎，我流着血泪，背叛了天草四郎时贞。

我背叛了自己的内心，跨越了无数的苦难，走到了今天。

大圣杯的内侧有视觉性言语中枢魔术回路，这是维持大圣杯运转的齿轮，也是掌管系统的地方。

与周围的一片雪白不同，这个中枢部分充满了魔力，还能看到其中有闪耀着光芒的回路。

这里到处都是魔力线。大圣杯诞生于爱因兹贝伦家族引以为傲的、独一无二的人造生命体，果然连内部都很美。

恐怕这里就是应该进行连接的地方了。四郎找准方向，双膝跪地。

"我的右手吞噬邪恶，我的左手与天相连。"

天草四郎时贞曾经引发无数奇迹，这双手就是那些奇迹的集结。在面对从者的时候，这双手只能算是辅助型的宝具，毕竟对手们都是久负盛名的英雄。

光靠奇迹的话，不可能在圣杯战争中取得最后的胜利。

但是，如果这样，天草四郎时贞所引发的那些"奇迹"又是什么现象呢？在过去的六十年中，四郎对自己进行分析，弄清了这个现象。他发现这两只手能与所有魔术基盘相连接。

如果那片土地是偏重炼金术的，就化作炼金术；如果是偏重咒术的，就化作咒术。这双手可以无差别地与土地上铭刻的任何魔术基盘连接，发动相应的魔术。

也就是说，无论是黑魔术、炼金术、卡巴拉、降灵术、召唤术……任何这个世界上存在的魔术，他都能下意识地使用。

他分析了自己的魔术回路。原本一旦运行，回路就会成为一种固定的脏器。如今，回路却能以秒为单位持续变化，就连数量也会不时增减。

原来如此，如果天草四郎时贞是魔术师——既然有这样的身体，恐怕也会凭借魔术名留青史吧，也可能作为奇妙又珍贵的变种被"保存"

起来吧。

但是，四郎不是魔术师。四郎是为了拯救世界，为了拯救人类而生的。

四郎的目的是取得第三次圣杯战争中的冬木的大圣杯。他通过极少的情报顺藤摸瓜，经过彻底的调查之后终于找到了大圣杯的所在之处……然后，他想到——

如果冬木的大圣杯是庞大的魔术回路，那这双不停改变性质的手，是不是能与冬木的大圣杯同化呢？

与移植这个概念相比，还是用支配来描述更准确吧。虽说只要得到双方的同意，让魔术回路相连是很简单的事，但是，如果只是"单方面"的意愿，并且"连接的一方强行支配对方"的话，就是另一回事了。

然而，天草四郎时贞的魔术回路是个例外。

无论对方是多么了不起的大魔术师，哪怕面对境界记录带（英灵），他的魔术回路都能像自由变换的万能钥匙一样支配对方。

冬之圣女羽斯缇萨的意识已经不在了。现在，这里的她只是巨大的电子计算机，负责管理系统而已。

而且，其他人的意识也不能强加在这里。从进入这里的那一刻开始，从者就会失去人格，成为纯粹的力量留存下来。

如果说还有别的可能，也必须是那种仅仅存在就能成就善恶的英灵吧……但这种英灵真的存在吗？

不过，天草四郎时贞没有失去人格，他还在这里。

自我尚在，而且还有意志。为了给尚未确定的力量找准方向，他有钢炉烈火一样的意志。

这是最后的战斗了。

四郎呼出一口浊气，将双手伸向大圣杯。

不去考虑结果是成功还是失败，只专注于眼前的场景。

——实现我的愿望吧。

第一章

自四郎·言峰进入大圣杯之后，已经过了几个小时。"红"之暗匿者塞弥拉弥斯见等不到结果，便把焦躁的情绪发泄在外来的敌人身上。

"红"之术士莎士比亚的写作告一段落，再次回到大圣杯下方。他有预感，出演这次舞台剧的所有演员已经到齐，是时候该出现变化了。

"哦哦！"

不出所料，大圣杯的亮度开始增加。苍白的光芒时盛时暗，就像在搏动。四郎之前就说过，一旦出现了这个现象，就代表他已经成功侵入大圣杯系统。

此时此刻，既然"红"之术士和暗匿者身上都没有发生任何变化，也就意味着四郎仍然作为一个生命体存在于大圣杯的内部。

剩下的，就是能不能支配系统，实现愿望的问题了。即便成功侵入了系统，也无法确定他的愿望是否能够实现。如果四郎的愿望没能实现，他恐怕就会被永远关在大圣杯内部了。

四郎早就计算过，从大圣杯变成这个状态开始，到愿望实现需要多少时间。

"恐怕，会在一个小时以内。一旦超过一个小时，就意味着我的愿望被大圣杯拒绝，无处可逃的我会被大圣杯视为异端分子排除了吧。"

"红"之术士的怀表是十七世纪前半叶的古董，很难判断准确的时间。怀表上没有秒针，分针的转动也很随机，但还是可以粗略看出一小时的，所以他并不在意。

也就是说，最终的决战，就在这一个小时。

"黑"方从者为了登上"虚荣的空中庭园"，与"红"方从者展开激战。

"红"之术士使用了暗匿者给他的望远魔导器，观看从者们的战斗情况。

几个"黑"方从者正在飞机上战斗，"黑"之骑兵则是骑在骏鹰上，

"啊，每个人都在尽全力登上舞台。这真是——想拦住所有人，应该是不可能的吧。"

尤其是裁定者。无论"红"之弓兵阿塔兰忒怎么应变，这都是一场敌强我弱的战斗。在一个小时之内，"黑"方第一个抵达大圣杯所在的，恐怕就是裁定者了。

这是天草四郎时贞的故事，也是贞德的故事，其他人最多只是配角。像有毒鲜花一样盛放的女帝、作为一切开端的人造生命体、追求爱的叛逆骑士，包括术士自己——存活下来的人都只是配角而已。

但是，这个故事实在是宏大到离谱，太离谱了！因为，这个故事将会颠覆整个世界。

那些平凡的人类不知道庭园中发生的事将决定他们的命运，还在贪睡吧。这也难怪，他们什么也改变不了。一个圣人花费六十年的时光潜心钻研一件事，不是他们能望其项背的。

他决定要拯救，并付诸行动。

如果不想被拯救，只能用更强大的力量打倒他。而在这个地方，有这种权利的，也只有裁定者一人。

圣人也好，圣女也罢，都比其他人更期望人们得到救赎。但是，他们两个人所坚信的，早就是各不相同的两条道路了。

四郎时至今日仍然对贞德抱有期待。说是期待，可能他的本意还是不想战斗吧。贞德才是最大的强敌，也是唯一一个有希望打倒四郎的从者。

"到时候就得靠你的宝具了。"

四郎最后留下这句话，脱离了这个世界。他委托的是"红"之术士。从知名度来看，莎士比亚比作为御主的天草四郎时贞更有名，甚至与贞德齐名，但是，他并不是标准意义上的术士。

莎士比亚是操控语言的人。

从这一点来说，在圣人眼中，他的力量无比渺小。在圣杯战争中，这原本是无用的力量，毕竟就算舌灿莲花，也挡不住剑士的一剑。

然而，他不一样。这个宫廷小丑就是能用挡不住一剑的舌灿莲花迎战英灵，并获得胜利。

只有世界史上独一无二的剧作家莎士比亚才能完成这样的壮举。

"好啦，就祈祷吾辈的巧言令色能奏效吧！如果不能用言语把圣女'烧死'，没命的可就是吾辈了。尽人事听天命，成败在此一举，真是从者的光荣。四郎·言峰这家伙，居然这么信任吾辈，那就只能上了。吾辈已经做好了迎击圣女的所有准备！哈，圣女究竟会如何呢？是先在吾辈开口之前将吾辈击败，还是败在语言的力量下呢？"

"红"之术士带着他千锤百炼的语言，等待圣女的到来。

∞ ∞ ∞

他们曾经同吃同睡。

睡不着的晚上，其中一个人曾经给另一个人讲过故事。

打倒了野兽却换来满身伤痕的时候，其中一个人曾经摸过另一个人的头。

那些美好又温暖的回忆，都是无比珍贵的。

然而，此刻他们犹如两头互不相让的野兽一样瞪着对方，就像把那些过往都遗忘了。原本有十架飞机，现在已经只剩下四架，其中一架还是裁定者的战场。

现在还能用的飞机，包含脚下的一共是三架。但是——

"那么'黑'之弓兵，你的御主在哪里呢？"

"红"之骑兵阿喀琉斯猜测，"黑"之弓兵的御主应该是害怕了吧。虽然有点丢脸，但考虑到现在的情况，也是情有可原。

毕竟这里是七千五百米的高空，可谓是景色绝美的地狱，魔术也不发挥不了什么作用。区区魔术师如果贸然上来，肯定会掉下去。

但从者离御主越远，力量不是应该越弱吗？"红"之骑兵对此感到不安。

而"黑"之弓兵用锐利的眼神否定了他的担心。

"不要小看我的御主，'红'之骑兵。我的御主就在这里，她确实在。

你的担心是多余的,尽情挥舞你的枪吧。"

"黑"之弓兵一边说,一边弯弓搭箭。

"红"之骑兵没有为自己的失礼道歉,沉默着架起了枪。"黑"之弓兵的眼神也在表达不需要道歉的意思。

那么,此刻要做的就是用尽全力战斗。

在这浩渺的天空中,在魔兽吼叫一样的风声里——

"我来了!"

"来吧!"

曾经的老师与曾经的学生。

最博学的贤者与最强的战士。

父与子。

喀戎与阿喀琉斯,开战。

∞∞∞

空中没有皎洁的明月。

据说,"黑"之骑兵曾经在月亮上发现了自己的理性。

虽然不知道故事里说的是不是真正的月亮,但重点是传说中月亮上有他的理性。

反过来说,如果月亮上有理性,那么地面上的骑兵就没有理性。如果月亮没了,那么地面上的骑兵就——

"好,我们上,御主!"

骏鹰的嘶鸣与狂风相比也毫不逊色,高亢地在空中回荡。

骏鹰开始助跑,利爪踏破了钢铁的机身——腾空而起。

"查理曼十二勇士之一——阿斯托尔福来做你的对手!"

骑兵大声喊出自己的名字,虽然只有短短一瞬间,在场的所有人都听到了。

那是传说中的英雄,也是被断言"很弱"的滑稽骑士。

但是,他喊出自己名字的行为却不负英雄之名。

要飞得更高、更快。

著名的魔兽格里芬与母马生出来的骏鹰，原本是不可能存在的幻兽，即便在七千五百米的高空，也将周围的狂风视若无物。

他们势不可当地冲向敌人的城堡"虚荣的空中庭园"。

当然，"红"之暗匿者塞弥拉弥斯不会让他轻易成功。

她启动了迎击术式"十又一之黑棺"。这些巨大的黑棺，是以传说中的怪物提亚马特所生下的十一只魔兽为原型创造的，能发射A级以上的光弹消灭外敌，是"红"之暗匿者的最高杰作。

"红"之暗匿者冷静地观察着大喊大叫的"黑"之骑兵。

他的气势确实没什么问题。之所以经历过一次失败后还能站起来，也是因为他有作为英雄的资质吧。

但是，他输过一次也是事实。而且，看起来他也没有什么对策。当然，也根本不存在对策。

"你以为这次就能躲开吗？愚蠢。你在头骨被打飞之前，好好反省自己的傲慢吧。"

"红"之暗匿者发动了"十又一之黑棺"，将目标定为"黑"之骑兵。

她呵呵一笑，光弹齐发开始扫射。这样就结束了——

"什么？"

然而……

∞ ∞ ∞

天上没有皎洁的明月。狂乱的心已经平静，颤抖却未停止。

白色的骑士并没有坠落。齐格双手环过骑兵的腰，紧紧地抱住他。齐格坚信，自己不需要再说什么了。

无论这位"黑"之骑兵有没有理性，他都是一位勇敢的骑士。毋庸置疑——他是个英雄。

"来啊，是时候了！我的心为没有月亮的恐惧而跳动，但我绝对不会退缩！解放——'破坏宣言（Casseur de Logistille）'！"

"黑"之骑兵拿出一本书。书页纷纷飞出,纸片乘着风,四散飞舞。

光弹以音速逼近。"黑"之骑兵完全不以为意,继续向前冲。哪怕骑兵的对魔力等级是A,敌人也是曾经击落过他的对军级光弹——但这一次,光弹却没能给他造成任何伤害。

伴随着钢铁碎裂的声音,光弹被打飞了。当然,光弹不只有一颗。光弹群像流星雨一样,正瞄准骑兵袭来。

但是,由于骑兵手持解放了真名的魔导书——"破坏宣言",所有的魔术都只能无力地被打散。

"啊哈哈哈哈!太爽了!御主,抓紧我!我要继续提速了!"

"啊,知道了!"

身为御主的人造生命体齐格也用不输给骑兵的声音高喊道。他们的身边,此刻已经被飞舞的书页包围,还有被书页撞碎的光弹。

"好厉害啊!"

"你是说这本书吗?"

"不是!厉害的是你啊!"

因为骑兵能得到女王罗杰斯娅拉的信赖,让她放心把书交给骑兵保管。况且,即便快到最后关头还没想起书的真名,他也有直接飞向高空的勇气。

"哼哼,现在吃惊还太早了!来吧,一马当先!"

骑兵在兴奋的骏鹰头顶轻轻一拍,继续加速。光弹的数量更多了。具有防御功能的十一个黑棺中,已经有六个都瞄准了"黑"之骑兵。

"齐发?好呀,试试看吧!"

一眼看去,射出的攻击已经是光的瀑布了,完全在靠攻击力和数量进行压制。然而,这并没有什么效果。

"黑"之骑兵完全没有退缩,只是不断地向前突击。

"我们的目标是那个又黑又大的炮台!只要没了那个,裁定者他们也能抵达庭园!"

"能打破吗?"

"黑"之骑兵毫不犹豫地回答了齐格的问题:"不知道!试试看吧!"

"呃……那就试试吧。"

这个时候也许还是应该拦住骑兵吧,但是正如他所说,只要破坏了这个炮台,入侵庭园就会变得格外容易。

现在让人担心的,是对面的暗匿者——塞弥拉弥斯会采取什么行动。反正她不可能一笑了之,而她会选择对抗的手段,恐怕也只有一个。

∽∽∽

"原来如此,是因为还有绝招啊。"

惊愕和激动都只有短短一瞬间。"红"之暗匿者很快就恢复了冷静的思考。不过即便如此,她还是不停地用手指敲打椅子的扶手,应该还是很烦躁吧。

"不过,无论如何坚固,那都只是针对魔术的防御。"

她听说过,有的宝具是以张开结界之类的形式施展的防御系宝具。

比如留下传说的盾,或者像"红"之骑兵一样,肉体本身已经化作了防御宝具。

"黑"之骑兵可没有那样的传说。在已知的范围内,他没有与盾有关的传说故事,也没有传说歌颂过他的肉身,反而明白地写着他很弱。

那么,那些纸片是什么?

暗匿者推断,应该是女王罗杰斯媞拉赠予的魔导书。据说,那本书有打破所有魔术的能力。

那么这次与之前那次有什么不同之处?

"是真名解放吗?"

上次恐怕是没有解放真名吧。是做不到还是没有做呢?无论如何,对此刻的骑兵使用魔术是没有意义的。

"那干脆我也把深藏不露的王牌用上吧。"

暗匿者嫣然一笑,发出心灵感应。

"枪兵,有人靠近了,把他们击落吧。"

"明白。"

随着这句淡淡的回答，最强兵器出战了。如果连"红"之枪兵迦尔纳的攻击都不奏效，那做什么都没用了吧。但是"红"之暗匿者确信，那是不可能的。

"还真以为能打破我的魔术吗？不过看在你会被切碎的分上，我就原谅你的傲慢吧。"

这是她唯一不能接受的部分。不过，只要对方最后被击落，多少也能缓解一些她的不满吧。

就这样，最后的王牌"红"之枪兵出战了。

印度最古老的叙事诗《摩诃婆罗多》中的大英雄迦尔纳——能与"红"之骑兵阿喀琉斯不分伯仲，毫无疑问是最强级别的从者。

∞·∞·∞

在感觉到汗毛竖起的瞬间，"黑"之骑兵惊叫道："集中力量！"

很明显，这句话是说给齐格听的。毕竟，就连齐格本人都可以很轻易地察觉到一股鲜明的斗志。

这不是那种让人脊背发凉的恶意，而是让人心都要沸腾的灼热。就像齐格之前的推测，"红"之暗匿者的下一步棋，就是"最强之枪"——

"是'红'之枪兵！"

亲眼看到对方后，"黑"之骑兵不经意间喃喃道。站在黑棺之上的，正是太阳的化身，施舍的英雄迦尔纳！

"抱歉，我要击落你。"

他单手回转神枪，毫不犹豫地自黑棺之上一跃而起。"红"之枪兵完全不理会无言以对的两个人，只是平静地使用"魔力放出"喷射火焰。他的速度超过光弹，快速逼近齐格二人！

"难以置信。"

"我也赞成！我们也上吧，骏鹰！接下来看你的了！"

骏鹰兴奋地嘶吼。听着那怪鸟一样的吼叫声，"红"之枪兵连脸色都没变，一枪挥向"黑"之骑兵。

就在这时，"红"之枪兵的动作僵硬了，那双仿佛能看破一切的冷静眼眸也因为吃惊而睁大了。

他没有命中的手感，但对方的人影不见了。是躲过了吗？不，不是那样的。"红"之枪兵的双眼的确捕捉到了对方二人的位置。

但是，一眨眼的时间内，他们就消失了。

下一个瞬间，"红"之枪兵就明白了。

"次元跳跃！"

"说得没错！我们现在已经不在这里了！"

就像在回答"红"之枪兵的低语一样，骏鹰"出现"在他的身后。

"红"之枪兵神色不变，转过身追在骏鹰的身后。但是，骏鹰和骑在它身上的"黑"之骑兵以及他的御主的身影，再次变得模糊不清了。

"黑"之骑兵胯下这只"非世间所存之幻马"正如字面意思一样，原本是不应该存在于这个世界上的物种。

这个词语本身，就带有"不可能的事物"的含义。骏鹰原本是格里芬与身为"诱饵"应该被吃掉的母马生下的魔兽。

出于这个原因，就如名字的含义一样，这种幻兽连存在方式都是暧昧不清的。

它是活着的还是死的，又或者都不是？甚至连它是否真的在这里都无法确定。

尤其在发动真名后，它发挥出力量时就更是如此，让人更强烈地意识到，这只幻兽并非实际存在的物种。

这也就意味着，它已经从这个维度升华，实际存在被抹消掉了。

但是，它的骑手是真实存在的从者，从者身后还坐着他的御主齐格。虽然从者也被称为境界记录带，是以召唤的形式出现的，但确实存在于这个世界。而齐格即使变身成从者，基本上也是个活生生的人。

每次骏鹰要消失的时候，实际存在的骑手们都会成为一种牵扯。

他们重复着抹消与出现的过程，就这样，哪怕只是一瞬间，但也确实从这个世界上的所有观测手段下消失了。

因此，即便"红"之枪兵的攻击连神都能屠戮，却无法伤害到这只幻兽。

真是不可思议啊,齐格想。有那么一瞬间,他觉得自己死了——就在他下方飞翔的喷气式发动机的轰鸣、狂风吹过的声音,还有以迅猛之势飞驰而来的光弹碎裂的声音,都在转眼间远去。

他看见了幻兽们所居住的世界的内侧。

然而那只是一刹那之间。转眼间声音又回到耳边,他又回到了现实。

紧接着奇妙的事情就发生了,"红"之枪兵正在他们的后方挥枪攻击。他攻击的是直到刚才为止,自己几人所在的地方——留在那里的残影。

"虽然效果还不错,但是用这个办法真的能从'红'之枪兵手下逃走吗?"

"怎么了?"

"嗯……我只是有不祥的预感。"

齐格也和他有同感。"红"之枪兵的攻击不可能到此为止。那么,答案就只有一个。齐格狠狠地蹭了蹭令咒。

∞ ∞ ∞

远远地、远远地、远远地、远远地……

心乱如麻,思绪融入空中渐渐消失。

啊,那东西是如此渺小,渺小到让人伤感。

"裁定者!"

女人的咆哮证明她现在满腔愤恨。

在飞机上对峙的,是裁定者与"红"之弓兵阿塔兰忒。在七千五百米的高空中,强风如刀刃般刮着,这里是谢绝生物进入的绝对魔境。

"红"之弓兵背后,是黄金铸就的鸟笼——空中庭园。不打倒"红"之弓兵,裁定者就无法踏足庭园。

"去死吧。"

"很遗憾,那是不可能的。"

"红"之弓兵对这场战斗抱有阴沉的执念，在她的观念里，这是一场复仇，也是一场厮杀。

裁定者没有这种想法，但她很清楚对方的实力，所以绝对不会放松警惕。裁定者关注着"红"之弓兵的一举一动，无论对方什么时候弯弓搭箭，她都能应对。

裁定者目前偏重防守，但她本质上是擅长近战的从者。当然，作为她的对手，"红"之弓兵则是擅长远距离攻击。

一旦被靠近就拉开距离，持续放箭，这才是弓兵应该遵循的战斗方式。

然而，让裁定者吃惊的是，眼前这个弓兵突然选择了近战。

"红"之弓兵的速度让裁定者大吃一惊。裁定者看着对方全力奔跑的样子，不禁心想，这速度或许已经与阿喀琉斯不分伯仲了。

这样冲过来是因为对裁定者的憎恨吗？不，她马上就做出了判断。"红"之弓兵还没有那么笨，仅仅因为憎恨，就选择冒险近战。

至少，应该还有足以让她选择近战的"某个原因"。不会是因为武器。从她作为弓兵被召唤的那一刻开始，就已经决定了她远距离战斗的性质。即便传说中她有那样的武器，这次应该也无法使用吧。而且，裁定者也根本没听说过关于对方拥有名剑或者圣枪之类的传说。

既然如此，那就是——

"裁定者！"

在落地的同时，"红"之弓兵射出的箭有三支。万幸的是，"红"之暗匿者射出的光弹，目标已经变成了"黑"之骑兵。虽然裁定者也不担心他们的安危，但现在应该专心对付"红"之弓兵。

裁定者将手中的圣旗一挥，打掉射来的三支箭。"红"之弓兵已经近在眼前，她的右手彻底变成黑色，看得出来已经完全被怨灵侵蚀了。

这些怨灵非常低级。对于从者来说，只要主观拒绝，就足以将其净化，但无论事态如何发展，她一直没有做出这样的选择。

错误的事态，已经发展到致命的地步。因此，双方连对话都没有。当视线微微纠缠时，裁定者看到的都是弓兵充满憎恶的表情。

在她使出"必杀技"之前，就只能不停地进攻了。

裁定者毫不犹豫地用圣旗攻击。但是，对方再怎么说也是弓兵，在敏捷度上，是其他人不能比的，更何况传说中的阿塔兰忒是一个有名的"飞毛腿"。

她像野兽一样灵活地躲闪裁定者的攻击。继续拉近距离后，仅用了一瞬间就又射出一箭。只不过，为了保证速度，这一箭牺牲了一些威力，裁定者毫不犹豫地用手部的护甲把箭挡开了。

"莫非近战才是她的真本领？"

"红"之弓兵靠着灵活的双脚，毫不费力地避开了裁定者连续不断的高速突刺和斩击。她只需一瞬间就能开弓射箭，她射出来的箭，快得仿佛手枪射出的子弹。

几个回合后，终于有一支箭射中了裁定者的侧腹部。

但是，这还不足以打乱裁定者的节奏。裁定者好像懒得把箭拔掉，干脆选择置之不理。她现在确信了，"红"之弓兵确实在近战的表现上很出色。但是即便如此，裁定者还是觉得对方选择这么做是一个错误。

裁定者后退，用手中的圣旗横扫攻击。她那面圣旗的旗杆是钢铁制成的，被击中的话还是会受到不小的伤害。

"红"之弓兵对自己的双脚有绝对的自信，她一边继续逼近，一边跳跃躲避攻击。

但是，裁定者毫不犹豫地中止了横扫攻击。她毫不迟疑地放开圣旗，面对冲过来的"红"之弓兵，她改用剑柄击向对方并击中了对方的胸口。

裁定者又一脚把掉落的旗子踢起来，再次握在手中。趁着"红"之弓兵踉跄后退，裁定者用旗帜缠住了她的脚，随后毫不留情地把她卷到半空，再猛地往下摔。

"红"之弓兵被狠狠地摔打在飞机上，她的嘴里渗出了血。

裁定者不会以为这样就能打倒对方，但是她相信，自己已经把对方逼入了绝境。

裁定者希望能尽快解决这场战斗。倒不是因为她急着前往下一个战场，也不是因为担心齐格。

她的理由要更单纯一些。

她觉得，如果这场战斗拖得太久，陷入致命困局的将会是自己。

"红"之弓兵阿塔兰忒是希腊神话传说中的猎人，她参加了剿灭魔兽的行动，也是传说中那艘阿耳戈号上的一员。

裁定者不会天真地以为，像阿塔兰忒这样的人只会使用弓箭。

"红"之弓兵从圣旗中挣脱出来，她的呼吸很乱，低着头，嘴角不断地渗出鲜血。刚才那一下可能伤到了她的内脏吧。

然而，"红"之弓兵笑了。

"哈……哈哈，哈哈哈，好痛，好痛啊……那些孩子们，当时也一定很痛吧。没做过好事也没做过坏事，根本什么事都无法完成，就被杀掉了，他们该有多么绝望啊……"

"你是在说开膛手杰克吗？"

"就是汝……杀了那些孩子！她们不是开膛手杰克，绝对不是！"

"是啊。确实是我杀了他们，而且现在，我还要在这里杀了你。"

"无妨。我们原本就互不认同。无论怎样，无论发生什么，我都要杀死汝。即便——"

"红"之弓兵拿出一团黑色的布。在看到那东西的瞬间，裁定者感觉到大脑都要麻痹了。

"即便，要成为魔性的化身。"

"弓兵！那是——"

不对，那不是布！仔细观察就会发现，那东西表面遍布毛发，扭曲变形。那不是布，而是毛皮，还明显散发着魔力。没错，那块毛皮是——

"卡吕冬的魔兽！"

"没错！即使变成那种令人厌恶的东西，也要杀死汝！我对这右手发过誓！如果不能杀死乱杀孩子的混蛋，还有什么正义可言，还算什么英雄！"

"不会吧……住手，'红'之弓兵！"

"红"之弓兵完全不理会裁定者的阻拦，毅然裹上了那块毛皮。

传说中，在为奥林匹斯十二神准备祭品的时候，卡吕冬之王俄纽斯忘了准备狩猎女神阿耳忒弥斯那份。也有一种说法，俄纽斯之所以没有献上祭品，是因为被选为祭品的就是国王俄纽斯本人。无论如何，阿耳忒弥斯都因没有祭品之事而震怒，放出了巨大的魔兽，那就是卡吕冬野猪。

虽说是野猪，但这只魔兽的体格非常巨大。它全身散发着腐臭的气味，还污染了土地。只要它一靠近，连地上的作物都会腐烂。可以说只要这个生物留在大地上，就会不断带来危害。

所以，人们组织了讨伐魔兽的队伍。

在一个接一个自告奋勇的希腊英雄之中，唯一的女人正是阿塔兰忒。一开始没有任何一个男人能射中野猪，反而被野猪杀死。阿塔兰忒则是第一个射中野猪的人。

接着，活下来的战士们英勇奋战，最终打败了魔兽。俄纽斯的儿子墨勒阿革洛斯用短枪杀死了野猪，剥下猪皮，并砍下了野猪的头。

最后，他却把这些皮和头给了阿塔兰忒。

"最初让魔兽流血的是她。那么，她也应该有权得到这些。"

不知道他这么做是出于单纯的爱慕之心，还是仅仅因为行事公平。无论如何，这种做法激起了其他幸存者的强烈不满。

很多人认为，如果打倒魔兽的墨勒阿革洛斯不要这些战利品的话，自己应该有一份。也有人说阿塔兰忒的箭根本没有伤到魔兽，真正给魔兽留下伤痕的人才应该得到战利品。

对于在森林里长大的阿塔兰忒来说，地位和名誉都没有意义。

但是他们居然说自己的箭没有伤到魔兽，这让她非常意外。

就这样，毫无意义的互相残杀开始了。无论是爱恋她的人、憎恶她的人，还是对她抱有邪念的人，都凄惨地死去了。

阿塔兰忒将这张沾染了憎恶与执念的毛皮据为己有。她觉得这等于是阿耳忒弥斯给她的启示。

不能产生爱恋的感情，不要坠入爱河，否则便会催生出憎恶。

她从来没有想过要去用它。

但是，魔兽的皮就在这里，作为宝具存在于此。

虽然是她本人将其带到现世的，但在此之前她都不知道这个没有意义的宝具要如何使用。

现在，她知道了。

她已经完全懂了。这个宝具，是只有在自己充满憎恶的感情时才能使用的。

当她把一切都舍弃，唯一的愿望就是杀死对手的时候，这个宝具就是上天的恩赐。

啊，随便吧。无所谓。可恶，真可恶啊。那个圣女，那个杀死孩子的圣女。无论如何，都不能原谅她！

"快住手，阿塔兰忒！"

"宝具——'神罚之野猪（Agrius Metamorphose）'。"

那是月之女神阿耳忒弥斯的使者，是神罚的象征。与此同时，也是憎恶与欲望的集合体。

这块毛皮包裹在野猪身上，就会将它变成祸乱国土的大魔兽；包裹在人身上，就会将人变成超越人体极限的怪物；如果包裹在英雄身上——英雄的肉身便会化作魔人。

"红"之弓兵翠绿的衣服被染黑。被染成红色的眸子像蛇眼一样盯着裁定者。

紧接着，黑色的雾霭像要保护"红"之弓兵一样，把她裹了起来。

"红"之弓兵化作魔人，她看似愉快地笑着，抱紧自己的双臂。

"啊，好痛，好痛，好痛，这便是孩子们的痛苦。裁定者，汝也在这些痛苦中陷入永无止境的循环吧！"

裁定者无言以对。

无论是挑拨还是嘲弄，对裁定者都是没有用的。但是，裁定者不能继续浪费时间了。就算是她，一旦从七千五百米的高空落入下方的黑海，也没办法再重回空中庭园了。

所剩的时间不多了——裁定者握紧手中的圣旗。对方虽然还是弓兵，但其实也已不算弓兵了。

"红"之弓兵的所有能力值都不能读取。除了真名以外，她的一切

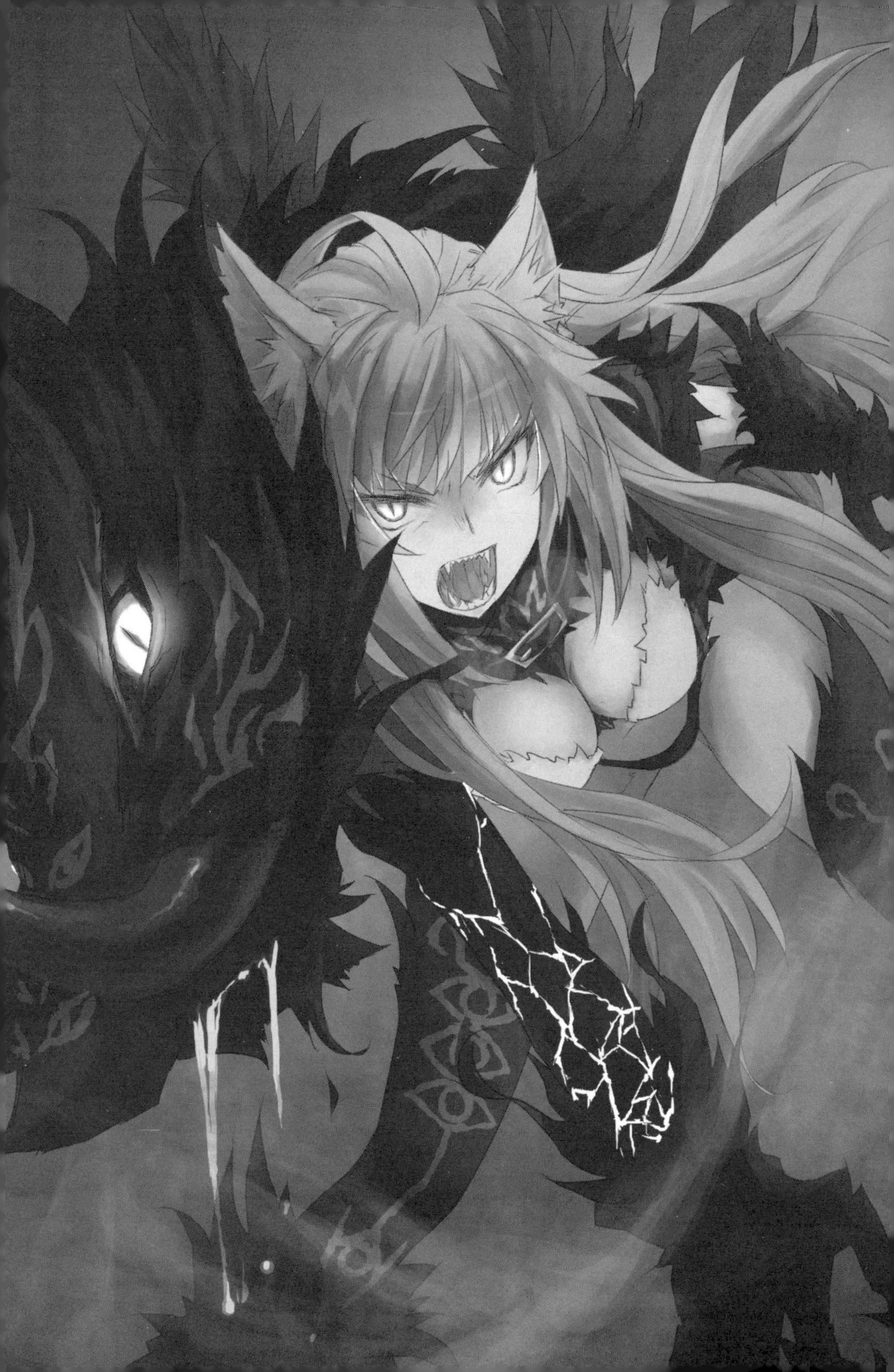

都是未知数，不能再把她和之前那个当成同一个人了。

裁定者向前踏出一步，让对方进入圣旗的范围。

"咦？"

就在那一刹那，"红"之弓兵动了。她的动作实在太快了。

还没等看清楚她的动作，"红"之弓兵已经冲到了裁定者面前。

她接下来的攻击，更是大大超出了裁定者的思考范围。

"红"之弓兵一口咬住了裁定者的肩膀。

∽∽∽

"红"之骑兵曾经认为，互相拼杀是快乐的。

刺出的枪头传来肉体的感触，那是最棒的，没必要想太多。

他甚至希望，这个瞬间可以永远持续下去——与此同时，他又希望能尽早结束。

恐惧的气味如香料一般扩散。眼前这人居然能在枪的攻击范围之内，用与枪同样的攻击频率射箭，太惊人了。

他手上的弓即便被枪击中，也没有一丝一毫的晃动。

那把弓不知道他用了多少年。即便没有名字，却也绝对不差。

他突然意识到，自己的枪柄是用梣木做成的，莫非那把弓也是同样的材质？

枪与弓都是"黑"之弓兵喀戎亲手创造出来的，既然武器性能不相上下，那么就只能在力量上压制对手了。

但是——

"嗯！"

事已至此，"黑"之弓兵的弓绽放出可怕的光芒。他完全没有任何多余的动作，没有一丝破绽，他的射击要么瞄准致命的地方，要么就是为下一次的攻击做铺垫。

在弓术上，他的技术恐怕可以称得上是顶峰了吧。

不知道他和己方的"红"之弓兵谁更胜一筹——即便如此，团体战尚且不论,如果是单打独斗的话,可能连"红"之弓兵也比不上这个人吧。

这种想法其实只有一瞬间。

毕竟,他已经拼尽全力战斗。他一次又一次地重复,一次又一次去面对,不断推敲各种可能的情况。

他把一切都赌在这一战。

生命、名誉、骄傲,他把自己背负的一切都抛却了。

那种快感,简直能让脑子都融化。

他吼叫着,像贪婪的野兽一样不停地吼叫,刺出了手中的枪。

多么可怕啊。

对手的弓,毫无疑问地要取自己的性命。

多么愉悦啊。

他的枪,也毫不犹豫地试图杀死对方。即便作为人类来说这不是美好的品德,但作为战士来说,这就是正道。

只不过,这样还不行。

在自己脑海中重复过无数次的战斗中,"红"之骑兵阿喀琉斯一次都没有战胜过"黑"之弓兵。

即便取胜了,花费的时间也非常长。

他希望能在更短的时间内,在让人激动的刹那之间,一击定胜负。

那么,就只能用那招了——

他的宝具,他的骄傲,原本毫无意义的宝具,原本以为不会有机会使用的"击杀英雄"之枪。

"红"之骑兵拉开距离。他只是向后跳了一步,便来到了飞机的尾翼附近。

"黑"之弓兵看到他的举动,虽然惊讶,但还是迅速搭上了箭。毕竟在这之前,"黑"之弓兵想主动拉开距离是不可能的。

如果是身为弓兵的他主动拉开距离也就算了,对手是骑兵,居然主动拉开距离,这可是没有任何好处的。如果真有的话——

"宝具?!"

"没错,就像你想的一样,'黑'之弓兵!"

"红"之骑兵响亮的声音在暗夜中回荡。

多么大胆无畏的英雄啊,"黑"之弓兵喀戎微微一笑,同时也不敢大意。"红"之骑兵手上的那杆枪是用青铜和梣木做成的,是以前喀戎制造的武器。

阿喀琉斯用那杆枪创造了很多传说。

他用那杆枪打倒了包括大英雄赫克托耳在内的很多勇者。

"黑"之弓兵觉得,对方用尽全力投掷的枪,一定能轻易地把自己从这个世界上抹掉。

但是,他能躲开——"黑"之弓兵有这个把握。

凡是能归类于"投掷"或者"射出"这个范畴的攻击手段,都无法打倒身为弓兵的喀戎。

即便双方相隔如此之远,喀戎还是能完全掌握对方的一举手一投足。从呼吸、神经、眼神的走向,到肌肉的动作,甚至可以说,在此刻这个距离下,因为可以完整地看到对方的身体,反而比接近的时候更容易看穿对方的攻击。

当然,也有些信息仅凭这样的观察是无法读取的。如果因果律被扭曲了,那自己还是有可能在未能察觉的情况下遭受攻击的。

然而,最熟悉阿喀琉斯的"黑"之弓兵可以断定,没有这个可能性。

他生前没有拥有那类宝具的迹象,他的技能和传说故事里也没有那类说法。

但是,"黑"之弓兵继续思考。

他为什么要拉开距离呢?有什么原因,能让他放弃近身作战这个有利的条件呢?

给他答案的不是别人,正是"红"之骑兵自己。

"这杆枪上有连你都不知道的力量,我就让你见识一下吧。"

"红"之弓兵说完,就做出了投掷的动作。"黑"之弓兵随即做出防御姿势,然而看出对方要将枪扔向哪里之后,他更困惑了。

"上吧!我的枪,我的信念——'驰骋天际星之枪尖(Diatrekhon

Aster Lonkhe）！"

那杆枪被抛向天空，在画出一道抛物线后，直接刺入了机体的中央部分。

他攻击的目标并不是"黑"之弓兵，那杆枪上甚至没有一丝杀意。

"这到底是……"

"黑"之弓兵的话只说到了这里。他一直告诫自己，在战场上要保持冷静，并且他一直也是这么做的，此时却因为过于惊讶，浑身都僵硬了。

虽然只有短短一瞬间，但如果有人知道他曾经走神过，便会知道，这一瞬间已经足够致命。

然而，"黑"之弓兵会如此震惊也是情有可原的。不管是魔术师还是从者，看到对方用的这个宝具——不，应该说是大魔术，没有人还能保持冷静吧。

这个世界就是如此简单又牢不可破。

与其说是制造了一道墙壁，不如说是整个空间都被切割了出来，仿佛已经与外界隔绝。但魔力供给依旧如常，所以应该没有完全隔绝。

风还是那么强烈。一眼看过去，好像与之前并没有什么区别。即便如此，却能清晰地感觉到，此刻自己已经身处一个与之前完全不同的空间。

空间正中是"红"之骑兵插在机体上的枪。那杆枪就像一个"轴"，深深地刺入机体——现在应该说是地面了。

脚下已经不是刚才那平滑坚硬的钢铁，但也并不柔软，如果被摔打在上面，还是能造成骨折和神经断裂的。

唯一的问题就是，创造出这个空间的，毫无疑问是那杆枪——"红"之骑兵的宝具。

这个空间，就像那个"起源之人类（亚当）"想创造却没能成功的世界，有点类似于固有结界却又有少许不同。深谙魔术的"黑"之弓兵很清楚，这个空间应该只是堆叠在原本的世界上的。

黑黑的墙壁外侧，一定就是之前的那个世界。

即便如此，这也是半吊子魔术师不可能完成的大魔术。

"没想到你还能用魔术。"

"黑"之弓兵不知不觉间就开口赞扬了对方，"红"之骑兵对着他露出了一个放肆的笑容，摇了摇头。

"怎么做到的已经无所谓了……这个空间，是我为了和那个赫克托耳大叔决一胜负才创造出来的。"

在特洛伊战争中，即便有阿喀琉斯和埃阿斯这样的著名英雄参战，花费数年都没能攻下特洛伊，是有几个原因的。

因为首领阿伽门农的贪婪和傲慢，阿喀琉斯一度放弃了参战。

即便后来他回到了战场，双方的对立仍未改善。因为内部不团结，所以就算他们的战斗力比团结一心的特洛伊军更高，士气方面却居于下风。

再加上特洛伊城有着史无前例的坚固城墙，而且还受到太阳神阿波罗的庇护。

然而，这些其实都只是细枝末节。如果仅仅如此，那么亚该亚军只要多费一番周折，便不会陷入久攻不克的绝望境地。

最大的原因都归结到了一个男人的身上，也就是特洛伊王子——大英雄赫克托耳。

赫克托耳是战士，也是将军、军师，同时也是政治家和王族，他让特洛伊军万众一心，充满斗志地战斗。

在阿喀琉斯因为与阿伽门农对立而退出战场的那段时间，亚该亚军甚至一度被反攻到差点就要撤退。

阿喀琉斯只是为了朋友才参与了特洛伊战争，在他打倒赫克托耳之后，特洛伊军就战败了，这更证明了让亚该亚军陷入苦战的就是赫克托耳这个人。

"那个混蛋大叔，一边笑着说'和你这个获得女神庇佑的人战斗，大叔我可是会遭报应的'，一边避而不战。我为了能和他一对一公平地战斗才创造了这个技能。"

"那是——"

"黑"之弓兵无言以对。

据他判断,在这个空间里,"红"之骑兵应该是有绝对优势的。提升自己的能力,降低对手的能力——这应该才是这个大魔术原本的作用吧。

这样的技能到了这个男人手上,居然被用来制造了一个只求公平战斗,不被外界打扰的空间。

"红"之骑兵很高兴地双拳互击,开口说道:

"在这里没有什么神性不神性的。被打就会流血,超过极限就会废掉,别说第三者,就连个人运气都无法影响这场战斗。这里的时间也是静止的,在这里决出胜负之后,就会决定另一个世界的胜利者是谁。怎么样,很简单吧?"

惊讶的情绪过去之后,"黑"之弓兵自然而然地露出笑容。

"原来如此。那赫克托耳同意了吗?"

"是啊。那家伙说什么'那我还有点胜算',就同意了。虽然最后他还是被我打败了。"

"黑"之弓兵活动了一下脖颈,又踩了两下地面,仿佛在测试什么。

"老师,你接受吗?"

"黑"之弓兵做出了考虑的动作,过了一会儿,仿佛突然想到什么似的问道:"那么,这一战结束之后,我希望你答应我一件事。"

"一件事?"

"是啊,这件事——"

"黑"之弓兵把自己的请求告诉了他。"红"之骑兵面露震惊,这倒是让"黑"之弓兵开心了一点。

"那么,我就接受这场决斗。不过……你有胜算吗?"

"红"之骑兵点了点头。败北根本不在他的考虑之中。甚至可以说,他认为与对方战斗时考虑自己会不会输,这本身就是一种失礼的行为。

隔着插在地面的长枪,一派轻松自如的贤者,与被鲜红色浸染的狂乱战士——"黑"之弓兵与"红"之骑兵再次进入对峙的状态。

"当然有胜算。在这里我不能用枪,与之相对的,你也不能用弓。

一对一，拳对拳。最后还能站起来的人就赢了。"

"你就没想过我会用宝具吗？"

"你想用也没关系。反正你的宝具也都是与弓有关的吧？如果你能打破我用'驰骋天际星之枪尖'创造的这个斗技场，就尽管试试吧。"

"红"之骑兵没有一丝动摇。不仅是因为他对自己创造出来的世界有着绝对的自信，更是因为他相信对方是不会用宝具的。

正如他想的一样。弓兵在这个环境下无法使用宝具，他也没有想过要用。

就算要用，也是在决出胜负之后了。也就是说，那就与目前的战斗无关了。

"哈哈。'红'之骑兵，你对自己的拳头有信心就最好了。"

"喂，装什么糊涂，你自己不也是对所有武术都有涉猎吗？"

"是啊。我确实精通武术，你可能不知道，在这次的圣杯大战中，像'红'之剑士那样的我都能打飞呢。"

"那你就够格做我的对手了。"

"这句话到底是应该由谁说呢？"

二人都露出了嗜血的笑容。即便如此，作为战前最后的礼节，双方还是缓缓碰了碰对方的拳头。

在这个时刻，他们心中没有圣杯大战的条条框框，作为格斗者，心里想的只有自己的名字。他们两个都认为这样是最好的。

三——

"我'红'之骑兵，真名阿喀琉斯，是英雄佩琉斯之子。"

二——

"我'黑'之弓兵，真名喀戎，是大神克洛诺斯之子。"

一——

"现在要堂堂正正——"

零。

"决一胜负！"

阿喀琉斯一记直拳直击喀戎，与此同时，喀戎的勾拳也分秒不差地瞄准了阿喀琉斯的腹部。

两个人嘶吼,瞪视,带着欢喜挥动着必胜的拳头。

此刻他们挥出的每一拳,原本都有着足以定胜负的威力。如果是普通人,在阿喀琉斯的直拳下,头部都会被打碎。而喀戎瞄准腹部的那一记勾拳,也会把包括肝脏在内的脏器都打碎。

即便不是普通人,即便是从者,也不可能还若无其事地站在那里。

即便是一流的从者,也不可能在挨了这两名从者的拳头之后还笑得出来。

这是已经完全失去控制的攻击,只有疯狂的锻炼才能使出的铁拳。

"哦哦哦哦哦!"

"啊啊啊啊啊!"

两个人一边发出不成语句的嘶吼,一边挥舞着仿佛能打碎世界的铁拳。

即便如此,这两个人的拳头不论性质,在方向性上还是大相径庭的。

阿喀琉斯用最直接,同时也是最迅速的攻击瞄准喀戎的头部,简直就是"一击必杀"的代名词。

喀戎的目标则是全身的致命处,用变换自如的连招愚弄阿喀琉斯,这也正是为了杀死对方而存在的拳术。

喀戎心想,和猜测的一样。

阿喀琉斯的拳头确实有着无与伦比的威力。但是,也不能否认过于直来直往了,说明他为自己的强大而自豪吧。

阿喀琉斯一直以来都没有遇到能与之平分秋色的对手。

此刻就该瞄准这个弱点。也就是说,要用超出他预测的行动,不断积累优势,赢得胜利。喀戎教导过众多英雄,能在英雄战斗中一直掌握优势,是唯有他才能实现的战术。

阿喀琉斯是做不到这点的。

作为过于杰出的英雄,阿喀琉斯是无法抵达这个领域的。

"什么?"

喀戎睁大了眼睛,就在他的拳头被挡开的瞬间,阿喀琉斯已经迅速冲到了喀戎的面前。

作为反击,喀戎迅速以能打飞棕熊的力量连续踢出右腿,而阿喀琉斯则伸出双手,想抱住喀戎的膝关节。当然,喀戎飞踢阿喀琉斯面部的速度要略快。

然而,阿喀琉斯就那么抱着喀戎的右膝不放手,向后使出摔投。

这种感觉,与其说是被扔向半空,不如说自己的肉体就像个玩具一样被对方甩了起来——喀戎的脸被用力砸在了地面上。

双方受到的伤害几乎相同。问题是现在的姿势。阿喀琉斯在摔投之后,马上就去抓住喀戎的脚踝钳制住他。喀戎迅速翻身,但阿喀琉斯抓住他的脚踝就是一拧,企图废掉喀戎的膝关节。

为了避免膝关节被扭断,喀戎本可以顺着阿喀琉斯扭动自己脚踝的方向旋转身体,再用另一条腿攻击阿喀琉斯,从对方的控制中挣脱出来。但是喀戎没有这么做,而是双手紧紧按住地面——硬是扛住了阿喀琉斯的攻击。

"什么……"

接下来的事情更是令人震惊。难以置信,喀戎居然只用右腿的力量把阿喀琉斯举了起来。阿喀琉斯咂了咂舌,赶紧放开双手的钳制,与喀戎拉开了距离。

"呼……真是的,吓我一跳。"

喀戎平静地说道。他的唇间渗出了血,应该只是轻微划伤吧。膝关节刚才差点被扭断,现在看上去倒是没事。阿喀琉斯希望自己已经给对方造成了伤害。

当然,阿喀琉斯绝对不会轻敌,甚至没指望靠这次攻击取得胜利。阿喀琉斯相信,从这里开始才是起点——之前还没有倾尽全力,但不用全力就无法获得胜利。

喀戎忍住笑,他在深刻地反省,之前是自己看低对手了。

喀戎也还没有倾尽全力,他活动腿脚和双手,让思绪冷静下来。

随后,他猛地跳了起来,直接踢向阿喀琉斯的头部。

喀戎之前就脱下了鞋。阿喀琉斯马上抬起双手护住头部,喀戎的脚踢在了他的手上。

这一击又重又强,剧烈的疼痛传遍阿喀琉斯的全身。他的双手没有骨折,简直就是奇迹。

不过他还是挡住了。他冲向准备落地的喀戎,进一步用上了肘击。然而喀戎根本没等到落地,就在半空中转身踢腿迎击。

喀戎的腿直接踢中了阿喀琉斯的侧头部。

阿喀琉斯的手肘击中了喀戎的胸口。

阿喀琉斯被踢得陷入了短暂的呆滞状态。刚才的一脚他用双手防御,都差点被踢得骨折,而这一脚几乎踢飞了他的神志……不过,既然对方是半人马,脚力如此强劲也是在情理之中的。

击中侧头部的攻击让他大脑震荡,意识都模糊了,脑中顿时只剩下对这一击的佩服。

但是,也就仅此而已。除非被打碎头骨或者挖出心脏,不然阿喀琉斯可是不会倒下的!

喀戎捂着胸口落到地面。阿喀琉斯完全不顾头上的疼痛,直接一脚踢了过去,直击对方面门。

喀戎虽然也抬手防御,但还是被踢得翻倒在地。这两个人几乎已经完全忘记了,他们此刻其实还在七千五百米高空的飞机上。

阿喀琉斯继续追击重新站起来的喀戎。

他的速度可以称得上是神速。彗星跑法——立于全人类有史以来的顶点,快如疾风。

即便能想象得到,也无法观测到。

阿喀琉斯怒吼着挥拳,使出三连击,而第四击仿佛被预测到了一样,他的手被抓住了。

即便没有人能跟上他的速度,却还是有人能够推测出他的动向。就在短短的挥拳过程中,喀戎看穿了他第四拳的动作。但是,阿喀琉斯早就知道他能看穿,所以他挥出的拳头有零点几秒的加速,还在出拳的中途把拳头变成了手刀。就像喀戎预测自己能看穿第四击一样,阿喀琉斯也猜到自己的老师必然能看穿第四击。

阿喀琉斯的手刀直击喀戎的咽喉。这一刻，仿佛呼吸都停止了。喀戎的惊叹让阿喀琉斯窃笑——就在一刹那间，阿喀琉斯使出的手刀被喀戎的双手捉住了。

阿喀琉斯想抽出自己被捉住的手腕。然而，喀戎在抓住阿喀琉斯的一瞬间，就已经迅速开始了下一步动作，终究是比没有准备的阿喀琉斯更快一些。喀戎在跳起的同时，用腿缠住了阿喀琉斯的脖子——他利用跳起来的动势，折断了阿喀琉斯的左手。

"咔"，讨厌的声音在阿喀琉斯的体内响起。在被对方带动的一瞬间，阿喀琉斯就迅速感受到了那股剧痛并随之失去了对左手的控制。然后，他意识到喀戎现在抓着他的手臂，无法采取其他任何行动，这情况对自己来说是个好机会。

阿喀琉斯的右拳再次攻击喀戎的胸口，他认为用自己的左手换取这次攻击还是很划算的。

在回归现实之前，左手是不能用了。但是，自己还有双腿和右手。只要还有这些，他相信自己还是可以继续战斗的。

喀戎迅猛地向右转身并使出一招猛踢，然而没有任何铺垫的攻击并没有什么作用。

阿喀琉斯在千钧一发之际躲过了这一击。喀戎的脚在他眼前划过，露出了后背。阿喀琉斯准备抓住这个绝好的机会，但是——

"咦？"

他全身都僵硬了。喀戎背对着他正在计划着什么。

——糟糕，快撤回来！

背对他的喀戎猛地倒仰上半身，头部深深下沉，与此同时，已经落地的右脚再次踢起。

这是一个刺踢的动作，目标直指阿喀琉斯的面门。不过阿喀琉斯已经交叉双臂摆出完美的防御姿势——挡住了！紧接着，他挥出拳头，击中喀戎的脚后跟。

"啊！"

骨头碎裂般的剧痛让喀戎失去了平衡。阿喀琉斯确定喀戎不会继续用腿攻击后，准备直接上前把他摔出去，却被对方看穿了。双方的优劣形势就像变魔术一样逆转，回过神来，反而是阿喀琉斯被摔了出去。

就像刚才一样，这是想直接把对方的头颅打碎的一摔。阿喀琉斯拼命找回平衡，看喀戎想骑上来，便一脚踢向对方的肩膀。

预判之上还有预判，反击之后还有反击。

彼此之间没有语言。光是调整凌乱的呼吸都拼尽全力了。双方都在思考用什么方式战斗才是最合适的。

然而还没有开始思考，一瞬间就已经得出了结论。

归根结底，人之所以要拿起武器，就是为了打倒用拳头无法打倒的敌人。然而在这个公平的战场上，只有拳脚才能打开一条血路！

喀戎感觉到莫名的爽快，他举起了拳头，像乘着狂风一样跳跃，运起浑身的力量使出一记重拳。

阿喀琉斯挨了这一拳，但还是凭借与生俱来的坚强意志向前踏了一步。

喀戎承认了阿喀琉斯的勇猛果敢，他已经是一个远超自己预想的大英雄了。

他已经站在比自己更高的地方，见到了自己不曾见过的风景。那里就是顶点吗？或者还只是前往顶点的途中？喀戎不知道，但是，他也想亲眼看一看。

如果打倒他，自己就能看到了吗？

如果用自己的拳头打倒他，就能站到他所在的高度了吗？

想站上去。

想打倒他。

想去夺取。

喀戎想赢，只是想赢。

这种感情迫切地、一步步地涌现。

一直压抑的激情仿佛怒涛般迸发。

他吼叫着。

他不知道自己在喊什么。也不想知道。

直拳、刺拳、上勾拳，喀戎以神速不停地出拳攻击。

阿喀琉斯这边则用格挡、闪避、退步等方式一一化解，在躲避攻击的同时还在不断向前冲。

在这样实力不相伯仲的情况下，基本上不会出现一击制胜的场面。至少喀戎是这样认为的。

阿喀琉斯却不这么想。

自己的拳头中，有信念，有矜持，有骄傲，有爱。

现在必须忍耐、忍耐、再忍耐，等待最合适最好的时机。

他的人生仿佛疾风般驰骋而过。

友人、母亲、父亲、老师……大家都给予了他很大的帮助。

虽然他的人生很短暂，但他一次都没有后悔过。

——啊，那就赌上这一切吧。

浑身浴血，皮肤撕裂，骨头折断，神经断裂——与之相对的，用十秒钟的绝望做代价，换来了微不足道的，不知道能不能插进一张纸的微小间隙。

他从未想过这是不是一个陷阱。如果这是一个陷阱，喀戎一定已经站在了遥不可及的更高处吧。

但是，他可以确定他们没有这么大的差距。他身上有着唯一一项不是喀戎教导的东西，也是喀戎无法教导的东西。那就是随着不断地战斗，自然而然出现在他身上的——战士的直觉。

不过，即便这真的是陷阱，阿喀琉斯应该也会觉得无所谓吧。

对他来说，如果老师真的身处那么高的地方，那不是更好吗？

这一切的思考，都发生在很短的时间内，而且这些思绪没有给他出拳的速度带来一丝一毫的影响。

他的目标是灵核。没有任何多余的假动作，只是一拳直击。

"接招吧，喀戎。这是我的拳头，我的剑，我的枪，我的攻击，我的一切！"

这是他最快、最强的一击。

承受这一击的瞬间，喀戎突然明白了一切。

这一击的背后包含了多少汗水，这一击能打倒多么强大的对手，以及自己是否能够承受。

喀戎懂了。

这一记右拳，承载了阿喀琉斯的全部。在这样的条件下，应该足以打倒世界上任何一个著名的英雄吧。

喀戎自己也不例外，一定会被打倒。

这一击的威力，足以打碎灵核，喀戎全身都麻痹了。

即便如此，他脑中产生的第一个念头其实是夸赞。这一拳，不是随便什么人都能做到的。这一拳，是英雄作为英雄而生，经过不懈的钻研才能使出的一拳。

这是能与宝具相提并论的。

所以喀戎也只能这么说："了不起。"

"感谢。"

喀戎伴随着感慨倒下了。他没有站起来，因为能支持他站起来所必需的东西已经被破坏了。

即便如此，阿喀琉斯也没有疏忽大意。他忍着全身的剧痛后退，拔出了刺在大地中央的那杆枪。

斗技场恢复如初。缓慢的时间再次回到了原本应有的速度。

但也有些东西回不去了。阿喀琉斯受的伤没有马上复原，喀戎的灵核也已经完全被破坏了。

这种伤势不是治愈术能缓解的，在接受挑战的那个瞬间，喀戎已经斩断了所有保障。即便有复活的宝具或者技能，也已经无能为力。

因为这场一对一的战斗，输就是"死"。

"谢谢你，老师。"

阿喀琉斯是这样说的。喀戎沉默着摇头。

"是我应该谢谢你，阿喀琉斯……你很强，你真的是最强的。"

"老师……我的力量，我的技巧，都来自你。这一切都是因为有你的教导。"

喀戎笑了。

他的唇间渗出鲜血。他已经连站起来的力气都没有了。他只是躺在原地,望着幽暗的天空。

看着老师离世——这是阿喀琉斯生前没有经历过的事,实在是很痛苦。

"别叫我……老师了。我已经没有这个立场了。既然那场决斗已经结束,你就应该叫我'黑'之弓兵了。"

阿喀琉斯——"红"之骑兵刚想说什么,却被打断了。

"我现在还活着……既然还活着,我就是你的敌人。我们不是喀戎和阿喀琉斯,而是'黑'之弓兵和'红'之骑兵。给我最后一击吧,阿喀琉斯。"

"我做不到。"

"红"之骑兵松开了握紧的拳头。眼睛里的疯狂已经消散,一直以来那种理性又为人着想的平静重新出现在他眼中。

"我在和你战斗的时候没有使用宝具,是有原因的。"

"黑"之弓兵突然轻声说道。

他用手按住自己破碎的心脏。能留在现世的时间很短了,他的第二次生命已经结束,正在迎来第二次死亡……即便如此,他还是说了这么一句突兀的话。

"原因是?"

这个话题让"红"之骑兵感到一阵恶寒。

他下意识从已经濒死的弓兵身边退开了一点点。

"在我能用的攻击手段中,这个宝具的威力和精密度毫无疑问是最高的。但是,最重要的是它有一个特点。"

不知不觉间,"红"之骑兵已经被对方的言辞吸引。虽然他还能感觉到无法抑制的恶寒,却无法打断"黑"之弓兵要说的话。

"当然了,这也是用于攻击的宝具。那么,我就需要弯弓搭箭。这是必然的吧。剑也好,枪也罢,各种宝具都是需要拿在手上发动的。"

虽然拿起每种宝具的方式也是千差万别。有以诅咒为主轴的,有用剑本身作为媒介的,也有不用武器本身,而是把升华的技能称为宝具的。

"但是，我的宝具和这些都不一样——夜空中闪耀的星星，只要那也是我，我就可以随时弯弓搭箭。"

在听到这句话的瞬间，"红"之骑兵全都明白了，他想远远向后跳开。但是，"黑"之弓兵嘴角带着笑意，高声宣布：

"也就是说，我的宝具已经发动了。瞄准的目标也早就确定了。我没有自己积蓄魔力的必要，也没有喊出真名发动宝具的必要。因为我早就已经——瞄准目标做出攻击了。"

当"红"之骑兵意识到发生什么时，这一切已经全部结束了。

射手座早就已经搭好了箭，拉满了弓。"黑"之弓兵发动宝具所必需做的，只是为这次攻击定下目标而已，甚至不需要发动真名。

宝具名为"天蝎一射（Antares Snipe）"。

这是只有一直在空中拉紧弓弦，时刻瞄准天蝎的星座才能做到的射击。

使用弓箭这种武器，就难以避免致命的延迟，而这一击可以让延迟为零。可以说是打破规则的宝具。

流泻而下的星星准确无误地射穿了阿喀琉斯的脚后跟。

"啊——"

剧烈的疼痛缠绕上了"红"之骑兵——他记忆中有过这种疼痛。

他品味着生前就经历过的疼痛。这种仿佛要被剥掉皮一样的感觉，就是脚后跟处被刺穿的疼痛！

"你……弓兵！"

"黑"之弓兵放心地呼出一口气。

"我的星座，准确地射穿了应该射穿的地方吗……最后的最后，我终于也算是完成了从者的职责吧。"

"红"之骑兵不再叫了。因为他清楚，怒吼解决不了什么问题。"黑"之弓兵的眼睛里没有了生机。流星的一击，已经用尽了他的最后一分力量。

脚下忽然开始晃动——飞机在下坠。"红"之骑兵只能从仅存的三架飞机中选择一架跳过去。

"黑"之弓兵在坠落。

但是，他没有留下什么遗憾。在最后，他也作为从者尽到了一点自己的职责。

而这样做会给自己带来愉悦，则是他意料之外的结果。因为他一直认为，如果被召唤参与了圣杯战争，自己一定避免不了卷入魔术师之间的纷争。既然是作为从者被召唤的，回应那份期待就好。但是，他从没想过要更进一步参与其中——明明一直是这么想的。但等到他回过神来，却已经在拼命地战斗了。

不够格做仆从的从者和不够格做魔术师的御主——二人奇迹般地相遇，又像这样分别。

菲奥蕾·弗尔维吉·尤格多米雷尼亚没有作为英雄的器量。

虽然她是一流的魔术师，但这样的人并不稀缺，只能说是最平凡普通的那类。

但是，她很拼命。就如字面意思一样，她可以赌上性命，赌上骄傲，一往无前、过于正直地去面对挑战。

她一直在力所能及的范围内，努力去做能做到的事。

她担心失去，害怕失去，还会流泪，但即便如此还是会赌上性命，去做孤注一掷的豪赌……这是任何人都做得到，也是任何人都做不到的事。

这样很好。

平凡就很好。正是因为平凡的人也会拼命，人才会化作闪耀的星辰。

那么，就希望他们作为自己最后的弟子，能够闪耀光芒吧。

即便知道这是自己的傲慢，但他果然还是喜欢这些懂得教育、学习、引导和被引导的……当下的人类——

"黑"之弓兵最后安心地吐出一口气，就此消失了。

"你可真是狡猾啊。"

"红"之骑兵话中所指的，并不是喀戎隐瞒了流星攻击这件事。因因为在最后,他不再是喀戎,而是重新回到了"黑"之弓兵的身份。

他是作为从者,为了完成打倒"红"之弓兵的职责而死的。

正如喀戎非常了解阿喀琉斯一样,阿喀琉斯对喀戎的性格也非常熟悉。

如果只是普通的御主,他是不会这么拼命的。至少最后那场战斗,应该就足以让他满足地消失了。

也许,对于"黑"之弓兵来说,他遇到了一个好御主吧。

虽然敌我阵营不同,但"红"之骑兵不由得感到安心。这样也好。

脚后跟上的箭已经不见了,但那种感觉让他明白,自己的"不死之身"已经被剥夺了。脚后跟既是致命之处,也是关键所在。自己的身体曾经能避开所有攻击,现在无论对方有没有"神性"技能都无所谓了。他为之自豪的速度,暂时被削弱了七成。

即便如此,也不是说"红"之骑兵就一定会败北。就像钻石哪怕蒙尘也永远是钻石一样,阿喀琉斯这样的英雄,也不会因为这样的挫折而失败。

至少,对手那些从者——"黑"之剑士、"黑"之骑兵这些人,他还是有自信能对付的。也许要面对裁定者还是比较困难的,但她以防守为主,和她战斗本来就不会输。

现在的问题就是那个约定了。

他没有义务遵守约定。那只是对方单方面对自己的委托而已。说是约定,但也分能遵守的和不能遵守的……只不过,"黑"之弓兵确实在"红"之骑兵的领域里战斗了。如果"黑"之弓兵不同意,一定有办法找到机会发动宝具,那样做还更有可能获胜,而他之所以没有那么做,虽然也是出于他本人的愿望,但……

突然间,让人难以置信的咆哮声响彻夜空。

"红"之骑兵循声看过去,对眼前的情景感到大为震惊。

"那是……什么?"

他倒吸一口凉气。明明不久前她还是那副自己已经看惯了的样貌,现在却已经面目全非。

∞∞∞

"呃……嗯？"

肩上的血肉被扯掉了一块。

裁定者抛开那一瞬间的震惊，挥动圣旗牵制对手的攻击。可是，"红"之弓兵轻易打破了牵制，对裁定者穷追不舍。

这个速度太不同寻常了，并不只是跑得快而已，如果只是那样，裁定者当然也有对付"红"之弓兵的办法。

毕竟裁定者曾经挥舞着手上的圣旗，穿梭在箭矢与炮弹交织的战场上。

但是，对方的速度已经远远超出了生物所能到达的领域。

"红"之弓兵的动作就像完全没有"起点"一样。层层的黑色旋涡包裹着"红"之弓兵，让她的动作完全提升了一个级别，甚至让人觉得她就好像要溶解在这个旋涡里一样。不，这恐怕不是错觉，似乎是真的开始溶解了。

卡吕冬的野猪是魔兽，而魔兽就是不属于这个世界生态系统的生物的统称。魔兽的存在方式本身就是一种神秘，是超越了魔术的存在。

更何况，这只从神代开始就存在的魔兽，还是月之女神阿耳忒弥斯的使者。裁定者推测，它的灵格就算比不上神兽，也足以与幻兽匹敌。

但是，魔兽与从者融为一体，是否还算得上是"活着的生物"？这一点恐怕没有定论。

希腊的著名英雄们与它陷入苦战也是情有可原的。生物必然拥有骨头、神经、血肉，但看它的举动，它似乎并没有这些东西。

就好像是与偶然化作人形的不定形生物战斗一样。

而且这个不定形生物，还是有意识的。

那个不祥的笑容甚至让裁定者都感到脊背微微发冷。

"你清醒些，'红'之弓兵！"

对方并没有回应她的呼唤。就好像根本没有那个必要一样，"红"

之弓兵只是不停无规律地舞动。

裁定者勉强躲过攻击。对方的攻击中带有恶意，带有憎恨，带有执念。

"红"之弓兵飘在半空——她伸出了右手。虽然距离还很远，裁定者的直觉却对她发出了刺耳的警报。

裁定者挥动圣旗打掉了羽箭。即便对方已经成了魔人，也仍旧是"红"之弓兵。即便全身都被泥沼一样的黑暗裹住，她还在用"天穹之弓"射箭。

"杀死，杀死，杀……死……"

到了这个地步，"红"之弓兵已经可以被称为"魔兽"了。

她自己应该也很清楚会有这样的后果吧。有些宝具是必须要用的，有些宝具则不一定要用。

在对所有后果充分理解的前提下，她还是选择了化作魔兽。这是在强制肉体去完成不可能的任务。就算是身为从者的阿塔兰忒，在这个状态下，全身也持续承受着剧痛。她已经无法冷静思考，就算她的愿望真的实现了，她本人也没有足够的智慧去理解这件事了。

"红"之弓兵觉得那也无所谓。就算变成那样，也是她能够接受的结果。

她早就已经没有了作为英灵的自尊。

她拥有的只有憎恨。

憎恨这个没有人去拯救孩子的世界，憎恨明明有能力去救却选择冷眼旁观的裁定者，而她最憎恨的，就是没能救下孩子的自己。好恨，好恨，好恨——她要燃烧殆尽，彻底化作恨意的火焰。

她现在已经连自己在恨谁都搞不清了。

悲哀消失了，喜悦消失了，愤怒也消失了，剩下的只有使命感。

"真是悲哀的英雄。"

裁定者真心感到悲哀。她们无法互相理解，注定就会有这样的结果。既然已经像现在这样现界了，裁定者早就做好心理准备，去承受一切憎恶。

如果最后连这份憎恶都淡去,"红"之弓兵的感情又要何去何从呢?

即便如此,裁定者还是猛地往前迈进。原来如此,她的动向是绝对无法预测的。

一直被攻击的,不是她,而是自己。

那如果以此为前提——

"红"之弓兵强势来袭,裁定者不得不迎击。一眨眼的工夫,她已经从裁定者的眼前消失了。

紧接着,裁定者的右手感觉到强烈的冲击,伴随而来的是仿佛神经都被切断的疼痛。但裁定者的身体比大脑先一步选择了迎击,她挥动左手中的圣旗,用旗杆的尖端刺向"红"之弓兵。

有刺中的感觉传来。虽然对方已经没有什么生物的形状了,但她的圣旗有着足以消灭魔物的灵格。

"什么?"

即使连憎恨的对象都已经忘却,"红"之弓兵在执念的驱动下依旧行动着。除非正好打碎她的灵核,否则"红"之弓兵是绝对不会停下来的。

"裁……定者,裁定者……裁定者!"

就算被圣旗刺中,"红"之弓兵还是不断向前逼近。

她承受着痛苦,拒绝被净化。哪怕她的手臂已经开始液化,还在坚持着伸向裁定者。

她的手已经碰到了裁定者纤细的脖子。

这个憎恶的集合体,让人忍不住脊背发凉。空气中混杂着无穷的憎恶,弥漫着异常痛苦的气味。如果离空中庭园再近一些,就可以直接跳过去了。可是,到底该怎么打倒眼前的魔兽呢?她的腹部都已经被贯穿,却仍然在活动……

裁定者的这份迷茫造成了致命的破绽。

从一开始,"红"之弓兵就已经放弃了自己的胜利。只要让裁定者无法动弹,在记忆的深处——已经不记得叫什么名字的女人(暗匿者)必定会进行迎击。

"红"之弓兵最原始的动力，无外乎圣杯和通过圣杯达成的新世界。那么，借助"红"之暗匿者的力量也无所谓。

并且，"红"之暗匿者也给出了回应。

"干得不错，弓兵。那么，裁定者就此退场吧。"

伴随着浅笑，女帝把"十又一之黑棺"的全部炮口都对准了裁定者以及她站的那架飞机。现在"黑"之弓兵已经被消灭，只要再干掉裁定者……不，只要击落那架飞机，再追上来就是不可能的了。

"红"之暗匿者满意地点点头，认为裁定者已经陷入绝境了。谁知，她刚准备发射光弹，就被突如其来的震动打断。

"这次又是什么？"

她皱了皱眉，一脸不悦。

∽∽∽

"嗯……好缠人啊！"

"黑"之骑兵阿斯托尔福不停地回头注意着身后。幻马正以每小时四百公里的速度飞行，时不时还会脱离这个维度，面对这样的对手，"红"之枪兵迦尔纳却一直放射着火焰，紧追不舍。

"那个不讲道理的枪兵是怎么回事啊？一般来说早就放弃了吧！就算不放弃，也应该追不上才对啊！"

即便"黑"之骑兵和齐格早就已经抵达了空中庭园，却根本无法着陆。一旦他们降低高度，就会被"红"之枪兵击落。

"很遗憾，我的魔力是不会耗尽的。"

作为魔力消耗的大户，"红"之枪兵此刻正发挥着自己的全部力量。

然而，最可怕的还是他的眼力。

幻马刚从这个维度脱离，他就能预判接下来会出现的位置。

他的预判一次都没有错过。

"御主！我们正在大量消耗魔力，你没问题吗？"

因为性质的关系，骏鹰会带来非常可怕的魔力消耗，类似于持续不断地使用A级的宝具。再加上此刻全力运作的"破坏宣言",如果两个宝具同时发动,即便是一流的魔术师,恐怕也坚持不了五分钟。这样下去,恐怕御主的魔力会先被耗尽,"黑"之骑兵为此感到不安。

"啊,没问题。"

与他的猜测相反,齐格的魔力还相当充足。

"啊,那太好了——你也是个大魔力罐呀!"

"但这么耗下去也不是办法。"

"我知道!虽然知道——"

"我帮你争取六分钟,希望你能在这段时间里尽可能多地破坏黑棺。这样一来,裁定者和弓兵应该也可以过来了。"

这句话让"黑"之骑兵大吃一惊,不过,他马上就点头表示肯定。即使是他也明白,除此之外已经别无他法了。

"别死啊!绝对不能死!"

"好——你相信我吧,骑兵。"

听齐格这么说,"黑"之骑兵紧绷的嘴角也放松了一些。既然御主都说让他相信了,那么一个好从者应该做的就是相信。

正面就是巨大的"黑棺"——正是一个绝好的落脚点。一瞬间,他们再次从这个维度游离出去。"黑"之骑兵操纵着幻马急转弯向上飞,沿着黑棺垂直而起。

"准备好了吗?"

"嗯!"

"明白了——上吧!"

在抵达黑棺顶部的瞬间,伴随着"黑"之骑兵的吼叫声,齐格毫不犹豫地从幻马身上跳了起来。他激活魔术回路,令咒也发出了鸣响。

肉体重新构筑,灵体构建,为了召唤英灵而编织出极小的召唤阵。

"黑"之剑士齐格飞再次降临。

"来了吗?"

"红"之枪兵并不吃惊。即便如此,他还是很想称赞一下对方的勇气。

"红"之枪兵此刻在魔力放出的作用下,飞行速度已经超越了音速。

虽然他的突击没什么花招，但在这种高速下，一般的从者恐怕会在一瞬间被撞碎，齐格却举起幻想大剑准备迎击。

"你会掉下去的，'黑'之剑士。"

"那也挺有趣。"

伴随着爽朗的笑声，"黑"之剑士持续不断地将力量施加在幻想大剑上。

第一击就是必杀的攻击，连"红"之枪兵也为之瞠目。

"'幻想大剑——天魔失坠'！"

伴随着真名解放，黄昏色的极光直击"红"之枪兵。借助于神代的力量，庞大的光阻止了"红"之枪兵的突击，还把他弹了出去。

但是，这种水平是杀不死"红"之枪兵的，齐格非常明白这一点。

伴随着雄浑的吼叫声，齐格从黑棺上跳了起来。

他追上了被打飞在半空中的"红"之枪兵，又补了一剑。然而，"红"之枪兵已经在一刹那间调整好了身体平衡，勉强用神枪做出了反击。

这里是七千五百米的高空中。齐格并不害怕，只有一种无边无际的兴奋感。

在圣杯大战刚开始时，这两个人曾经在罗马尼亚有过一战，今天终于再次交锋。

"红"之枪兵用神枪挡开了齐格的连击，找准时机使用魔力放出，用力一脚踢飞了齐格。齐格被踢得撞到黑棺上，缓缓向下滑落。

就这样，两个人开始了短兵相接的战斗。在沿着黑棺向下滑落的过程中，两个人还在不断上下缠斗。

比起凭借魔力放出而随意跳跃的"红"之枪兵，仅凭肉身应付现在这个情况的齐格更令人惊叹。

虽然他有"黑"之剑士的身体，但在这种高度，一有不慎便会摔个死无全尸，他却能淡然地应对。

他不怕自己会坠落，或者说对坠落本身毫不畏惧。

一瞬间，攻守形势逆转。

齐格用力蹬了一脚棺壁，一边跳向数十米外的另一个黑棺，一边与"红"之枪兵交战。

即便现在不能有一丝冒进，双方还是用超越人类领域的技能，抵御对方的必杀攻击。

他们像火箭一样无止境地持续加速。即便知道这场战斗一旦开始便会有人失去生命，他们依然没有停下手中的兵器。

这时，不知是否为了分散齐格的注意力，黑棺瞄准了他，一时间，光弹齐发。

每一颗光弹都有超强的威力，一旦被击中，即便有A级对魔力技能的从者，也会被击落，而齐格却毫不拖泥带水地将那些光弹统统弹开。

齐格是对自己的盔甲有着绝对的自信吗？还是有其他的力量呢？无论如何，能打倒齐格的，就只有"红"之枪兵了。

有了之前几次变身的经历，齐格现在已经成了完整的"黑"之剑士状态。

如《尼伯龙根之歌》所述：

无敌的骑士，高傲的勇者，伟大的英雄。

沐浴过龙血的无敌肉体，手持"屠龙"的幻想大剑，驱逐了各种各样的怪物，完成了无数的冒险，甚至还得到了莱茵的黄金。

他实现人民和朋友的愿望，最后还用自己的死亡实现了所有人的愿望。

他的名字叫齐格飞。

作为用剑的英灵，毫无疑问，他可以站在最强的位置上。

然而，与他对战的一方也是毋庸置疑的强者。

如《摩诃婆罗多》所述：

没有期望，没有寻求，什么也没有得到的男人。

因为人品过于高洁，惭愧的因陀罗将弑神之枪交给了他。

他与生俱来的黄金铠甲被夺走，技能被夺走，最后连名誉都被夺走，却没有憎恨任何人和事。

他是施舍的英雄，他的名字叫迦尔纳。

作为用枪的英灵，他也配得上最强者的名号。

如果迦尔纳是面对大军还能发挥无敌能力的英雄,那么齐格飞就是单枪匹马也能完成屠龙大业的英雄。

虽然同样身为英雄,双方的状态却完全不同。

每个回合,火星都在四散纷飞。黄金铠甲可以降低齐格每一次斩击的强度,而那曾经沐浴过龙血的肉体,也让齐格可以将"红"之枪兵的所有攻击视若无物。

当然,他们仍然会受伤。

即便如此,双方的伤势也能当场愈合。"红"之枪兵的心里忽然产生了一个疑问。他很清楚,凭借自己的自愈能力,可以轻易修复这种程度的伤势。但是,到底是谁在治疗齐格的伤呢?

肯定不是御主。既然此刻的"黑"之剑士是变身之后的状态,那么齐格的御主就是齐格本人。也就是说,应该就是眼前的这个人在使用治愈魔术,但从他的状态上却看不出来。

他稍微思考了一下,也得出了一些推论。但是,"红"之枪兵决定不把结论说出来。这种行为并不是欺诈,而且也不是齐格本人有意做出的。

当然,即便齐格有这股治愈力量的帮助,自己的枪也能打败他,这是毋庸置疑的。

"黑"之剑士的状态只能维持三分钟。可能是为了充分利用这段时间吧,齐格的斩击全都气势十足,就连使用宝具都是毫不犹豫的。

他的幻想大剑又发光了。"红"之枪兵一看到这个,马上就在黑棺上借力,跳到了庭园外围的地面上。这里就是之前"红"方与"黑"之枪兵弗拉德三世展开激战的地方,周围一个人都没有。

"暗匿者,这个庭园会被我稍微破坏一部分了,别怪我。"

"红"之枪兵用心灵感应传出这句话,没有等待回答就切断了通信。

虽然如此,这也算不上是全力攻击。即便用上全力,也只是增加空中庭园的损失而已。最重要的是,自己要在那把大剑的攻击下全身而退。

"虽然是美丽的极光,但也不能被他正面击中啊。"

"红"之枪兵轻声说完这句话,架起了神枪。

火焰飞卷,大英雄迦尔纳将魔力注入了神枪内。伴随着清脆的声音,他盔甲的一部分被弹飞,他还发出了野兽般的低吼声。

"上吧——'梵天啊,诅咒吾身'!"

他高高地抬起腿,用几乎能踩碎石板的力量狠狠踩向地面。

神枪飞射而出,迎着像雪崩一般带着强大破坏力逼近的极光而去。这个连月光都没有的暗夜,忽然被太阳光般炽烈的光芒照亮了——

∽∽∽

他们一开始就没想过要乘坐大型喷气式飞机。那些飞机本来就是给从者们当落脚点使用的,身为魔术师的菲奥蕾和考列斯没必要用那么夸张的工具。

小型的喷气式飞机就隐藏在大型机的阴影下前进。当然,如果被发现,就会被一击击落。在这一点上,就算是大型机也没有什么区别。他们只是做好了心理准备,剩下的就听天由命了。

不知道是不是这个设计有了效果,没有任何一个"红"方的从者在意这架小飞机。对他们来说,最重要的原本就是打败眼前的从者。

他们乘坐的飞机几乎没遇到任何障碍,就这样抵达了空中庭园周边。剩下的,就是顺利潜入了。

"没问题吗?现在还来得及……"

"不是说过没事吗?来,抓紧。我来负责主要的部分,现在应该是我更适合做这个吧。"

"嗯。"

菲奥蕾本来想说什么,考列斯扯了扯她的手,打开了机舱门。因为机舱内外的气压差,机体马上产生了晃动。

"原始灵/猛禽。"

及时咏唱的术式带来强烈的风,两个魔术师对此毫不在意,直接往相隔数米的石板地跳跃。猛禽型的低级灵拉扯着考列斯和菲奥蕾,向着庭园滑翔。

考列斯不禁想道，幸亏是晚上。虽然知道下方是深不见底的海面，但如果是白天，就能清楚地看见这里到底有多高了。

即便如此，他们还是被眼前的场面震撼了。在着陆之前，考列斯甚至失去了活着的感觉。

"呼。"

"用重力操作和气流操作让风无效化不是更好吗？"

考列斯在一边擦汗，菲奥蕾对他刚才的表现进行批评。考列斯被戳中了心事，眼神游移不定地给自己找借口：

"同时进行重力操作和气流操作，我会混乱的。"

"你现在已经有刻印了。如果不能习惯这种水平的操作——"

菲奥蕾的话停在了这里，她的表情僵住了。考列斯马上就明白发生了什么。

"被打败了？"

"嗯。"

这是他们早就预料到的。"黑"之弓兵的对手，是希腊神话中能与赫拉克勒斯比肩的大英雄阿喀琉斯。

就算"黑"之弓兵曾是他的老师，败北的可能性也是很大的。他没有遗言，也没留下什么余韵——只是一瞬间的事而已。

不，其实该说的早就已经说完了。昨天晚上，在他们两个交谈的时候，就已经预想到可能会这样永别。

即便如此，这么简单就离开还是太让人难过了。毕竟菲奥蕾是相信的，她相信"黑"之弓兵会胜利。她现在只是有种失落感。但是，再过不久，她内心的空洞应该就会被哀伤填满吧。

而且，既然"黑"之弓兵已经被打倒了，他们目前的状况就更艰难了。

虽然他有可能拉着对方同归于尽，但"红"方阵营哪怕失去了"红"之骑兵，也还有枪兵、弓兵、暗匿者和术士。

不知道"黑"之骑兵的宝具能发挥作用到什么时候，也不知道裁定者能不能顺利抵达庭园。

齐格的第三次变身，又能对抗从者多久呢？

他们两个身为魔术师，什么忙也帮不上，只能在这七千五百米的高空，见证两股暴力互相冲撞——

∞ ∞ ∞

"黑"之骑兵驾驭的幻马，是不可能破坏"虚荣的空中庭园"的防卫兵器"十又一之黑棺"的。

恐怕只能毁掉两三个，还剩下八个的话，防御能力还是很强。这是"红"之暗匿者对骑兵的能力有所了解后所做出的判断。

但是，英灵就是因为能将不可能化作可能，才获得了被圣杯召唤的权利。就算只凭骏鹰做不到，骑兵还有书和枪。

"来吧，我们上。没问题，就相信她的书吧！"

"黑"之骑兵伴随着旋转飞舞的纸片，手握黄金之枪，骑着幻马冲刺。

硬质的黑墙挡在眼前，骑兵咽了口唾沫。"疯了吗？"一个声音在轻声说道。当然没疯。现在没有月亮，理性已经回到了他的身上，所以才会害怕。

这次冲击，很可能没有任何效果。

因为书在告诉他，要破坏所有黑棺，几乎是不可能的事。

但是，如果把书和骏鹰的能力结合在一起，也许是可能的。御主在战斗，正在拼命地和"红"之枪兵拼杀。

现在的自己什么忙也帮不上，至少得破坏这些黑棺，尽一份绵薄之力。

"上吧！"

他们从维度中游离，躲过了黑棺射出的所有光弹。幻马好像也理解了主人的决心，伴随着高亢的嘶鸣，再次加速。

"黑"之骑兵化作光之箭，彻底打碎了"红"之暗匿者引以为豪的"十又一之黑棺"中的一个。

但他付出的代价也很大——而且他破坏掉的也仅仅是其中一个。

"呜……"

骑兵疼得仿佛全身的骨头都碎了,他的眼角渗出了眼泪。但是,只是疼痛而已。

"骏鹰,还能继续吗?"

骏鹰用嘶鸣给出了肯定的回答。"黑"之骑兵相信骏鹰,再次驱动了它。

破坏了三个黑棺之后,那杆枪已经弯了。没办法,骑兵干脆扔掉了枪。

破坏到第六个的时候,爱马的额前已经流血了。骏鹰虽然是幻兽,等级却比父辈的格里芬要低。也就是说在神秘等级上,它是无法与"红"之暗匿者匹敌的。

但是,这个"虚荣的空中庭园"也只是虚构的,是用这个世界上实际存在的材料造出来的宝具。

所以从结果上来说,双方的神秘也算是旗鼓相当——能够破坏,但自己也不可能毫发无损。

"这是……第十个!"

第十个黑棺被破坏了。因为在某种程度上替骏鹰承担了冲击造成的伤害,"黑"之骑兵的伤势也很重。他的左手已经断了,额头被割破,鲜血喷了出来。

还剩最后一个。

然而,这仅有的一个障碍,破坏起来却异常艰难。就到此为止了吗?"黑"之骑兵的心里也有了放弃的念头。凭自己的力量,到这里可能就是极限了。就在他几乎要放弃的时候——

骏鹰发出了三次嘶鸣。

"能行吗?"

骏鹰表示肯定。但"黑"之骑兵可完全不这么想,毕竟骏鹰的脸都已经因为疼痛而扭曲了。

它的爪子被划伤,牙齿都折断了。头盖骨肯定也受伤了吧。

再来一次可能就会死。虽然是宝具，但是骏鹰和从者一样，也是作为生物被召唤而来的。它能感受到痛苦，也会有恐惧。可即便如此，他们也已经破坏了十个黑棺。

"黑"之骑兵擦了擦眼角，用手轻轻梳理着骏鹰的鬃毛。

"上吧！"

再一次，绝对能再攻击一次。他不知道，也不清楚这次攻击后会怎么样。但是，都无所谓了。

不管怎么说，尤格多米雷尼亚的魔术师们，还有裁定者，当然还有御主，都是因为相信自己这个弱小的从者，才执行了这个战斗计划。

弱小也没关系，御主曾经这样对自己说过。

没错，反正自己就是这么弱小。不是神的孩子，也没有屠过龙，当然也未曾当过王。虽然也付出过相当多的努力，但并没有拼命修炼过。

可能就是因为这样，才导致了自己的弱小吧。这也是完全没有办法的事。

但是，他从没想过要用弱小作为借口。

他也不会逃避，让本来能做到的事情以失败告终。

自己的御主，无论多么莽撞，也从未逃避。为了完成力所能及的事而挣扎，为了完成本来无法完成的事而挣扎。

那么，作为从者的自己，就不可能做不到。这和自己是不是被召唤而来的无关。

那是因为，从者就是与御主相似，御主也和从者相似，仅此而已。

"'非世间所存之幻马'！"

伴随着雄浑的嘶吼，"黑"之骑兵开始冲刺。

无数袭击而来的光弹，都被"破坏宣言"的纸片阻拦，打成光粒。

那是有意识的子弹。

他们沿着螺旋轨道飞行，飞向作为防御兵器的黑棺。仿佛在嘲笑"黑"之骑兵有勇无谋也要有个限度。

即便如此，"黑"之骑兵也不想输。

恐怖已经被冻结干燥。他咬紧牙关，知道自己现在惨不忍睹，发誓就算被打破头也要活着。

而且他还相信——

相信着至今都不太相信的自己。

因为御主相信自己，发自内心地相信自己。

"上啊啊啊啊啊！"

伴随着吼叫，第十一个黑棺被打碎了。

他慌忙集中四散的意识。包围着空中庭园的十一个黑棺，已经全部被破坏了。

这就是自己能做到的极限了。

骏鹰脚步不稳，摇摇晃晃地在空中庭园着陆。至少避免了直接从高空坠落，骑兵用尽了全力，总算让骏鹰灵体化，然后就昏倒了。

"可恶。我的'十又一之黑棺'居然被这样的家伙轻易打碎了。"

"红"之暗匿者表情冷酷，居高临下地看着昏倒的"黑"之骑兵。在空中庭园的范围内，空间移动对她来说是很简单的事。

话虽如此，她并未打算在这场战斗中冲在第一线。原本有"十又一之黑棺"，在防御方面是万无一失的。

结果，自豪的防御兵器被她最看不起的"黑"之骑兵全部打碎了。

当然，她也知道宝具有多可怕。作为英灵们的象征，那都是能将不可能化作可能的宝贵幻想。

但是，即便如此，她也不觉得有什么宝具能够完全破坏"十又一之黑棺"。

那是能像下雨一样发射超出常规（EX）级别魔力的防御兵器，是守护"虚荣的空中庭园"的必杀兵器。

"这就是极限了吗？没办法，黑棺的修复先推后。"

她对着仿佛睡着的"黑"之骑兵举起手。昏倒之后，原本的魔术也都失效了，所以那本书也没有作用了。

"要斩首吗？哎呀，我不喜欢流血……没办法了。"

对"红"之暗匿者来说，其实试用一下专门为"他"定制的毒也不错，但万一对方中了毒还能活下来就不好了。

有些英雄对毒药的耐性特别高。

"红"之暗匿者不能肯定眼前的从者没有耐毒能力，所以还是得用粗暴点的方式。

从她指尖发出的光线，可以轻易切断"黑"之骑兵的脖子。

那就是一秒之后的未来，是无法改变的事实。

他的御主，同时也是"黑"之剑士的齐格，现在正在与"红"之枪兵展开激战。

"黑"之弓兵正在与"红"之骑兵决斗，甚至都没有发现"黑"之骑兵已经陷入了危机。

裁定者也在与化作了魔兽的"红"之弓兵战斗，没有来救人的余力。

然而，在这里——

不是从者，也不是御主，完全不属于任何魔术范畴的穷凶极恶的兵器，已经瞄准了"红"之暗匿者。

"啊？"

等到"红"之暗匿者注意到奇怪的声音并回过头的时候，已经来不及了。

兵器的名字叫制导炸弹。这颗炸弹经过魔术改装，可以探知魔力形成的热源。正当"红"之暗匿者下意识想挡开时，炸弹直接在她眼前爆炸了。

∞∞∞

米哈伊尔·科格尔尼恰努空军基地

"'枪骑兵（Lancer）'这个名字真是让人受不了！"

"红"之剑士莫德雷德开口就是说这个。他们通过魔术协会的帮手，看到了保存在空军基地仓库里的近代改进型米格-21，也就是别名"枪骑兵"的罗马尼亚空军正式服役的战斗机。这是"红"之剑士看到战斗机说的第一句话。不过，嘴上说着受不了，表情还是很温和的，所以狮子劫界离认为这并不是什么大问题。

"对了，我们真的要坐这个去？"

"是啊……不过，让我说真心话的话，我也不想坐这个去。明明是去空中庭园，却不能用魔术手段，总觉得不对。"

与飞机或者战斗机相比，狮子劫界离肯定更适应以魔术的方式。即便他再怎么不排斥利用机械，但在他的观念里，用上军方的战斗机还是过于离经叛道了。

但对手是"红"之暗匿者的神殿宝具"虚荣的空中庭园"，面对那样的要塞，现代的魔术根本无能为力。

狮子劫舍弃无聊的规矩，找到了一个最适合前往空中庭园的方式。

至于操纵飞机的，当然不是狮子劫，而是他的从者"红"之剑士。

"对了，你会发射导弹吗？"

虽然不太可能会用到导弹，但狮子劫还是以防万一地问了一句。"红"之剑士自信地点了点头。

"会会会。我的骑乘技能，可不是只会控制操纵杆那么简单，能让我完美操控这架战斗机。船到桥头自然直。不过，我们会用到那个东西吗？"

"那谁知道啊。虽然我觉得也没什么大用，不过多少能有点牵制效果吧。"

被魔术协会派来的男人，已经完全被他们两个的对话吓到了。哪怕是处在人类与魔术师夹缝中的人，也能明白这个少女有多么不正常。

——她与我们这些活在现实世界的生物，从根本上就不一样。

他一边想着这些，一边对那个虽然外表可怕，但至少还能归类于"人类"的男人讲解战斗机的情况。

"这和预定的一样，用于练习的双座飞机。后方座椅已经调整成能被弹射的状态了。之前要求的，能避免被魔术感知探测到的魔术改装也都做好了。不过，完全不被发现也是不可能的吧。"

狮子劫点了点头，基本和他要求的一样。时间这么紧急，真亏他们能准备好。"

"然后，这是之前要求的装备。"

男人把一个看起来很重的箱子递给狮子劫。

"那是什么？"

"红"之剑士探头去看。箱子打开，里面是一件看上去很厚的黑上衣，还有几个小玻璃瓶。

"要在你的驾驶技术中活下来，这些可不能少。"

狮子劫界离虽然是魔术师，但在肉体上归根结底只是个普通人类。他不知道身为从者的"红"之剑士会怎么驾驶飞机，但想来她非常有可能会做出人类身体无法承受的事。

或者也可以说，如果不那么做，他们也无法抵达空中庭园。当他们遭受魔术攻击的时候，必定会有一些普通人类无法承受的举动。

为了应对这样的情况，同乘一架飞机的自己，也必须有一个超过普通人类水平的身体。正因如此，即便要花再多的钱，也必须得准备保护自己不受战斗机负重伤害的外衣，还有强化内脏的药剂。

"那么，这些钱应该请谁支付呢？"

狮子劫当然完全不准备出这些钱。

"找时钟塔，提交给法政科吧。这是与圣杯战争相关的需求，有什么疑问就去找现代魔术科主任——君主·埃尔梅罗二世问问就行了。"

对于以魔术为生的人来说，现在圣杯战争可以说是一个常识了。男人点了点头。

"那么，你们准备好就联系我吧，今天的跑道已经全都空出来了。"

"好嘞。啊，对了，这个麻烦你送到时钟塔去。"

男人接过东西转身离开。狮子劫叹着气抖开上衣。为了能抵御强烈的重力，这件长上衣上写满了必要的防护术式。本来是一件白色的上衣，因为用细笔写满了术式文字，看上去简直就是黑压压的一片了。

狮子劫脱掉夹克，仔细叠好放进那个箱子里，又穿上了长上衣。"红"之剑士在旁边看着，很无聊地嘀咕："哼，换了和没换看起来差不多啊。"

狮子劫稍微思考了一下，回答道："如果到了这里，我充满自信地拿出一套粉色的礼服,你会笑吗?"

"会笑死吧。"

"对啊。"

玻璃瓶里装着颜色鲜艳的液体,狮子劫一瓶接一瓶地全都喝光了。

"好喝吗?"

"味道还不如阴沟里的水呢。"

狮子劫好像感觉很难喝似的揉了揉胃部,然后捂住了嘴。"红"之剑士在旁边一副心神不定的样子,时不时地瞥一眼战斗机的驾驶舱。

"还没好呢,别那么着急。"

"我才不着急呢。我现在特别冷静。"

虽然狮子劫提醒着"红"之剑士,但他其实也一样着急。自己的愿望已经无所谓了,只是这次的圣杯大战要结束了,他想看到结果。只是基于这样单纯的好奇心……归根结底,魔术师就是一群宁可舍弃自己的生命,也要追求"某个东西"的大笨蛋而已。

他想起自己曾经把这个说法讲给一个少女听。那个时候,少女很认同地点了点头,好像还说过,她也想做个大笨蛋——

手机响了,是潜伏在机场的人打来的。看来,尤格多米雷尼亚的飞机已经起飞了。

"方向呢?这样啊,果然。"

他挂断电话。从者又探头过来问道:

"能走了吗?"

"嗯,目的地恐怕是黑海上空。让他们先去吸引一波火力吧。"

"真有点卑鄙啊。"

"你不愿意?"

"没那回事。我非常赞成让他们打头阵。因为我们才是要夺取敌方大本营的人啊!"

"红"之剑士开心地笑着,接着好像想起了什么,突然站了起来。

"喂,御主,那个什么,就是那个……能写字的东西借我一下。"

"写字?啊,我大概懂了。"

"红"之剑士在那里手忙脚乱地比画，狮子劫好像看懂了她的意思，马上就在仓库的角落找到了那个东西。

"接住！"狮子劫高喊一声，"红"之剑士准确地抓住了他扔过来的东西。

"没错没错，就是这个。"

她拿着喷漆罐，对着机体一侧喷出了红色的颜料。

她的动作很有气势，同时也很仔细地写下了文字。

"哼哼，比起'枪骑兵'那种二流的名字，果然还是这样更好吧！"

"红"之剑士看着自己喷出来的五个英文字母：SABER（剑士），满意地点了点头。

那之后又过了三十分钟，他们才终于起飞。

战斗机驶出仓库，从跑道上起飞。就像"红"之剑士之前非常自信的态度一样，她的驾驶技术确实拿得出手。

他们顺利向着早就预定好的目的地前进。作为从者，"红"之剑士既不戴氧气供给装置，也不穿外套，还是一直以来那身皮夹克搭配超短裤的打扮。

"御主，怎么样？"

"现在还没问题，不过也快了吧。"

狮子劫下意识地按着令咒，以至于有些发疼。虽然为了强化脏器和减少精神上的波动，他已经服了药，但紧张还是不可避免的。

"能看见了！"

听"红"之剑士这么说，狮子劫也看向前方。远处不时有强烈的光闪过。偶尔还有什么东西发生爆炸，然后从高空坠落——恐怕是飞机吧。幸亏这个国家实际上处于魔术师的控制之下，狮子劫不禁感慨：尤格多米雷尼亚家族真是采取了非常大胆的计划啊。

"我们好像已经追上了。接下来怎么做啊，御主？"

"上升。机会只有一瞬间。用你的视觉掌握现状，判断能不能成功侵入。如果可能，就先回旋再突击。"

"那如果不可能怎么办？"

"那就努力变成可能。"

"红"之剑士愉悦地笑了,重新握紧了操纵杆。

"好的,御主!我们就过去吧!"

在飞行中的战斗机上,已经可以看清下方的空中庭园和正在试图接近空中庭园的几架飞机了。

战斗机的速度控制在再慢一点就要坠机的程度——即便如此,成功的时机也只有一瞬间。不过,"红"之剑士的视觉足以在一瞬间收集所有的情报。

"是'黑'之骑兵。"

"啊?"

"'黑'之骑兵正在破坏空中庭园的防御术式。"

"防御术式……是什么样子的?"

"是很大的黑色板子。不过,恐怕也是A级以上的魔术吧。如果结结实实地撞上去,就算我也不会好受。"

"等一下……正在破坏那东西的'黑'之骑兵没事吗?"

"多半是宝具的力量吧。难以想象那家伙本身有A级的对魔力。"

"既然是查理曼十二勇士之一的阿斯托尔福,也不奇怪吧。"

"那我们现在怎么做啊,御主?"

"红"之剑士驾驶着战斗机盘旋,尝试再度接近。狮子劫当机立断。

"就按照一开始计划的行动。我在安全圈脱离潜入,之后你就冲进空中庭园。为了不暴露我的位置,搞得华丽一点。"

"明白!"

狮子劫界离定下的作战计划非常单纯:利用战斗机靠近,狮子劫使用弹出装置脱离之后,再用降落伞着陆。之后再用战斗机为挡箭牌,让"红"之剑士也潜入。

尤其是"红"之剑士,只要靠近了就没问题。只要进入她用"魔力放出"能跳到的距离之内就可以了。

万幸的是,好像没有人注意到战斗机。战斗机的位置在他们头上,再加上下面的所有人都在战斗,可能也没人有余力发现他们吧。

"距离再次接触还有三十秒。从时机来看,在二十一秒之后弹出是最理想的。"

"红"之剑士对轨道进行计算后得出这个结论。狮子劫点了点头,握紧了手动弹出装置。

"别死啊,剑士,不然我离开庭园的时候就难办了。"

"嗯?难道你想在七千五百米的高度用'魔力放出'滑翔下去吗?我怎么记得你说过不想再来第二次了。"

狮子劫大概是想起了之前的感受,哼了几声。"红"之剑士更是笑开了花。

写上了剑士名号的战斗机在空中画了一个圆,随后再次正对空中庭园飞去。

"倒数三秒。去吧,御主!"

"你可别迟到啊!"

狮子劫界离拉动操纵杆,后部座椅上部的顶盖飞起,他和座椅一起被弹射出去。

降落伞打开,狮子劫界离还用上了操纵气流的魔术,直接向庭园飞去。

"再次看到这个,还是觉得好大啊……"

狮子劫惊叹地看着在自己面前不断放大的金黄色巨大陀螺。这是"红"之暗匿者创造的"虚荣的空中庭园"。在过去那么多次圣杯战争中,从没出现过这么巨大的宝具吧。

与上一次不同,当它飘浮在什么都没有的空中时,就会让人联想到某种超现实主义的东西。

此时,庭园的各处还时不时迸射着火焰与闪光。

"红"与"黑",或者应该说是天草四郎时贞与贞德吧。这两人的对决,也够格被称为巅峰决战了。

不过,这些都与狮子劫界离和"红"之剑士无关。也不能说是完全无关,他们只是不关心天草四郎时贞与贞德之间的思想和利害冲突罢了。

当然，现在他们必须要讨伐独占了圣杯的"红"方。但与此同时，他们也不愿意被"黑"方抢先。

他们总算是赶上了时机。但是，接下来才是难关。

从者是超脱世间常理的，虽然也是人，但他们的身体可以与大型兵器相匹敌，也能淡然地引发等同于魔法的奇迹。

对手是天草四郎时贞、塞弥拉弥斯、迦尔纳、阿塔兰忒、阿喀琉斯，还有没见过的术士——一共六人。

想想都很累，狮子劫不禁叹息。

迦尔纳、阿塔兰忒、阿喀琉斯，关于这三个人，只能指望"黑"方多出力奋斗了。在之前开会的时候，"黑"之弓兵已经推测他们三个会是实际参战的成员了。

问题是剩下的三个——天草四郎时贞、塞弥拉弥斯，还有术士。关于术士，现在想再多也没有用，只能祈祷术士不是强大的从者了。

那么，天草四郎时贞和塞弥拉弥斯，他们又该警惕哪个呢？

裁定者他们更戒备的是天草四郎时贞……这也难怪，他那持续了六十年的执念，想拯救全人类的精神，都值得戒备。

狮子劫却认为，原本的从者，也就是这个空中庭园的所有者才更值得戒备。

如果说天草四郎时贞这个御主是光，那么她就是影，而且还是一有机会，就可能会反噬光的影。

不能粗心大意。与其他从者相比，她才是必须先打倒的目标。只要她还活着，战况就稳定不下来。

在降落伞和气流魔术的作用下，狮子劫界离成功抵达了空中庭园。如果用空中庭园前进的方向来区分前方和后方，那么他此刻所在的位置恐怕就是最左侧吧。

他周围是很有年代感的石柱和砖构成的墙壁，还有从下往上流的小小人工河。狮子劫用上了猫头鹰的眼球，开始观测更远的地方。

果然，此刻身处的地方就是外围部分。毫无疑问，他的目标应该是位于中央部分的"塔"。但是，那虽然是个塔，却是向下矗立的。不是向上的塔,而是向下的塔。至于内部是什么构造就不知道了……前往塔的路上好像没有什么像样的障碍。当然,也可能有一些装置,但那些东西更可能是设置在塔内的。

无论如何,狮子劫只能等着自己的从者来会合。

"喂。"

猫头鹰的眼球却察觉到了强烈的光。

那不是魔力,而是物理的爆炸。而此时此刻,会引起物理性爆炸的东西有两个。

第一个,就是尤格多米雷尼亚大胆启用的巨大客机。

第二个,就是自己和"红"之剑士开过来的米格战斗机。

∞ ∞ ∞

狮子劫界离离开后,"红"之剑士就可以随心所欲地驾驶战斗机了。"红"之剑士的身体与人类不同,她可以轻易地做到人类在负重压力下做不到的事。

现在不是人马合一,而是人机合一。她驾驶着战斗机,在巨大假山一样的客机之间穿梭。

"红"之剑士毫不犹豫地发射了制导炸弹。不限于魔术师,在魔术使用者之间,这也算是"常识"了:无论是御主还是从者,激活了魔术回路的人,体温也会发生变化。而无论使用什么样的魔术,这个变化几乎都是恒定的。

那么,在直接攻击魔术师的时候,只要能抓住这个温度的变化,就能用物理手段摧毁对方。

而此刻"红"之剑士发射的制导炸弹也是这类攻击的一种。这种破坏兵器上已经提前设定了程序,只追踪某个特定的体温变化,而在此刻的空中庭园里,炸弹直接瞄准了无论何时都在使用魔术回路的从者——"红"之暗匿者。

当然,只是稍微附加了一些魔术的物理武器,对这个从者是没什么用的。

"哼。"

"红"之暗匿者一瞬间就掌握了情况，本来准备攻击"黑"之骑兵的手停了下来，转而轻易地抵挡了制导炸弹。

在与炸弹冲撞之前，白银色的锁链在她手上一闪即逝，由钢铁和液体炸药构成的炸弹转瞬间就像抹布一样被拧变形了。

"无聊。"

与嘲讽的语气相反，"红"之暗匿者很激动。不是因为对方的敌意。她对敌意没什么意见，问题在于敌对的手段，那甚至不是魔术，而只是物理杀伤武器。

她觉得自己被小看了。

面对侮辱，就要用万倍的憎恶去报复，这对她来说很正常。

因此，从这一刻开始，她的头脑中已经没有了"黑"之骑兵。

"'颤抖、坠落'。"

从"红"之暗匿者举起的右手中卷起了剧烈的狂风。魔偶操纵的最后一架飞机，在转瞬之间坠机了。

她的目的当然不是那架客机，而是紧跟其后的——小小的机器。

∞∞∞

是魔术！

"红"之剑士当场就明白了，自己用炸弹攻击的到底是一个什么样的从者。

无论如何，能在一瞬间就把制导炸弹碾碎的人，根本就没几个。

是还没露过面的术士？还是说——

"是那个讨厌的老太婆吗？"

战斗机当场回旋，与此同时，还像找碴儿一样瞄准眼前的空中庭园，用机关枪开始扫射。

"红"之剑士没有太多期待，就连这么做能不能起到遮挡对方视线的效果都不知道。

但是，至少在讨人厌这一点上，这是最有效的。作为一种反击，"红"之暗匿者把被打飞的客机机体向着米格战斗机投掷过去。

这是以音速袭来的铁块，哪怕被擦到一点也会引发大事故。

选项有二——要么使用弹射装置脱离战斗机，要么利用紧急上升或者紧急下降来躲避。

不过，这两个都还是常识范围内的选项。

"红"之剑士原本就是不守常理的人，是人类常识之外的从者。

"上吧，'SABER'！"

仿佛雪崩一样的视觉信息几乎要让人发狂。到处都是致命的攻击，无论犯不犯错误，都只能被击落。

那么答案就只有一个。

"打破这个界限！"

对空导弹、机关炮、炸弹，她把战斗机上满载的武器全都向前方发射出去。伴随着不断的爆炸，前方已经化作一片火海。

而"红"之剑士更是毫不畏惧地冲进了火海。她的嘴角露出凶恶的笑容，就像凶猛的鲨鱼一样。

她慎重地判断距离。下次的攻击就不会是铁块了，而会是"红"之暗匿者的自身的能力——魔术的攻击。

靠这架战斗机是躲不过的，无法对抗。

但是，她有办法迎战。"红"之剑士推测，还有三秒钟的时间。三秒后，她会咬住"红"之暗匿者的咽喉。

大量的魔术攻击如暴风骤雨般袭来。经过强化的炮弹魔术是无属性的，只为了打垮对方而存在。这种攻击单纯而威力大，靠小聪明是无法撑过去的。

没办法，"红"之剑士只能开足马力突击，概率上来说是五五开，不，应该是四六开，对自己不利。但是，"红"之剑士舍弃了所有烦恼。她没有因为自己足够强，就认为一定能成功，只是单纯地下定决心接受一切结果。

面对没有理性的暴力，最合适的应对当然是以暴制暴——"红"之剑士嘴里这么嘀咕着。而与她个性不符的是，她才和这架被自己命名为"SABER"的战斗机一起飞了不到一个小时，居然对这匹铁马有了依依不舍的感觉。

无色的炮弹袭来。战斗机的尾翼被打断，右翼也被吹飞了。"SABER"被打得粉碎，但还是给"红"之剑士争取到了那三秒钟的时间。

"红"之暗匿者神色不变地看着眼前的爆炸。

突然，仿佛有一颗彗星飞出——那是旁若无人地打破一切虚伪装饰之物的人形子弹。

"你！"

"我是来拿圣杯的，暗匿者！"

反叛的骑士莫德雷德——她夺取的那把"灿然辉煌之王剑"，原本只有王者才有资格持有，并会拒绝其他人。

但是，莫德雷德强行拿走了这把剑，还声称不是剑选择王，而应该是王选择剑，因此，这把剑在她手上会锋利度大减。但是，这把剑的真正价值并不在于锋利度。

这把剑的作用是"增幅"——增加王的威光，在王战斗的时候给予祝福。

她通过技能"魔力放出"进行大幅度跳跃，一瞬间就抵达了空中庭园的外周。在她眼前的就是"红"之暗匿者，令人憎恶的仇敌首领！

"红"之暗匿者是不按常理战斗，一心钻研魔术的毒之女帝。

"粉碎吧，剑士！"

"粉碎的是你！"

一瞬间，她们就知道赢不了。

变样的赤红邪剑无法斩杀女帝。

强大的魔术也打不倒反叛的骑士。

她们两个同时产生了这种预感。

"红"之暗匿者突然进行了空间转移，邪剑只在她的肩膀上留下了一点伤痕。

"啧!"

"红"之剑士确实打破了所有的障碍,对着"红"之暗匿者做出了一次攻击。

但是,执念和冷静压过了冲动,"红"之暗匿者毫不犹豫地转移到了安全的地方。

她不像英雄抱有过多的尊严。一旦陷入不利的境地,她不会拒绝转身逃跑。从某种角度来说,在生存这件事上,"红"之暗匿者比任何人都更贪婪。

"没那么顺利啊。"

"红"之剑士叹了口气,瞥了一眼晕倒在地的"黑"之骑兵。

放着不管也无所谓,送他上路……果然还是胜之不武。把他叫起来应该也没关系吧。

不过,"红"之剑士没有叫醒他。如果叫醒了,还是要面临道别。

这是常识。哪怕不考虑敌我双方的立场,每个人都有自己的目的,"黑"之骑兵一定也有他自己的目的。那么,他们就必然会道别。

这会让"红"之剑士感到有点寂寞。

即便再怎么挣扎,要死的时候还是会死。

离别不可避免,希望也是可能破灭的。

而破坏了他人希望的——不是别人,正是自己。

狼狈的末路,让人连自尊都想舍弃的痛苦,以及无能为力的死亡——这些事就是会发生,也会让英雄堕落成普通人。

正因如此,好的离别应该是那种清爽的、有赴死准备的。她很清楚这一点。然而——

"啧,你还是别起来了。"

"黑"之骑兵是敌人,是伙伴,也是一个莫名其妙的家伙。

虽然让人有点烦,却绝对不是那种让人不愉快的人。

她在心里这么想,也不会再回头。那些许的寂寞,早晚会忘得一干二净——

"红"之剑士跑了出去,现在必须和御主狮子劫界离会合了。

第二章

我只是希望他们能笑而已。

我只是，我想笑而已。

为了那幸福又无聊的日子——未来充满希望，我每一天都投身于战斗之中。

什么也没有却让人倍感温暖——挥去所有留恋，我又是为了什么活下来的。

我好像并不喜欢人类这个种族，他们庸庸碌碌，不断增加，到底能得到什么呢——我又喜欢人类，他们挣扎、抗争，从未停止前进的步伐，上进得可悲。

我从未陷入恋情——你也不明白什么是爱。

那也不错吧。恋爱属于除我之外的人，我也不会因为爱上人而喜欢人类吧。

这么一想——

唉，多么悲惨的结局啊。伤痕累累的心真是让人不忍直视。

"黑"之骑兵把"红"之暗匿者的迎击兵器全部击落了，但是危机还没消除。

"红"之弓兵笑了——她对一切毫不关心。她被黑泥淹没，带着笑意只想杀死裁定者。

即便圣旗的旗杆已经戳在了身上，那团"曾经"是"红"之弓兵的东西，终于碰到裁定者的脖子了。

"啊……呃……"

"红"之弓兵缠上来的手臂，有着压倒性的力量。

裁定者的表情因为痛苦而扭曲，她想挣脱缠在脖子上的手。但是，完全没有效果。对方提升的，并不仅仅是肌肉的力量。

执念。

太单纯了，用这一个词就能概括。现在，对魔兽来说，裁定者就是阻挡她实现梦想的象征。

——杀了她。混蛋圣女，杀了她。把我的孩子，把我爱的孩子杀死的混蛋女人。杀了她，杀了她，杀了她！

现在的她，恐怕已经与状态或者宝具之类能决定从者强弱程度的东西没有关系了。憎恶本身就是力量，执念本身就是足以让她现界的要素。

裁定者无法呼吸，她的意识开始模糊了。

小小的微光在闪烁。她仿佛看到了过去。蕾缇希娅的过去，和贞德的过去混淆在一起。

她想起来了。

想起了死者们的脸。

血腥味让人想呕吐，堆积成小山的尸体，每一具都在自己的手上留下血污。

你只是在挥舞旗帜——

这种说法，根本不是理由。

对手不是人类——

怎么会。濒死之际的笑容，弥留之际的遗憾。他们不是狂战士，都是为了金钱、为了名誉，或者是因为坚信着什么，才赌上性命战斗的。

是从今往后，也会永远持续存在这样的无辜牺牲者。

是谁说的，别看比较好。

但是，我想将这些铭记于心。

而且我也有心理准备。总有一天，这种遗憾也会降临在我的身上。以最糟糕的形式，在最糟糕的情况下——

对着这些记忆，她甚至想要苦笑。

原来如此，真的是在最糟糕的情况下。她的憎恶是正确的。这个行为，只是在谴责圣女的罪行。

但是，自己早就做好了另一个心理准备。

不去理会对罪行的谴责——

舍弃那些必须承担的罪责——

现在，要完成这个使命。

如果要做圣女，使命就会半途而废。直面悲剧发出勇敢的悲叹，才是圣女的追求。

如果要完成使命，我就不是圣女——

"别看不起裁定者啊，阿塔兰忒！"

裁定者松开了手上的圣旗，用双手抓住了勒住自己脖子的手。

那双紫水晶的眼眸中没有一丝阴霾。

从正面击溃魔兽那些全盘托出的憎恶——她在转瞬之间就拉开了魔兽的双手。

裁定者再次握紧旗杆，把穿刺在旗杆上的魔兽砸在大型喷气式飞机的机体上。魔兽直接被这一下砸得从旗杆上甩了出去。魔兽在钢铁的平面上弹跳着滑落，一下子就掉下去了。

这样就结束了。既然在这场战斗中分出了胜负，那个魔兽就等同于已经从战线脱离了。

"接下来得前往空中庭园了。"

现在距离庭园已经很近了，从这里起跳的话，应该一跳就能过去吧。最重要的是，作为落脚点的飞机已经开始晃动了。

无论是敌人还是伙伴，或者是被自己杀死的对手，对于裁定者来说，从者都是值得尊敬的。

因此，她才有必须要决出胜负的想法。

但是这样的行为，除了让自己失去重要的东西，没有任何意义。

真正应该分出胜负的对手是天草四郎时贞——

一个出其不意的冲击袭向了她。

"'黑'之弓兵。"

"黑"之弓兵消失了。他迎来第二次死亡,离开了这个世界。

也就是说,强敌"红"之骑兵活了下来。虽然这也是个问题,但最重要的是,"黑"之弓兵对己方来说几乎等于是精神的支柱。

他已经不在了。他的御主菲奥蕾也会难过吧……

这边的阵营里剩下的,就只有"黑"之骑兵和"黑"之剑士了。

裁定者纵身一跳,终于抵达了空中庭园。虽然她也想过要不要先和其他从者会合,但是她判断现在的首要任务,是尽快赶到大圣杯所在的地方。

对于"红"方来说,"黑"之骑兵和他的御主都是微不足道的。最优先被攻击的,恐怕还是自己吧。

那么,会合反而会增加更多风险。就算对方如何不将那两个人放在眼里,如果敢帮助裁定者,肯定就没有让他们活下去的理由了。接下来她孤身一人即可。他们能陪着自己来到这个死地,就已经真的真的让她足够高兴了。

——必须得走了。少女低声说着,飞快地向位于中央的塔奔去。

她心里有种不祥的感觉——就好像事情正在难以挽回地走向致命的结局,而这个感觉是正确的。

∞ ∞ ∞

女帝咂了咂舌。"红"之剑士砍破她的肩头,流出的血弄脏了女帝的衣服。

她有极大的自信和与之相称的实力。原来如此,不愧是久负盛名的反叛骑士。她可是终结了亚瑟王传说的人。

"这个野蛮人居然砍了我一刀。"

她没有被砍伤的憎恶,也没有逃走带来的屈辱。要恨的话,也是恨自己因为支配这整个庭园而变得松懈的大脑。

是自己过分沉溺于这个庭园的强大，所以轻敌了。作为回礼，她发誓下次再相见的时候，一定全力把对方"煮"了。

……现在回想起来，从第一次见面开始，她就完全喜欢不起来"红"之剑士这家伙。

会敌对也是理所当然的。对于塞弥拉弥斯来说，会背叛王的从者，本来就应该第一时间将其肃清。

她一边叹气，一边用心灵感应联系术士——没有回答。

好像是被无视了。难道他想反叛，女帝一瞬间产生了这个想法，但是马上就打消了。恐怕术士是在忙着准备宝具吧。

"红"之暗匿者还不至于会粗心大意到去打扰术士发动宝具。

她发现自己又在下意识地敲打扶手。她很清楚，自己现在很焦躁。刚才会粗心大意也是因为这个。

还没好吗，还没好吗，还没好吗？

我的御主还没有回来吗——

我想知道结果。

他放弃了吗？遭到挫折了吗？绝望了吗？或者——他完成第三魔法，找到了希望？

达成全人类灵魂物质化后，人将成为不死的物种。激情淡化，也不会再被欲望支配。

也就是说——没错，要形容的话，就是把人类变得像"他们"一样。不知道这样做是好是坏。

人类的历史分明在说——

战争。正是战争，让人类成长起来。正是因为有战争，持续在这个世界上制造小型的地狱，才会有今时今日的现实。

这是人类的罪孽吗？还是一种历史的必然呢？有时候，能够迅速有效消灭人类的武器，也会构筑出与预想完全不同的未来。

少年说过。

即便圣人去拯救人类，也不能从现实中拯救他们，不能帮他们获得未来。

是战争让人类成长。这也许是事实。可是这样一来——这个世界的弱者就会一直被践踏、压榨。

所以要拯救。

拯救一切——他是这么说的。

真是胡说，从者当时只是一笑置之。

或许你也说得没错，御主倒是一脸认真地点点头。

但是，这是我思考了六十年得出的结论。我会让你看到，无论遇到什么样的阻碍，我都会跨越过去——

塞弥拉弥斯被召唤之后，马上就听四郎说出了自己的目的。

……虽然是在交换契约之后，才告诉她的。

如果不能得到她的同意，毫无疑问这个计划就会瓦解。她原本以为对方会有备用计划，以便在她不参与的情况下实施，结果四郎却破罐子破摔地露出了一个愉快的笑容，并告诉她：你相当于我的半身，如果没能得到你的帮助，那我就没办法继续了。这次就先放弃，再等待下一个机会。

他只是平静地说，要再等待下一个机会。

他的灵魂上，已经彻底刻上了拯救人类的目的。即便死亡后被召回英灵座，这些激情都成了单纯的记录，他也会等待下一次作为从者被召唤的机会。

就算被嘲笑是没有意义的生命也没关系吧。

但是，要说没有意义的生命——此刻这个瞬间，确实"活着"的暗匿者也是一样的吧。

第二次生命——被召唤、被利用完了就消失，名为从者的奴隶。

有人觉得这样也不错。他们觉得历史本就是不断累积的过去，而未来的人，就是有厚着脸皮享用的权利。英灵本来就是为了这个目的而存在的。

塞弥拉弥斯却不这么想。无论如何，自己都是为了自己而活的。为了别人，为了未来使用自己的力量——都是隶属于他人。

虽然不想做任何人的奴隶，她却无法阻止自己被召唤。

那么——就永远重复无意义的生命，自己也永远是"最古老的毒杀者"。

那可真是一点都不好笑。御主还在为此难挣扎着。

……她也曾犹豫过。是找个机会让他做自己的傀儡呢，还是把令咒转移给其他的傀儡呢？无论选择哪一种，凭借自己的能力，都是轻而易举的事。

但是，当她注意到那份挣扎的瞬间——

她就发誓要帮助御主了。当然，那是一个充满了欺瞒的誓言。如果他没什么用，就会马上被驱逐，这是达成誓言的前提。

御主明明也清楚了她的处事方式，可听到她发誓帮忙时还是松了一口气——他露出完全不设防的笑容，轻轻对她说："非常感谢。"

——多么伪善，又多么伪恶。

他就带着那张不设防的笑脸，接受了她的毒。

她知道自己是愚蠢的女人，即便有阴险的计划，最后也无法执行。

咚，咚，咚。

"红"之暗匿者的手指还在敲击扶手。四郎还在大圣杯的内侧战斗吧。他还没有败北。如果他输了，她一定能清楚地感觉到因果线的异常。

但是御主现在还在大圣杯的内侧。也许有异常也感觉不到呢——

"无聊。"

就算事情真的变成那样，对她要做的事情也没什么影响。一样是控制大圣杯，支配世界。作为永远的女帝统治这个世界。

或者……如果对一切都不感兴趣了，那就全部扔掉也无所谓。

舍弃痛苦的记忆，像某个女王一样，被毒蛇咬过等死也行。不过，自己应该不会被蛇毒毒死吧……

"哼。"

她抛开了代入惨败者视角的思绪。能接受最好的结果和最坏的结局，才称得上是英雄。现在就做好该做的事，完成自己身为从者的义务吧。

"红"之暗匿者在半空中显现出两个幻象。其一是"红"之剑士，而另一个则是裁定者。她们都在奔走，一个要夺取圣杯，另一个则要阻止圣杯。

女帝现在关注的不是裁定者，她瞪着刚才伤了自己的剑士。

"为了打发无聊的时间，就先和你玩一会吧。好好品尝最古老的毒杀者塞弥拉弥斯的美酒吧。"

"红"之暗匿者轻轻笑了，她开始替换尖塔的构造，以便让她们两个都能抵达自己想去的地方。

∞∞∞

"红"之弓兵不能飞翔。就算是从者，也有办不到的事情。无论多么优秀的剑士，也不能像驾驶着飞行战车的骑兵一样自如地逆空向上。

弓兵也是一样。阿塔兰忒没有能在空中飞行的传说，再加上没有相关的宝具或者技能，一旦浮空，最后就只能摔落在地。

这就是道理，也是常识范围内。

但是——现在的她，已经位于这些东西的"外侧"了。

如果她还是"红"之弓兵，那么她确实是不能飞翔的。但魔兽就另当别论了。她裹在身上的"神罚之野猪"，是用憎恶与欲望织成的毛皮。

如果不能飞翔……那只要把身体改造成能飞就行了。

"裁……定者！裁定者！"

她发出恐怖的低吟，双臂开始扭曲。伴随着痛苦的惨叫，皮肤从阿塔兰忒已经变成黑色的双臂上剥离，构成翅膀，让她腾空飞起。

当然，这不是一双能长时间维持的翅膀。它只是为了完成此刻的目标，达到大概一千米之上的高度就可以的代用品。

双翅展开，勉勉强强让自己的肉体上升——神经和肌肉不断断裂，随即又被修复。

即便如此，在执念这份燃料的作用下，她还是用这双惨烈的翅膀加速上升。变成异形的怪物，给"红"之弓兵带来了不间断的痛苦。

但是，痛苦又算得了什么呢？

如果这份痛苦是战斗所必需的，那么她就会全部接受。她就这样上升了一千米，总算是回到了庭园。

那双曾经纤细美丽的手臂，变得像绞过的抹布。血不停地流，完全没有止住的迹象。

"哈——哈、哈、哈——啊哈——"

"红"之弓兵在笑。

在看到自己双手的瞬间，她的理性稍微恢复了一些。多么丑陋啊，多么凄惨啊……但是，这些都无所谓了。外表已经无关紧要，就连作为英雄的骄傲都已经不被她放在心上了。

理性削弱，只剩下暴虐的感情支配了她的头脑。她还能战斗，还能追逐，还能杀戮。

她缓缓地、一步又一步地追着裁定者。

没问题，还记得裁定者的味道。一切都……一切都还记得。这场战斗，还会持续。

"喂，大姐？"

远方传来了声音。

她根本听不见，就算听到了，她也没有回答的义务。

中央尖塔——在抵达大圣杯所在的那个地方之前，她一定要追上裁定者。

魔兽不在乎自己扭曲的双手，也不理会呼唤自己的声音，只是向前跑去。

∞∞∞

——势均力敌。

压迫而来的黄昏色的极光，和与极光不相上下的鲜艳的红莲之火，互相都无法侵蚀到对方的领域，最终都归于黑暗。

齐格落了地，"红"之枪兵把枪戳在了石板地面上。

"是三分钟吧。"

"红"之枪兵的声音淡然，只是指出事实。正如他所说，结束了三分钟的战斗之后，齐格转瞬之间就恢复了原本的样貌。

"啊，呼……"

齐格双膝跪地，吐出了鲜血。这是他恢复原本肉体所带来的反向作用，不过已经很轻微了。只是稍微吐了一点血，他不但还能动，甚至可以马上变身。

当然，他根本没有时间去锻炼身体。

这其实只是一种预告。说不定不会死，但是比死更——

——无聊。现在就专注去想眼前的人吧。

他呵斥着自己。战斗了三分钟，没有击倒敌人。但是，还能再战斗六分钟。

这个"红"之枪兵毫无疑问是个强敌。无论如何，如果自己没能打倒他……

"等一下。很抱歉，请你稍等一下再变身。"

"啊？"

齐格实在是很迷茫，他没有继续行动。"红"之枪兵看上去真的很抱歉的样子，他为难地说道："其实，我有件事想要拜托尤格多米雷尼亚的魔术师。我希望能等做完这件事后再继续战斗。正好——那边就有两个人。"

"红"之枪兵看向身侧的石墙。齐格也顺着他的动作看过去，就看到藏在墙后的弗尔维吉姐弟两个走了出来。

"在从者面前，隐藏也是没有用的。"

"我们只是没有露面的勇气而已。"

考列斯耸耸肩膀，回答道。齐格发现，考列斯身后的菲奥蕾双肩颤抖，她在哭——他明白了。是"黑"之弓兵死了吧。也就是说，活下来的是"红"之骑兵吗？也有可能是两败俱伤吧。

"那么……可以吗？"

"红"之枪兵看着齐格的双眼。他有着让人心动的妖美，却不会让人怀疑他话里有诈。

"明白了。希望能尽快。"

"啊，那当然。尤格多米雷尼亚的魔术师，跟我来。"

"红"之枪兵率先走了出去。考列斯推着菲奥蕾的轮椅跟上他。齐格有些犹豫，但他也想知道枪兵到底有什么愿望，便也跟在了三个人的身后。

沿着外围的砖砌台阶向下走，便来到了一个小房间。那里就是"红"之枪兵的目的地。考列斯他们一进去，就屏住了呼吸。

"这是……"

围绕着一张圆桌的五把椅子上，坐着五个男女。

每个人都在说着前言不搭后语的话。

"听好了。东洋的术式比明确的术式更柔软——"

"我去参观了伊凡雷帝的图书库。这样一来，就一定能厘清俄罗斯一带的魔术师经历过什么样的变迁了——"

"我的哥哥啊。我们明明得到了圣杯，为什么愿望还没实现呢？"

"我的弟弟啊。这不是理所当然的吗？因为我们根本就没有得到圣杯啊。"

"啊，想工作，想工作。什么事都可以，不工作的话——"

这种情况，大概就相当于活祭品之类的吧。既然他们还能开口说些不着边际的话，那么肯定还是活着的。但是，这种状态，真的可以称之为活着吗？

看看他们的服装，五个人全都穿着正式的魔术礼装。从手臂上能瞥见的咒文类保护刺青，也明显能看得出来他们是魔术师，而且还是一流的。

"这几个人——莫非……"

考列斯倒吸一口气，菲奥蕾的脸色也有些苍白。考列斯他们几个，已经猜出这些人的身份了。

"没错。他们就是我们'红'方原本的御主们。"

听"红"之枪兵这么说，齐格终于也懂了。原来如此，"红"方也不可能从一开始就是四郎一个人召唤了所有的从者。最初"红"方——魔术协会是召集了御主来召唤从者的。

"他们还……活着吗？"

听菲奥蕾这么问，"红"之枪兵点了点头。

"是的。暗匿者为了能和平转让令咒，只是用比较弱的毒使他们的思维变得涣散。我觉得这种毒不会一直有效，应该还能治疗。"

考列斯问道："那么，'红'之枪兵，你希望我们怎么做？"

"红"之枪兵回答："我希望你们能救下这五个人。虽然他们是圣杯大战的有关人士，但是他们现在已经从圣杯大战中败北了，不能一直让他们待在这里。"

"我们救他们，也没什么好处啊。"

听到考列斯这么说，"红"之枪兵便目光灼灼地盯着他。考列斯的额头很快就渗出了汗水。

没错，就是这样的。不可能没有好处。甚至可以说，好处太多了。

他们暗中替魔术协会工作，是不在台面上的魔术师，每一个人都是备受时钟塔期待的才俊。

说得明白一点，救他们对尤格多米雷尼亚来说，是只有好处的。尤格多米雷尼亚家族目前已经穷途末路，这等于是上天给他们的救命稻草。只要是对交涉有利的筹码，他们都不会嫌少。

"可能吧。这就请多多包涵了。"

"'红'之枪兵。如果我们救了他们，你会为我们做什么呢？你是施舍的英雄，应该也不会不给我们任何回报吧？"

菲奥蕾开口，向枪兵索取更多的好处。考列斯觉得就算是"红"之枪兵，听到这样的要求也会发怒吧，结果对方却很严肃地听取了菲奥蕾的要求。

"正如你所说。但是很遗憾，我没有什么东西能给你们。"

"那么。就要你的枪——怎么样？"

菲奥蕾试探着提出了厚颜无耻的要求。"红"之枪兵难过地摇摇头。

"很抱歉。把枪给你们，就等于将胜利拱手相让。我做不到。我已经发过誓，会尽全力与'黑'之剑士一战了。"

这是很合理的，菲奥蕾却皱起了眉头。

听他这么说，考列斯倒好像注意到了什么，他开口问道："'红'之枪兵，你说发誓要全力与'黑'之剑士战斗，是真的吗？"

"是的。我也知道'他'其实只剩下了一颗心脏，并且这个人造生命体变成'黑'之剑士的时限只有三分钟。"

考列斯瞥了齐格一眼。

"那就简单了。既然你发誓要全力战斗，如果在三分钟之内没打倒这家伙，能不能放我们走呢？"

"……"

"难道不是吗？'黑'之剑士只能在这个世界出现三分钟。而这宝贵的三分钟，都留给你了。那么难道你不认为，既然你没赢，就意味着是你的败北吗？"

"红"之枪兵少见地没有回答。齐格从常识的角度推断，考列斯的这个提议应该也会被拒绝。如果"红"之枪兵答应了，就意味着对他来说，不能在三分钟之内战胜齐格，就等于是输了。

"确实。在面对一个把所有力量都在三分钟之内用完的战士时，如果需要三分钟以上才能打败他，也算不上光荣吧。我明白了。"

然而，"红"之枪兵好像有他自己的想法。

让人吃惊的是，他接受了考列斯的提议。那如果齐格能坚持战斗三分钟，他自然就取得了实质上的胜利。

"等一下……'红'之枪兵，你就没想过，我可能会故意把战斗拖延到三分钟以上？"

齐格问道。

这绝对不是"红"之枪兵希望看到的情况。无论他怎么倾尽全力去战斗，但齐格都不配合的话——

"红"之枪兵却只是平静地点了点头。

"那也没关系。我发誓要尽全力去战斗，和你不尽全力只想打成平手，完全是两码事。更何况，如果我没能在三分钟内打败你，那也是我自己的原因。"

那是绝顶的自信。

还有爽快的英雄观念。

"你会不尽全力……不战而逃吗？"

迦尔纳问道。

他的目光深邃，平和，完全看不出有一丝一毫的责难。

如果要逃也没关系。他本人最清楚，发誓是他单方面的行为。

只是——这也没办法。那是愿意承受一切后果的眼神。

在印度最古老也最鸿篇巨制的叙事诗《摩诃婆罗多》中，悲剧的英雄迦尔纳也背负了被大英雄阿周那讨伐的命运。

那么多的悲伤和诅咒都降临在迦尔纳的身上。

般度王家的五兄弟与迦尔纳和他的保护者难敌为敌，自小抛弃他的母亲却来恳请他不要应战。

——那么，我不再与三子阿周那之外的人战斗。

般度五兄弟的父亲是雷神因陀罗，因陀罗出于对自己儿子的爱，用诡计骗走了迦尔纳的黄金铠甲和耳环。失去了能抵挡各种攻击的铠甲之后，等待迦尔纳的结局，就只有死亡了。

——算了，反正我做不出逃走这种事。

迦尔纳还遭到诅咒，在关键时刻会忘记必杀的利刃——不灭之刃（Brahmastra）的使用方法。

——这也没办法。

而此时此刻，迦尔纳又以其他形式被施加了"诅咒"。

面对一个绝对能战胜的对手，发下舍弃胜利的誓言。

"在那之前，我还有一个问题。你为什么要救他们？"

"拥有'黑'之剑士心脏的人造生命体，你觉得我会救他们是很奇怪的事吗？"

并不奇怪。

作为慈悲的英雄，当然会想救他们吧？

只不过，万事万物通常都会有一个限度。富有者会想去救助贫穷者，但绝对不会宁可毁灭自身，也要完成这个救助的心愿。

"不奇怪。但是——为什么？"

"他们原本是我的御主，这个理由就足够了。我没能保护他们。明明作为从者，我却没能履行自己的职责。不过，即便他们已经从圣杯大战中落败，我还是想救下他们的性命。我也清楚，这个想法既愚蠢又傲慢……"

在场的另外三个人都无言以对，不明白是哪里傲慢了。

"红"之枪兵用带着敬意的眼神看着还在胡言乱语的五个人。

"即便如此，我也只能这样活着。这样的生存方式……也是最让我感到舒适的。"

齐格的理智在提醒自己。

这是个好机会。在三分钟的时间里，一直不停地逃跑逃跑逃跑，用宝具抵消宝具，就能获胜。

毕竟对手是大英雄迦尔纳，采取这样的战术并不可耻，甚至是值得赞赏的好计策。

但是，还有另一个想法在说话。

那是个可耻的计策，难道他的全力以赴，就不值得我为之用尽全力吗？

道理和信念无法一致，他拼命地让自己不要陷入混乱之中，至少不要在脸上表现出来。

接下来，是考列斯的一声轻咳让静止的空间重新活动起来。

"明白了。但是，魔术师是做不到带着这五个人回到下面的。可能得找'黑'之骑兵送我们才行吧——"

"那没问题,有能将人传送到地面的房间。只要用魔力就能把你们送回地面,这个我也做得到。"

"等一下,那也就是说,谁来做都行吧?"

那当然,迦尔纳点点头。

考列斯看着菲奥蕾开口道:"姐姐,就到这里吧。"

菲奥蕾一下子没听懂他在说什么——接着,她就难过地慢慢点了点头。

"是啊。必须得联系上戈尔德叔叔,把他们几个保护起来。我们必须回到地面去了。"

"黑"之弓兵已经死亡,令咒也消失了。菲奥蕾·弗尔维吉·尤格多米雷尼亚已经在这次的圣杯大战中败北了。

也就是说,他们已经没有留在这里的必要,而且每秒钟都有死亡的危险。

本来应该是这样,考列斯却平静地说:"嗯?要回去的只有姐姐自己,我留在这里。"

"咦?"

"之前不是说过了吗?我会成为尤格多米雷尼亚的族长,所以必须亲眼见证这次战斗的最终结局。"

作为尤格多米雷尼亚族长,他有亲眼见证最后结局的义务。

"可是……可是……"

考列斯像要打断菲奥蕾的话一样,冷淡地转过头对"红"之枪兵说道:"'红'之枪兵,带我们去传送的房间吧,还得麻烦你帮忙转移这些御主。"

"明白了。"

迦尔纳抱起三个人,齐格和考列斯也各自抱起了一个人。

奇怪的四人组开始移动。

他们走在一条仿佛永远也走不完的石造回廊上。可能是用了某种魔术,天花板透出淡淡的微光。菲奥蕾无意中想到,比起希腊,这里的气氛更像残留在墨西哥中部的阿兹特克人的神殿。

菲奥蕾发现自己下意识地在看弟弟考列斯的背影。考列斯用上了减轻重量的魔术,扛着一个魔术师,沉默着向前走。菲奥蕾不知道自己为什么没有反对他。

她感觉到,与以前自己所熟知的弟弟相比,现在的弟弟已经有了某种决定性的变化。

或者应该说,先变化的人,可能是自己吧。是因为自己放弃了魔术师的身份,才变得无法理解继续做魔术师的弟弟吗?

她想伸手去抓住渐行渐远的背影,却还是没有这么做。

这与失去"黑"之弓兵的悲伤不同,这感觉就像被高墙围困,那种无可奈何的孤寂。

考列斯真的想——毫无意义地留在这个战场上吗?

"是这里。"

"红"之枪兵停下脚步。打开房门,就看到房间地面上画着复杂的魔法阵。枪兵把自己带过来的三个人小心地放在地上躺好。

考列斯和齐格也跟着他放下了自己带的人。

"姐姐。"

听到了催促声,菲奥蕾带着一种无依无靠的心情进入了房间。她能感觉到房间地面流动着庞大的魔力。就好像站在炸弹上面一样,她无法冷静下来。她不安地看着考列斯。

"没关系的。我认为'红'之枪兵是不会说谎的。"

"是啊,我一次也没有说过谎。"

"红"之枪兵规规矩矩地表示同意。

"不是这个问题——"

她担心的不是这个,而是想知道她真的要这样一走了之吗?

考列斯也挠了挠头。

"可能我也一起回去会比较好吧。这是我们挑起的战争。虽然主谋是达尼克,我们也没有反对的资格,但是确实是我们先开战的。所以,总不能到最后连一个亲眼见证的人都没有吧。"

"那么——"

那么，自己也要留下来——

菲奥蕾刚要开口，就对上考列斯的眼睛。那是一双魔术师的眼睛，比起自己的生命，更想探求神秘。

那已经是她无法再涉足的领域了。

"对不起。考列斯，拜托了，一定要活下来。"

"我明白。都到了这里，本来也不会再战斗了。我会想办法活着回去的。"

那是一个无力的笑容。

随后，"红"之枪兵关上了门。门刚一关上，周围的魔力好像爆发了——一阵眩晕，这种感觉让菲奥蕾闭上了眼睛。

但是，能感觉到的魔力就只有一瞬间。

就在魔力迅速消失的同时，空气好像也突然变冷了。

"啊……"

她环顾四周。这里是一个毫无异状的土丘。在眼前展开的场景，是庞大的黑暗旋涡。菲奥蕾猜测，这就是黑海吧。

周围没有人迹，也没有人会因为自己的突然出现而产生骚动。只不过除了自己，还有"红"方的五个魔术师，仍然在胡言乱语。

菲奥蕾当场用心灵感应联系戈尔德，讲了事情的原委，拜托他派大型车来迎接。

这样就顺利逃脱成功了——就是这样一个情况。她从来没想过，自己居然会亲身体验这种无限接近于魔法的大魔术。

虽然是很宝贵的经验，但是对她的未来毫无意义，因为菲奥蕾·弗尔维吉·尤格多米雷尼亚不再是魔术师了。

——唉，我的圣杯大战也到此为止了。

菲奥蕾不甘心地握紧了拳头。最后没能和"黑"之弓兵道别，虽然遗憾但也没办法。

不过，那位从者是绝对不会这么简单就死去的。

"红"之骑兵就算没死，应该也和死了差不多。

那个人的宝具，就是那么厉害的武器。自从召唤的时候开始，他的弓箭就已经准备好，绝对会不偏不倚地射中"红"之骑兵那独一无二的弱点。

然而，所有的一切早就不是自己能够掌握的了。

剩下的，就是活下去而已。放开迄今为止曾经握住的东西，去尝试完全不同的生活。

——我走上了不同的道路，他也走上了不同的道路。

这已经是不知道在脑海里重复过多少遍的事实，但是只有像这样分开之后才明白。

"好寂寞啊。"

弟弟走上了过去她曾经走过的道路。不再回头，只是一直前进。

她自己却仿佛还有留恋，不停地转头去看过去的路——有些气馁，也有些安心的吧。

——那也没关系。

她想起了"黑"之弓兵曾经对自己说过的话。

会有留恋是理所当然的。

觉得自己做错了也是合理的。

但是，这个选择其实没有错。她会有这样的感觉，只是因为对自己放弃的东西有感情而已。

——等到这场战争结束的时候，御主一定会发现，自己还失去了一样东西吧。

——但是，那其实并不是失去。只是看不见了而已。

他那句令人费解的话，现在菲奥蕾终于理解了。

就在考列斯毫不犹豫地决定留在那座庭园的瞬间，她发现，弟弟已经不是她原本熟悉的那个人。

她看不见自己与弟弟之间的联系了。

并不是失去了，对吧。正因为弓兵已经提前说过了，她现在才能理解。

但是即便如此，会感到寂寞这一点还是没变。

菲奥蕾·弗尔维吉·尤格多米雷尼亚已经败北了。

她不再做一个杰出的魔术师，而是选择成为一个普通人——埋没在这个世界里，平凡地活下去。

菲奥蕾看着眼前开阔的海面，暗沉沉的海水。

她忽然流下了泪水。失去的东西，取回的东西，变得看不见的东西，变得能看见的东西，在此刻切实感受到了它们的珍贵。

∞ ∞ ∞

"非常感谢。这样我也能卸下肩上的重担了。"

"红"之枪兵表情淡然地对考列斯道谢。考列斯耸耸肩膀，低声说着这样也很好。

"那么，就按照约定分个胜负。换个地方吧，可以吗？"

"好。"

齐格毫不犹豫地同意了。

"红"之枪兵转头去看考列斯。

"尤格多米雷尼亚的魔术师，你呢？"

"我吗……先跟着你们吧。"

"那你要小心不要被波及了。对军宝具是不会手下留情的。"

"我知道啦。"

三个人走了出去。齐格看着走在自己身边的考列斯。之前他一直以为，考列斯当然会和他的姐姐一起离开。

他现在会在这里，是因为他姐姐菲奥蕾要和自己的从者"黑"之弓兵共同进退。既然如今她都离开了，考列斯跟着走是理所当然的。

"你真的要看吗？"

听齐格这么问，考列斯点了点头。

"啊，我要看看。虽然我什么忙都帮不上，但也不能因为什么都做不了，就放弃自己应该履行的义务吧。"

"义务?"

齐格不太明白。考列斯挠了挠头,他不知道应该怎么解释。

"因为是我们挑起的啊。虽然现在事态向着出乎意料的方向发展,但如果因此就逃走,我也算不上是御主了。"

"你现在就不是御主吧?"

听齐格这么说,考列斯摇了摇头:"直到这次圣杯大战结束,我都必须是御主。一开始我就是这么决定的。"

大概是下意识的动作吧,他在自己的手背上——也就是原本有令咒的位置蹭了一下。

齐格更加不明白了。一般来说,从者的消失就意味着在圣杯战争中的败北。尽管也存在与其他从者紧急签订契约这样极少数的状况——但是现在这个可能性几乎为零。

"是啊。这个嘛,怎么说呢……不行啊。一定要说的话,就是单纯的倔强吧。"

"就为此而身赴险境吗?"

听齐格这么问,考列斯露出为难的表情,陷入了沉默。事实上,就连他自己,都很难解释这种走投无路的感情。

逃走就行了,逃走是理所当然的,逃走很合理。

这里是从者们互相争斗的地方,而他只是一个连御主都不是的魔术师,这里不是他应该出现的地方。

他好像一直在接收这样的暗示——但越是如此,他越是想留下。就算帮不上忙,就算自己无能,就算自己会因此丧命。

即便如此,自己也必须留在这里——

走在前面的"红"之枪兵转过头说道:"这位魔术师的决定可能并不聪明,但是作为人来说,却是高尚的行为。不要太苛责他。"

"不,我也不是要苛责——"

考列斯叹着气喊道:"够了,别谈这个话题了!好啦,'红'之枪兵,快带路吧。"

"嗯,已经到了。"

同一时间，"红"之骑兵正好停下了脚步。他若无其事地推开厚重的石门，把两个人带进了一个非常广阔的地方。

"这里是——"

这个昏暗的房间，明显大得不太正常。天花板高得看不见，地面不断延伸，看上去好像没有尽头。恐怕是用魔术对空间进行了扩展吧。

"红"之枪兵开口说道："只要在这里，就算我们不控制力量，也不会造成太大破坏。魔术师，你尽量离远点吧。"

"哦。"

考列斯点点头，尽量离他们更远一些。他做了个深呼吸——发誓绝不会让他们离开自己的视线。

——现在要和"红"之枪兵战斗了。

这是之前就已经决定好的，齐格完全没什么意见。但是，他真的必须战斗吗？

只要他用尽全力持续逃跑三分钟，就必定能赢得这场战斗。

如果要问他恨不恨"红"之枪兵，答案是否定的。但是，他们有约在先。

即便对方只是一个人造生命体，剑士还是毫不犹豫地给出了自己的心脏。

这是他盼望的战斗。

逃走也没关系，裁定者给了自己这个选项。她说过完全没有战斗的必要，逃走也没关系。谁都不会因此而责备自己。

没有憎恨。但是如果不战斗，一切都无法开始。无法前进。

——也有这样的战斗。

那么，要怎么选择呢？不是判断哪个选择是正确的，而是看想要怎么选。

"怎么了？你不变身吗？""红"之枪兵诧异地问。

齐格决定了，他已经决定了。也许，这是一个非常不合理的、最糟糕的选择吧。

但是，如果不这么选择，他总觉得自己会失去好不容易才在心里扎根的感情。

"我想拜托你一件事。"

"哦？"

说说看——"红"之枪兵无声地如此催促道。毕竟，他什么都能舍得给他人，这位施舍的英雄没有丝毫犹豫便答应了下来。

"我，给自己取名叫齐格。这个名字来自那个把生命给了我的男人，他无声地告诉我'活下去'。我希望你能用这个名字称呼我。"

啊，真是的，这是多么愚蠢的选择——

"作为回报，我也会尽全力战斗。虽然只有三分钟，但是我会像那个原本应该与你战斗的男人一样。"

"红"之枪兵的眼睛微微睁大了。

沉默——虽然齐格自己很清楚这是一个愚蠢的选择，但是不知道为什么，却仿佛有一股清爽的风吹进了心里。

感觉真好。自己的选择、自己的愚蠢，让自己心情愉快。

齐格看到有一丝笑容出现在枪兵的脸上……也许只是错觉吧。

"是吗？那么齐格，我们都能拼尽全力一战吧。"

在枪兵说出这句话的同时，齐格用上了第四个令咒。

身体被庞大的魔力包裹。这次就是最后一次了吧……但是在内心的某处，却清晰地浮现出一丝想法：也不一定。

他双手握紧了幻想大剑。

"来了，齐格。"

"来吧！"

一瞬间整个空间都沸腾了，最强的剑士与最强的枪兵开战！

∽∽∽

"黑"之骑兵睁开眼睛的时候，发现只剩下自己了。

"咦？咦，咦，咦？这是哪里？"

"什么啊。你终于醒过来啦？"

"黑"之骑兵摸了摸自己的身体。虽然他不是什么聪明人，但是连醒过来之前的记忆都想不起来了，他也明白自己受的可不是什么轻伤。

"那个那个，我确实——啊，对了我想起来了！"

"喂，你听不到我说话吗？"

"黑"之骑兵慌忙站起来。他东张西望地环顾四周，确认情况。原本还能看到远方的那些飞机，现在都不见了。看起来飞机已经完成了它们的使命。

御主——没问题，还活着。

虽然活着，却不在身边。

"咦？"

必须得赶快去找御主。但不知道他现在在哪里。怎么办呢？要随便找个方向先去找找看吗？很好，那就快点——

"听我说话，这个蠢货！"

"哇呀！"

"黑"之骑兵跳了起来。他转头一看身边，"红"之骑兵正一脸不耐烦地看着自己。

"你、你不是敌人吗？"

"是啊。"

"黑"之骑兵慌慌张张地从"红"之骑兵身边退开，去拿剑——没有剑，那就拿枪——然后就想起枪已经被自己扔了，干脆握紧两个拳头准备战斗。

"你该不会是个笨蛋吧。啊，抱歉，你就是个笨蛋。"

"闭、闭嘴。什么啊，你活着也就意味着——啊，可恶，我们的弓兵被干掉了吗？"

听"黑"之骑兵这么说，"红"之骑兵转开了视线。他的眼神中充满了悲伤。他不但没有一丝喜悦，还很痛苦地说："啊，没错。我打倒了老师，多年的愿望终于实现了。"

"是吗？"

"黑"之骑兵无力地放下了双拳。如果对方开口侮辱被他打倒的对象，即便没有获胜的希望，他也会勇敢开战的吧。

但是，"红"之骑兵展现的态度完全相反。他为自己老师的死亡而哀悼。

"红"之骑兵提到的"愿望"应该也是真的吧。打倒老师，超过老师，正是大多数弟子的理想。

只不过，达成这个理想之后，剩下的却不仅仅是喜悦。自己爱的人死去了，当然会产生深刻痛苦的哀伤。

沉默。"黑"之骑兵感觉自己愿意分担那份悲伤。"黑"之弓兵就是一个如此有魅力的人物。心思缜密，沉稳，而且在最后的最后，他也奔向了单纯的梦想。

"我是不是必须和你战斗呢？"

听到"黑"之骑兵这么问，"红"之骑兵回过神来，耸了耸肩膀："我觉得还是别打了，反正你也打不赢我吧。"

"谁知道呢。你现在负伤了，我倒是觉得说不定有可能呢。"

"黑"之骑兵敏锐地发现对方已经被射穿了。这让"红"之骑兵不觉发出了感叹。

"黑"之骑兵，阿斯托尔福，虽然是骑兵这种在最前线战斗的职阶，却一直被诟病为弱小的从者——即便如此，果然还是因为他具有优秀的战斗才能，所以才会被召唤。

"但是，很遗憾，我现在很忙。不好意思，你去找别人打吧。"

打也不是不行。他有自信不会输，而且说不定也会是一场酣畅淋漓的战斗吧。但是，他已经不想打了。他已经满足了，现在的自己就等于是一个死人。只是在实现愿望之后还活着而已——

"是吗？那我先走了！"

"不，你等等。"

"黑"之骑兵已经转过身去准备跑开了，"红"之骑兵却反射性地叫住了他。

"怎么了？"

"你那个御主——就是那个,'黑'之剑士的冒牌货。"

"别说他是冒牌货!御主有自己的名字,叫齐格!"

"黑"之骑兵毫不犹豫地做出反驳。

"红"之骑兵有点嫌麻烦地挠了挠头。

"啊啊,知道了知道了。你那个御主齐格……他正在和我们的枪兵战斗吧。"

"嗯,多半是。因为他们之前好像约好了。我最后还记得的,就是御主和'红'之枪兵战斗的画面了。"

"是吗……"

"红"之骑兵犹豫了一下,还是下定了决心。虽然自己的拳头打倒了老师是事实,但是对方同意决斗,也是在自己答应某个条件之后。

迷茫,背叛……不,不是这样的。这是"黑"之弓兵同意配合自己后,应该得到的回礼。

"怎么了,你说等等,我可是一直等着呢。再不说我可要走啦!"

"黑"之骑兵好像等不及了,再次转身要离开,又被叫住了。

"所以我说让你等一下啊!"

"真是的……"

"黑"之骑兵不耐烦地回过身来,可以明显从他的眼神中看出他不太愉快。

不过,可能是因为"红"之骑兵已经下定了决心吧,他的心情倒是挺轻松的。

"我有件事要拜托你。放心吧,对你没什么损失的。"

"黑"之骑兵爽快地接受了"委托"。"红"之骑兵在目送他离开后,便径直向着中央那座倒转的尖塔奔去了。

∽∽∽

——关于双亲的回忆,实在太少了。

可能是因为出生后不久就被送走接受教育吧,他的大部分回忆都是和老师喀戎的生活。

但是，要说双亲舍弃了他，倒也不对。父亲佩琉斯深爱着母亲忒提斯，却因为人类与神之间难以跨越的屏障而分手。

他不恨妻子，也不恨儿子。

他只是明白——"他们是不可能一起生活的"而已。

听父亲讲他的过去，曾经是幼小的阿喀琉斯的一大乐趣。

虽然佩琉斯的个性谦虚淳朴，但也是一个立下了赫赫战功的男人。他在战场上的英勇故事，有趣故事，还有让人忍不住流泪的故事……

而在这些故事之中，佩琉斯最乐于讲述的就是有关于某个女猎人的故事。

他说她很美，不是那种被困在金屋里娇生惯养只能被爱的美。

而是像奔驰在平原上的骏马一样的美。

专注强化一方面的身体能力——沾着泥土，染着鲜血，完全没有王宫里公主那样可怜可爱的特质。

据佩琉斯所说，与那些仿佛一触摸就会折断的柔弱之美不同，她那种不把任何苦难放在心上的强大，有种震撼人心的美。

"然后，她就被抛下了吗？"

"是啊，可能是因为有一颗邪恶的心吧。她甚至连分辩的机会都没有，就那么被抛下了。"

佩琉斯苦笑着回答了阿喀琉斯的问题。

她的名字，是阿塔兰忒。

希腊最强的猎人，也是无法与任何人相互包容的高傲的兽。

她说过，她有梦想。

她希望所有的孩子都能被爱。虽然没听说过她生前也有类似的愿望，但是就算听说过，他应该也会和"红"之暗匿者做出一样的反应吧。那是不可能的，放弃吧，真是愚蠢的梦想。

他和那些人一样。不可能会有那种所有小孩都被爱的和平世界。真是愚蠢的白日梦。他就是那种会说着这种话，对身边的不幸置之不理的人。

但是，即便她的梦想会被嘲笑——也不可否认，这是一个美丽的梦。即便知道这是一个永远都不可能实现的梦想，阿塔兰忒还是选择了这条道路。

又有谁有权利嘲讽她呢？

那些明知道这个梦有多美，却根本不考虑这条道路有多艰难的胆小鬼，是没有权利去嘲笑她的梦想的。

——明明心里是承认的，那个梦，那个自己无法实现的梦，是那么珍贵。

"为什么，会变成这样呢？"

"红"之弓兵把她的身体奉献给了魔性。毫无疑问，就是那张卡吕冬的魔兽的皮，只是缠住一只猪，也能把一个国家打入恐怖的深渊。

"红"之骑兵不知道她带着这东西的宝具。既然他不知道，恐怕其他人也不知道吧。

他只听过老师讲的故事，也知道卡吕冬的魔兽是月之女神（阿耳忒弥斯）的使者，而野猪原本也只是一只普通的野猪。

但是，在月之女神用那块毛皮盖住它的瞬间，野猪就变成了魔兽。

——如果不愿意献上祭品，你的国家所有野兽都会变成这样。

当时女神应该是这样威胁的吧。

那么问题来了。如果用这块毛皮裹住当今世界上跑得最快的"红"之弓兵，会怎么样呢？

她会变成什么样的生物呢？

那已经不应该再被称作是"红"之弓兵了。她被妄念所迷惑，已经遗忘了最初的目的，是可悲的最强怪物。

那个人品高洁，以勇武著称的希腊最强的女猎人阿塔兰忒，已经不在了。

"那么，现在怎么办？"

"唉，真是的。就算是第二次生命，也不能全是好事啊。"

"红"之骑兵在叹息，他想起了老师过去的教诲。

"虽然你能自始至终严厉对待敌人，但是一旦认定对方是伙伴或者'好人'，就太心软了。"

"正如你所说的，老师。但是……"

生前，父亲曾经对他说过这样的话。当时他立志要成为英雄，即将与父亲分别，而父亲把手放在他的头顶，说道：

"最后，这是父亲给你的忠告。不能带着身为英雄的义务感去战斗，你只是因为自己想战斗才战斗的。别忘了——"

"红"之骑兵不知道自己这样做是否正确。可能所有的一切都是错的吧。即便如此，他发过誓要按照自己的想法去战斗。而自己的想法，毫无疑问是想救她。

所以他尽全力跑起来——脚后的疼痛，早就已经无法妨碍他了。

因为最后，阿喀琉斯还是只能作为英雄，继续奔跑。

∞∞∞

裁定者向着目的地跑去。无论空间被魔术放大得多么广阔，她也不会认错自己的目的地。

而且，因为没有御主，她也不需要在无谓的地方浪费体力。

这恐怕是"红"之暗匿者也知道的事实，她只是在利用这些距离争取时间。而且，这样做也是有极限的。因此，裁定者肯定有从者们在前面等着她。

虽然"红"之弓兵、"红"之骑兵和"红"之枪兵被安排在外围奇袭，但是"红"之暗匿者和"红"之术士这两名从者却至今没有现身。

尤其是暗匿者——这座"虚荣的空中庭园"的主人塞弥拉弥斯，恐怕就在距离大圣杯极近的地方等着敌人吧。

术士还不清楚。在那个战场上也好，还是第一次和天草四郎时贞见面的时候也好，术士一次都没出现过。他是不是已经在哪里布下了陷阱？或者说——

裁定者脑子里在思考如何应对从者们，脚下还在奔跑，迅速又毫不迟疑。即便眼前有数百个不同的入口，她也不会有一丝犹豫，只会选择那一个。

……齐格应该没事吧？

裁定者能感觉到"黑"之剑士，所以知道齐格还活着。但是，她能判断的就只有"是否活着"这一点，无法知道这个生命是否下一秒就会死去。

如果她现在停下来，用圣水画一幅地图，也许能看到他是不是在活动——

她一瞬间就放弃了这个无聊的想法。这个想法太蠢了。她就是为了不要止步于此，为了能继续向前跑，才辛辛苦苦来到这里。

——去制止。

制止天草四郎时贞，不制止他是不行的。用大圣杯拯救人类，这种事是不可能做到的。绝对，不可能——

"这种事，他本人比任何人都更清楚吧。"
"为什么要选择拯救人类呢？"
曾经被她无数次从脑海中挥去的想法，再次划过脑海。

他已经对人类如此绝望了吗……对人类绝望，她倒也不是不能理解这种感觉。

人类本性就兼具正邪两面，却无法忍受自身的邪恶。所以人类才会以正义之名，行正义之事，为正义自豪。

否则，人会无法忍受而崩溃。

但是就算站在第三者的角度，天草四郎也是毫无疑问的正义之人。他会站出来，不是为了功成名就，而是为了弱者不受迫害。

然后他失败了。从他的角度来看，这与被邪恶打败了没什么区别。所以他才会对人类绝望，选择拯救人类。

贞德想，自己为了拯救法国挺身而出，本质上自己和他没有任何区别。

她自己听到了主因为无能为力而发出的叹息，那个少年则是听到了人民的叹息。

但是，在对人类的看法上，他们却截然不同。而这种不同，是非常致命的。

强者并不总是强者，也不代表邪恶。

她自己很清楚。

她知道那些折磨自己、嘲讽自己的人，在面对自己的爱人时，也会露出温柔的笑容。

她自己很清楚。

她知道那些和自己一起战斗的人，目光也会变得浑浊，走上邪恶的道路。

即便如此——即便如此，她还是很清楚，人类是值得被爱的。

所以要战斗。

所以要杀戮。

所以要救赎。

可能是因为早就下定了决心的缘故吧，她像钢铁一样坚定。任何的苦难、任何的诱惑，对圣女都无用。这一点是毋庸置疑的。

……只不过，与此同时，她心底也一直有一股风在吹。在平时，这只是一阵微弱的风，完全不会引起她的注意。

但是，这阵风一直在不停地吹她早就百炼成钢的心。如果她的内心是钢铁，那么遇到比钢铁更强硬的风时，也会轻易被折断——

裁定者接下来闯进的房间，也只能用宽敞来形容。大体上来说，可能和一个棒球场差不多大小吧。

一定要说这个房间有什么奇怪的地方的话，就是场地中有很多竖起的石柱，就像森林里的树木一样，看上去有些诡异。石柱上被施加了魔术——不是用于攻击的，估计是用于改变空间，让这里像迷失的森林一样迷惑敌人吧。

当然，这对裁定者来说没有任何意义，她只是按照直觉横冲直撞而已。

虽然说是横冲直撞——

正在向前跑的裁定者却突然感到身后一股寒意。

让人绝望的魔性生物，带着对自己的憎恶，足以让人想要呕吐。

尽管裁定者感到难以置信，但还是当场转换了想法。她双手紧握圣旗，遵从直觉的指引，在跳开的同时转过身，挥动旗杆向下砸去。

双方都是突袭。

"曾经"是"红"之弓兵的魔兽已经来到了裁定者的身边，它在空中调整姿势，刚好躲过了旗杆。

双方应该都觉得恐怖吧。

裁定者仅凭自己的感觉，就对无声的偷袭做出了反击。

魔兽为了偷袭身在半空，却依然能成功避开裁定者的反击。

"'红'之弓兵——阿塔兰忒！"

"还没结束！不会让你，不会让你这种人，妨碍我！"

她为了追求自己的梦想，已经无可挽回地偏离了正道。然而即便如此——正义的痛哭仍未停止。

"我要拯救他们，一定能救的！不可能达成的希望（未来）就用不可能的圣杯（愿望）来实现！别来妨碍我实现梦想！"

魔兽在石柱上借力冲向更高的地方。这里的石柱像树林一样茂密，对使用长柄武器的裁定者不利。

但对魔兽来说，却是个有压倒性优势的地方。一方面是因为，她本来就是传说中能跨越任何障碍物的飞毛腿阿塔兰忒。

另一方面就是，风声。

认识到这一点的裁定者，迅速藏到了石柱的阴影中。只要是能对这个声音做出反应的人，都会理所当然地想到要这么做。

但是，一旦关系到这只魔兽——这种方法就完全没有用了。

"嗯？"

黑色的羽箭准确地贯穿石柱，射进了裁定者的肩膀。她知道对方是通过风声放箭的，所以才认为藏在石柱后面就能预防。

或者，如果对方在射出羽箭时还得回避石柱，她也就有了应对的可能。

结果没想到——对方的箭居然一点都没有减速，直接用音速射穿了石柱。这应该怎么解决呢？

"这里是我的猎场！这里是我的森林，是我的猎场，裁定者！"

黑暗中的某个地方，传来诅咒一样的声音。这句话让裁定者不寒而栗。裁定者判断，卡吕冬的毛皮让她狂化，并将从者的力量全部释放了出来。

这个猜测恐怕是正确的，这种情况类似于反英雄或者魔兽。可是，此刻的对手除了拥有狂放的力量，还能进行理性的思考。

虽然不知道这是因为她是阿塔兰忒还是因为卡吕冬本身的特性，但都不影响这是个可怕的事实。

……恐怕，这只魔兽会永远追杀裁定者。不过，她的精神只集中在隐藏气息追踪裁定者这件事上。她判断这个房间就是最合适的猎场，于是发起了突袭。

裁定者无法忽视。如果能做到，裁定者一开始就逃了。

从刚才开始，她每秒钟都能感到更强烈的寒意，提醒她已经来不及了！

∞ ∞ ∞

——她头脑发晕，感觉世界正在急剧地萎缩。

敌人，有敌人。找到敌人了……必须打倒，必须杀死。为了谁？为了什么？

肚子好饿——非常饥饿。必须用杀意，填饱肚子。

景色停滞了。已经无法判断种别。只要能分清生物和非生物就足够了。反正只要全都咬死就行了。

她在柱子之间跳跃移动。敌人一定就在这个房间的某个地方。

"……了……杀了……杀了你，实现我的愿望！"

——找到了。

红，红色。魔兽的双眼，确实看到了人体散发的热量。

是敌人。

敌人，就在那里！

"死吧！"

她在一根根石柱之间跳跃的样子，就像山里的野猴子。魔兽以石柱为立足点，射出羽箭。

她转瞬之间就射出五支箭，都带着必杀的气势。就算对手躲在石柱的阴影里，这些黑箭也有射穿石柱的威力。

"红"之弓兵的身上已经没有在原野中奔驰时的那种美感，现在是极度扭曲不祥的东西构成了她的身体。

她的举动也与过去完全不同。无论在什么情况下，野兽都还是生物，绝对不会做出超出现实范畴的举动，以免对关节产生极度的负荷。

她的翅膀本来就是由手臂转变而来的，此刻被她像抹布一样再度扭曲，黑色的箭带着扭力以音速飞出。这等于是一种模拟的膛线，是生物不可能做得到的射箭方式。

魔兽也绝对不会拒绝这种行为带来的剧痛。

"苦痛本身，就是为存在而唱响的凯歌。"

对于卡吕冬的魔兽来说，疼痛与苦楚才是这个世界的全部，他们因此而强大。不拒绝被给予的痛苦，欢喜地接受被给予的痛苦。

"什么？"

她吃惊得向后跳跃拉开距离。她刚刚射出的五支箭，每一支都有足以匹敌宝具的破坏力——却被一一击落了。

是谁？这个随手就带来奇迹的敌人，到底是什么人？

模糊不清的视野。模糊不清的声音。

"好了，你就先■吧。这里应该是我跟■决一胜负的■■啦。"

"明■了。那我■■■。■■■■，希望你能赢。"

"■■啦。好了——你就，■■■■——"

无声。

语言对她来说，早就变成了声音的罗列，她已经不能分辨语言的意思了。这也是理所当然的，因为是她选择成为了魔兽。

"杀了就好。"

所有一切都模糊不清，所有一切都消失在雾的另一边。剩下的只有杀意，还有模糊的——"梦想"。

那么，为了实现梦想，就在狂乱的吼叫声中消灭敌人吧。

魔兽狂暴了。

∞ ∞ ∞

男人毫不理会折磨着自己的剧痛，击落了五支箭。即使他在身体状态最好的时候做到这一点，都算得上是奇迹了。而能轻易达成这样的奇迹，可能就是他的潜力吧。

英雄——男人有这样的名号，也一直这样生存。

但是，即便是英雄，也不可能拯救一切。就像过去，他的意气用事曾经导致朋友的死亡那样——他也救不了眼前的她（怪物）。

在这场圣杯大战中，他最优先的就是和老师的对决。他只关心这件事，也只为此而努力。如果说他从来没有注意到她的异常，那是说谎，事实上他只是对她的异常视而不见。

归根结底，他优先"男人的事"。

男人只是想单纯地对待事物。不以善恶，也不遵循法律或混沌，只要自己的愿望与对方的愿望是等价的，之后就只需要通过"力量"的比拼，来决定谁有资格去实现自己的梦想。

世界是由单纯的竞争关系构建的，憎恶与爱都不过是架构上的附属品，不能总是对这些东西牵肠挂肚。

这只是他生前的那个世界（希腊）奉行的理论。

但是，她也在同样的世界生活过，所以他觉得他们的想法应该是一样的。

即便他知道女人那份孤注一掷的爱与绝望，也没能真正地理解对方在经历什么。

他不知道，这足以让她轻易舍弃身为英雄的骄傲。男人根本连想都没想过会这样。

——过于无知与傲慢，以及怠惰。

男人的罪罄竹难书。所以心碎的痛苦，还有每次战斗造成身体的疼痛，对他来说都是惩罚，也是赎罪。

原本轻巧的枪变得沉重，打飞羽箭带来的冲击传遍全身。他不想赢，可能输了反而更轻松吧。

……但是，他不能那么做。

变成那样，是她的选择。而没有注意到她的变化，是他的失职。

所以，必须跟她决一胜负的不是裁定者——

"打倒你的人，是我。"

男人低声说着，在石柱上借力跳了起来。魔兽展开双翼，发出了嘶吼。

男人无视她射出的箭，直接冲了上去。与其说是老谋深算，不如说是匹夫之勇。他只是分析了无数支箭构成的轨道，把可能被射中的箭数和接近对方的必要性放在天平上衡量，最后选择了后者而已。

跳跃——他又踢了石柱一脚，迅速改变了轨迹。

一支没能躲掉的箭射进了他的肩头。

只不过，无论是剧痛还是损伤，对此刻的男人来说都已经没有了意义。他唯一的目的，就是打倒这只魔兽。付出了肩膀被射中一箭的代价之后，男人一跃接近了魔兽。

男人心里想，自己没有资格为她变成魔兽的样子流泪。

他挥动伴随自己一生的枪，动作流畅，直刺魔兽的翅膀。趁着魔兽被打得头下脚上，男人继续追击。

然而，在马上就要掉落在石板地上之前，她勉力拧动全身，保持着头下脚上的姿势，用双腿把自己固定在了两根石柱之间的窄缝里。然后就在这个状态下，瞄准追踪而来的男人射出了箭。

男人在她射出这极近荒唐的一箭之前及时察觉，就近躲避。

脖颈被划开，鲜血涌出。

两人的攻击都是差之毫厘。魔兽在做出超越人类常识的举动后，又发出了怒吼。然而男人既不害怕也不畏缩，一枪刺了过去。

足以比拟手枪连射的黑箭，与仿如紫电的长枪交错。

激烈碰撞的巨响，在两个人的耳边轰鸣。

双方也都感受到几乎让人呕吐的剧痛。

"嗯！"

"呃！"

两个人都忍耐着不发出痛苦的声音，拉开距离。男人明显伤势较轻。因为有胸甲，他的伤口很浅。

但是留在魔兽身上的伤口，也与深浅无关。只要气息没有断绝，她就不停放弃自己被赋予的职责，所以才是怪物。

男人叹了口气，看着自己的长枪。他用这杆枪打败了多少豪杰。然而，这杆枪上带着诅咒。

总有一天，这杆枪会杀死他心爱的人——

男人打消多余的念头，再次开始奔跑。但是，脚后跟已经被射穿的男人，和被誉为奔跑速度最快的猎人之间，存在着压倒性的差距。

男人的眼中只有模糊的人影。

循着右侧斜上方传来微弱的人声与风声，男人再次击落了明明看不见也无法察觉的几支箭。

魔兽做出了判断。

男人用枪攻击的速度明显下降了。脚后跟上的伤势仿佛诅咒，一直在侵蚀他。继续这样下去，三箭之后，他就应该坚持不住了。

魔兽当机立断。她很合理地和男人拉开了距离，为了在完全不受伤的前提下打倒他。就算看不到男人，她也能利用热感找到他。

——魔兽根本不关心男人到底是谁。

只要是自己能打倒的对手，就无所谓。她扭转了搭在弓上的箭，再高速射出。男人沉默地将箭击落。

脚后跟处溢出的鲜血，已经染红了脚下的石板。魔兽绕到男人的背后，射出第二支箭。

当然，男人的枪还很好用。这支箭也被男人击落了。

但是，冲击和剧痛传到全身，接下来他只能再接一箭。非人的魔兽很清楚这一点。她在石柱间穿梭，最后的一箭，她瞄准的是男人的最上方——头顶。

旋转的漆黑羽箭，轻易超过了音速。

如果他被这一箭射穿，那当然很好。即便没能射穿，采取迎击或者回避的行动，也会让男人死亡。

"啊啊啊啊啊啊啊！"

男人在怒吼。他吼叫着，用上全身的力量，迎击直奔自己头顶射来的箭。

不只是脚后跟，他的全身都在喷血。迎击带来的震动，大概也给他的脏器带来了剧烈的伤痛，他的嘴里和眼里也在流血。

这与他是不是英雄无关。

只要是生物，流出这么大量的血，就算此刻丧命也不奇怪。

然而，男人还站着。

他呼吸凌乱。看上去已经非常接近一具尸体了，就算放着不管也无所谓了。

虽然无所谓，但男人是从者。无论多么接近死亡，只要没真的死去，就还有逆转的可能性。

魔兽做出合理的判断，她从石柱上滑下来，在男人正前方落地。别说回避了，男人连动一下的力气都没有了。大概连五感也几乎都丧失了吧。

气若游丝。

心跳也快要消失了。

没有一丝的犹豫留恋或者手下留情，魔兽——放出了最后一击。

腐蚀这个世界吧。嘲弄这个世界吧。魔兽就是为此而生，在达成目的之前，也会一直这样生存。

"'暗天之弓'，去吧！"

漆黑的箭被射出。

男人没有动。

她瞄准的是灵核。

母亲保护他不受任何恶意伤害的祝福已经消失，一旦被射中，他毫无疑问会死。

就像曾经，得到太阳神阿波罗祝福的英雄帕里斯，射中男人的脚后跟和心脏一样——男人又会迎来第二次的死亡吧。

男人自己，已经接受了这个事实。

就算接受了——有一件事，他还是不会让步。

"男人的枪被诅咒了。"

男人无视了即将到来的死亡。他寻求的，是在那之后的东西。

他高声喊道："去吧！'驰骋天际星之枪尖'！"

流星之枪与漆黑的箭交错。有所觉悟的男人心甘情愿地被黑暗之箭射中。惊愕的魔兽尝试去躲避。然而，不足几秒的滞后决定了成败。

她刚才用尽全力对敌人射出了最后一击，也因此让自己躲避的动作有所迟缓。

"嘎！"

魔兽的腹部被击穿，发出了痛苦的呻吟。伤是致命的，但她没有马上死。

男人也很清楚这一点。

虽然达不到预测未来那么夸张的程度，但他有的是身为战士的直觉。所以男人毫不犹豫地跑起来。

由于脚后跟被射穿，他已经不是跑得最快的人类了——但也跑出了他此刻能达到的最高速。他眼中看到的，是自甘堕落于魔性的一头野兽——以憎恶为食粮，也要实现梦想的少女。

"啊啊啊啊啊啊啊啊啊啊啊啊啊啊啊啊啊！"

男人迅速地跑过了战场。虽然魔兽还想反击，但是身上的枪完全限制了她的行动。

魔兽再次召唤羽箭。哪怕没有之前那么大的威力也没关系，哪怕只有一瞬间，只要能阻止他前进的脚步就可以。

这个男人的灵核被贯穿，早就徘徊在死亡的边缘，只要再推他一下就够了。

最后，她射出的箭一共有三支。男人根本连躲避的意图都没有。

腹部，大腿，胸口。三个地方中箭——并不是什么致命伤。他的伤势早就严重到随时死去都不奇怪了。

然而，这几箭一点都没能牵制他。男人奔跑的速度没有减慢，甚至还加速了。就像刚才那杆枪一样，他跑起来也像彗星一样快。

"啊啊啊啊啊啊啊啊啊啊啊啊啊啊啊啊！"

看到吼叫的男人，魔兽明白了。男人可能会抓住枪，可能会扭断自己的脖子，可能会挖出自己的心脏，可能会破坏自己的头顶——他会做一切他能做到的事。

——别以为这样就能打倒我。我是卡吕冬的魔兽，只要这个诅咒还在，我就绝对不会死。

男人跳起来了。他单手抓住魔兽的脖子，另外一只手就要去抓魔兽后背伸出的翅膀——这个动作让魔兽愕然。

"住手……住手、住手、住手！"

"闭嘴。不要再玷污她了。"

这个男人……想把魔兽剥下来！

男人用尽全力，直到肌肉都快要破裂，才把那块略带脏污的皮剥了下来。破破烂烂的毛皮稍微抽搐了一下，就化作飞灰消失了。她能变成魔兽，是因为有宝具"神罚的野猪"在发挥作用。

如果失去宝具，她就只能变回"红"之弓兵阿塔兰忒了。紧接着，她也想起眼前这个男人是谁。

她茫然地说出了男人的职阶："汝是……骑兵……"

"抱歉，大姐。我来晚了。"

为什么要和他战斗呢？为什么要和他互相残杀呢？又不是讨厌他。他还是伙伴。不应该和他战斗的……但是，确实战斗了。互相残杀了。她裹上那件宝具，相信自己那么做是正确的。

就在她意识到这一点的同时，也即将迎来死亡。

∞ ∞ ∞

天草四郎时贞，从未引发过奇迹。

不，他和信仰他信奉的神明的人们，确实亲眼看到过奇迹吧。但是，那些其实都不是奇迹……四郎很清楚这一点。

比如治愈眼盲的少女，那根本不是奇迹，只是一种治愈魔术而已。呼唤鸽子，或者在海面上行走——这些"人类认为自己做不到的事"，都是魔术或者类似的能力，不是奇迹。

天草四郎只是一个单纯的，生来就会使用魔术的人而已。

奇迹，是神明的赠予。天草四郎从未得到过神明赠予的任何东西。

——至少，直到死前他都是这么认为的。

当他成为英灵时，因果发生了逆转。

他以前用过的魔术,被很多人升华成了奇迹。"奇迹"——是如此的虚无缥缈,有极高的不确定性,却很容易使他人信服,这样的词语可是很少见的。

奇迹,就在这双手上——

他通过因果线,侵入了大圣杯的系统。大圣杯好像察觉到他的入侵,周围的景象变成了有攻击性的那种。

如今的自己,就好比是恶性的病毒。不过,恶性的病毒会通过恶化和增殖来抵抗"白细胞"的围杀。

自己却不会增加,也不会变得更强。他感觉自己已经被白细胞包围了。

也知道自己会被杀。

——你的意愿,你的希望,完全与我们无关。

没错。至今为止,大圣杯并未与世界产生关联。归根结底,这个大圣杯只是实现愿望的祭坛,最多只是一个万能的许愿机,被远远地放在一个与世隔绝的地方。

圣杯能实现愿望。愿望无分善恶,只有可能与不可能的区别。

冬木的大圣杯只是为了能让爱因兹贝伦家族在某一天能完成第三魔法,才被保存下来的。不过,这一切也要结束了。

并不是因为发生了奇迹才产生了信仰。
而是因为有了信仰,这个奇迹才能发生。

"没错。所以这是相信我——相信天草四郎时贞的所有人的力量。"

四郎在低语,听上去他是真的很高兴。他曾经以为自己的双手是一种诅咒,当那些仰慕自己的人被虐杀的时候,他的双臂被砍断,他甚至没有绝望的感觉,而是感到了一丝欢喜。但是此时此刻,他需要这双手。

天草四郎时贞引发奇迹——跳过过程中所有的不可能，只抓住最后的结果。

将大圣杯置于自己的控制之下，补充新的功能，天草四郎要成为大圣杯本身。

电光窜过他的双手。强烈的痛楚恰似欢愉。他以迅猛之势侵入大圣杯的中枢系统，侵蚀——篡改。

他的目标是普及第三魔法。

撼动大圣杯，让任何人都能抵达奇迹。就算这样做会让全世界的所有灵脉都枯竭，也在所不惜。

大圣杯轰然作响，却被暴力镇压。看上去随时会被扯碎的双手，却没有任何力量能够真的扯碎。

跳过所有的不可能，压制所有的不合理。

他做过梦。所有人都能幸福生活的世界，那是人类早晚能够抵达的下一个阶段，也是过去那么多英雄、凡人甚至恶人憧憬的世界。

永恒的和平，没有杀戮没有战争——过于幸福的世界。

没有被欺凌的弱者，也没有狂乱的强者。

那种世界根本不存在，只是一种幻想，会这么想的人才是邪恶的。

"现实"这个敌人无数次将他打倒。

确实，正是如此。

可悲的是，人类就只是人类。就算圣人有求必应，也是有极限的。就算圣人会帮助每个寻求救助的人，对不求助的人也无能为力——因为这样的人不是他帮助的对象。

即便如此，他还是祈愿世界的和平。祈愿一个所有人都不再相互争夺的世界。说他傲慢也好，就算把这算作是他的罪孽去批判也无所谓。

因为——如果能让陌生人在和平的世界露出幸福的笑容，只要这样，自己就已经满足了。

有人说过，人类的身体今后不会再进化了。

但这话要指正的点还有很多，例如今后人们依旧会为饿肚子而烦恼，也会继续为无穷无尽的欲望而焦虑。

已经可以了吧。

无数次又无数次，反复再反复，世上不断有人一直祈祷。

希望所有人类，都能平等、和平、幸福地生活——

"圣杯啊，我的奇迹是错误吗，我的愿望是异端吗，我们所相信的东西，是必须要舍弃的吗？"

轮回的世界。

对立的愿望。

彷徨的生命。

如果这就是这个世界应有的面貌……

"那么，我们为什么会认为这就是美呢？为什么爱和平，为什么爱幸福——为什么即便是他人的幸福，也会让人觉得可爱呢？"

这是不需要的感情，是本应被淘汰的思想。

那么，为什么我们会为了毫无关系的某个人流泪呢？为什么心会觉得疼痛呢？为什么人类明明只是以相互扶持为目的，偶尔却能展现出超越这个目的的勇气呢？一直珍而重之不肯放弃又是为什么呢？

"难道不是因为，相信总有一天，能抵达彼岸吗？

"难道不是因为有这样的想法吗？回答啊，万能的许愿机（圣杯），回答我啊！我的愿望是邪恶的吗？我们的愿望有污点吗？"

——没有。

圣杯回答他。

这是正确的，是必须存在的愿望，也是必将抵达的彼岸，是必须要肯定的，也是无法拒绝的。

"那么，就听听我的愿望吧！让我们的愿望变成现实吧！

"圣杯，我可以为了真理而死！因为人类必将掌握天之杯，化作无限的星辰！"

一瞬间，四郎·言峰看到了"奇迹"。
"啊——"

啊，啊，啊。
我到了，我们终于到了。我所抵达的地方，归根结底就是一个拥有普通的幸福的小地方……这样也好，这样就好。
人类将通过天之杯来到下一个阶段。
在那里等着他们的，是一个完全未知的世界。站的位置不同了，看见的风景也会不同吧。
但是，与过于残酷的现实相比，那一定会是一个美丽的世界。
可爱的人类啊，我们一起去吧。
因为我们确实已经——抵达了那个地方，抵达了那个舞台。

∞ ∞ ∞

——魔女，我问你，你曾经蒙受过神明的恩宠吗？
我来回答吧。如果我没有得到过恩宠，我会祈求神明将其赐予我。如果我已经蒙受神明的恩宠，我会发自内心地祈求，神明一直能如此待我。

——魔女，我问你，你是否看清了自己的命运？你耳边的声音是怎么说的？
我来回答吧。我坚定地相信，我耳边的声音所讲述的是救赎。我也会喜悦地接受一切。

——魔女，我问你，你相信那个声音，相信自己会得救，绝对不会堕入地狱吗？

我来回答吧。我相信的不是自己会得救，而是相信那个说会得救的声音。而且我相信，我此刻已经身处天国。

在她向前跑的过程中，遥远的记忆在不经意间复苏。

即便信仰同一个神明，也会有明确的敌我之分。虽然这个事实让人感到悲哀，却不必为此叹息。

她挥剑是为了国家，为了邻人，为了所爱的人。绝不是错误的。人们集合在一起才得到智慧，也才能够对抗可怕的魔性。

——魔女，你的意志可能是正确的。你也相信，总有一天，人类会抵达天空的另一面吧。但是，你有没有想过在成功之前会出现的障碍呢？你有没有数过为此牺牲的人命有多少呢？你觉得这些牺牲是有必要的吗？尽管心疼，也不会采取任何的措施吗？

这些问题……

是无法回答的。

正因为相信人类拥有善性与恶性，才会为生命的牺牲而痛心，同时也想放弃。

虽然将这些牺牲控制在最小范围正是英雄的本质，但是无论付出多么大的努力，这个数字也绝对不会减少为零。

没有奇迹。即便是有，也不是那种将不可能化作可能的奇迹。而是借助极小的概率，将几乎不可能的事化作可能。

让历史上的牺牲人数变为零，这从一开始就是不可能的。那么，在大家都向同一个终点前进的前提下——

裁定者想到这里就停了下来。接下来的事，是无法想象的。现在为了阻止另一个裁定者天草四郎时贞，她用尽了全力。

裁定者跑过了没有尽头的回廊。很近了，她感到出口就在眼前。唯一的问题是，在抵达出口的路上，还有从者在等着她。

她感觉到有一名从者。

不是"红"之弓兵。裁定者刚才和她过招，很艰难才脱身。虽然不知道原因，但是"红"之骑兵让裁定者继续前进。

无论是在思想上还是斗争上，裁定者和弓兵都是绝对无法互相理解的，所以早晚也要一决胜负。让跟弓兵亲近的人来终结弓兵的生命，应该更合适吧，但这个人肯定不是裁定者。

那么还剩下三个人。"红"之枪兵，"红"之术士，或者是"红"之暗匿者的其中之一。

不过，是"红"之枪兵的可能性也很小。他应该在庭园的外围部分迎击"黑"方。那看起来就是"红"之术士和"红"之暗匿者其中一位了——

裁定者判断，恐怕是"红"之暗匿者。

自己正在前往庭园的中央部分，也就是最下层——放置了大圣杯的地方。那么最后的障碍，毫无疑问就是在这个庭园里最强大的从者，塞弥拉弥斯。

当然，类似于黑棺发射的光弹那种直接的魔术攻击，对裁定者是没有用的。但是，自己的对魔力最多也只能把向自己攻击的魔术弹开而已。

如果对方召唤魔兽什么的，自己就没什么应对办法了。而"红"之暗匿者所使用的魔术，是有可能引发这样的奇迹的。

等裁定者回过神来，巨大的对开铁门已经近在眼前。

"打开吧。如果是你的话，无论看到什么，即使是圈套都不会吃惊的，对吧。"

有人传来了充满挑衅的心灵感应。裁定者叹了口气，推开了铁门。

门后面，是王之间。虽然看不到随侍的骑士与小丑，但女帝还是端坐在宝座上。仅仅是这样，就充满了配得上这个王之间的威严。

这是个不可思议的地方。兽骨组成的宝座散发着不祥的气息，而在宝座之下，睡莲正在盈满的水中盛放。即便身处地下，仍然可以遥遥看到天空。

坐在宝座上的，当然就是女帝塞弥拉弥斯，也就是"红"之暗匿者。

"想得到圣杯，就要打倒我——我倒是很想这么说。"

她说完这句话，无言地打了个响指。墙壁随即像融化一样消失，魔术构成的大门打开了。

"你穿过门，向楼下走就行了。大圣杯，就在那里。"

"你说什么？"

裁定者吃惊地看着"红"之暗匿者。她的直觉告诉她，这条路不是假的。

暗匿者不情不愿地板着脸，瞪着裁定者说："别露出这种表情。我也不是心甘情愿给你指路的……但是，既然御主下了这个命令，我就有义务执行。怎么了？你放心吧。有人会欢迎你的，那人就是'红'之术士吧。"

说完这句话，"红"之暗匿者就像对话到此结束一样闭上了嘴。她高高在上地坐在宝座上，已经没有兴致与裁定者对话了。

虽然多多少少能感觉到敌意，但裁定者还是判断出——她确实不准备对付自己了。

"那么，今生就此别过了。"

听裁定者这么说，"红"之暗匿者露出了目中无人的笑容，她点点头说道："应该是这样了。再见吧，裁定者。你是个无聊的圣人，就和一切一起毁灭吧。"

裁定者根本没有时间和余力去回应"红"之暗匿者的挑衅。

"红"之暗匿者目送裁定者离开，叹了口气。本来她是宁愿违背御主的命令，也想亲自参战的。只要用她手上的另一个宝具，肯定是能对抗这个圣女的。但麻烦的是，"红"之剑士很快也要赶来了。虽然为了不让裁定者与"红"之剑士见面，她已经在路上的房间里做了手脚，但也无法再拖下去了。

即便是在庭园内战斗，要一次迎战两个从者——而且还是裁定者和剑士，她都不会有好下场。

"术士，我让裁定者往你那里去了，她就交给你负责了。在四郎回来之前，怎么拖延时间都看你了，因为我现在必须准备迎战。"

"红"之暗匿者没有等对方回答，就单方面切断了心灵感应，然后看了看自己刚才被一击斩破的肩头。微弱的疼痛，化作无法忘却的屈辱铭记于心。

——就由我"红"之暗匿者来杀死"红"之剑士吧。

那个没有国王气量的狂妄小姑娘，只能由身为女帝的她来收拾了。女帝望向虚空，冷漠的双眼中仿佛染上了淡淡的蓝白色。

"第二宝具发动，'傲慢王的美酒'。"

为了几分钟后来访的反叛骑士，女王打算亲自准备一席盛宴。

∽ ∽ ∽

迦尔纳在思考。

他在神话中，曾经驰骋过的每一个战场上——当然，他可以充满自信地做出断言，无论何时，他对每一场战斗都是全力以赴的。一次都没有蒙混，也从没有轻视任何一个对手。

但是，这也只是在限制范围之内的全力以赴。

比如因为母亲的请求，他曾经做出承诺，在般度五兄弟之中，不会对三子（阿周那）之外的人动手。

他觉得，自己参与的战斗，总是在重重看不见的锁链束缚下进行的。

例如，神明的诅咒、神明的祝福、武人精神，或者是人与人之间的感情。

这是当然的。那就是生活，他是作为战士，理应去战斗的。

身份有时候会成为动力，也有时会成为负担。

但是，无论是哪一种情况，都没更多区别了⋯⋯没错，以前的战斗是有目的的——让自己追随的难敌王获得胜利，让般度五兄弟败北。

不，最重要的是，可以战胜三子阿周那。

与那个和自己血脉相连的弟弟战斗——击败他。

这果然就是像锁链一样沉重的宿命吧。

现在则没有。

自己作为从者被召唤，被期待的就只有力量。

唯一让他挂怀的御主，也已经得救了。那么，剩下的就只有一个约定。而这个约定，也是自己的愿望。

战斗。

群雄争霸，只是单纯地比拼力量追求胜利。正是因为这么单纯，才更能体现战斗的美。

当然，他也不会否定因为宿命而战这种战斗的形式。不同的人有不同的战斗理由。

但是，脱离了这些限制——只是纯粹地互相拼杀，却意外地让人感觉舒畅。

是那种饿狼一般的本能受到了刺激吗？

他手中的神枪，动作精密到能刺穿缝纫针的针孔。绚烂流泻的火焰，会让周围的温度持续升高。

如果这还算不上是全力以赴，还有什么能算得上呢？

没错。他的全力，被齐格这个没什么名气的战士稳稳地接住了。

这足以令人惊叹。即使不考虑齐格已经得到了"黑"之剑士的力量，这样的战斗能力也达到了足以令人惊叹的级别。

齐格咆哮着挥舞手中的幻想大剑。这是尼伯龙根锻造的大剑，他们拥有魔法般的技术，才造就了这把珍贵的圣剑。大剑无限接近于魔剑，真以太被封印在蓝色的宝石中，带起黄昏色的剑气，隐藏着让"红"之枪兵也凝神戒备的魔力。

而且，还不止如此，齐格的动作就像他有无限的体力一样激烈。

他完全不考虑以后，连牵制的招式都没有，每一剑都是一击必杀的攻击。就像"红"之枪兵有黄金铠甲一样，齐格也有龙之血铠。不要说普通的伤势，就连死亡都已经不在他的考虑范围，他所有心思都放在了攻击上。

如果说迦尔纳的枪象征着太阳，齐格手中的剑就是让所有生命都惴惴不安的黄昏。

齐格连性命都不顾了，一心追着"红"之枪兵不放！

就在进入攻击距离的一瞬间，剑上的宝石亮了起来。"红"之枪兵背上蹿起一阵类似喜悦之情的颤动。

"'幻想大剑·天魔失坠'。"

"红"之枪兵用神枪劈开了袭击自己的黄昏魔光。大气发出惨叫，空间都在震动。压倒性的魔力互相碰撞，压得人难受欲呕。

这是宝具的盛宴啊，就在产生这种想法的瞬间——这次轮到"红"之枪兵震惊了。

"二连击？"

无论对方能否接住之前的攻击，"幻想大剑"已经在弹指之间再次启动了。

只要是与从者有关的事，其实没有什么不可能。比如达到了魔法级别的宝具，或者是神话中的英雄，都有能将不可能化作可能的力量。

但是，即便如此——也是有极限的。

这种能让宝具连续发动的魔力，到底是从哪里来的呢？如果他的御主是个拥有庞大魔力的人，倒也说得通。

然而，他的御主就是他自己。使用令咒的魔力，让"黑"之剑士这个外壳和他自身连接，应该就已经用尽他的全力了。也就是说，他自己消耗的魔力，是从别的"什么地方"流入的……这是之前就有的推断。此时此刻可以确定，只要是在三分钟之内，即便和"红"之枪兵消耗同样多的魔力，他也坚持得住。

"红"之枪兵最后还是没能接住这一击，被齐格的"幻想大剑"直接命中。

然而，"红"之枪兵的动作也与战斗开始之前没有区别，宝具"日轮啊，化作甲胄"可谓让人惊叹。

齐格继续朝"红"之枪兵猛冲过去。

"红"之枪兵已经没有余力了。虽然之前接下了两次攻击，但是接下来还会有第三击、第四击，也许直到他被打倒，攻击才会停止。

"红"之枪兵嘶吼着，手中枪更快地展开攻击，可是仅凭这样还无法打倒对手。

不。恐怕在此时此刻，就连号称威力最大的宝具"梵天啊，诅咒吾身"，也会被抵消吧。

那么，答案就只有一个。

"红"之枪兵的跳跃，在一瞬间与齐格拉开了差不多一百米的距离。对于现在的齐格来说，没什么问题，一百米还是他可以一刹那就跨越的距离。

但是……这也就意味着，跨越过去需要耗费他一刹那的时间。

"看起来，就算用上这'不灭之刃'，也不足以打倒你。我的宝具与你的幻想大剑势均力敌。就算能突破，威力几乎不分高下的攻击是无法一击就打倒你的。更何况，你好像还能连续攻击两次三次。"

"红"之枪兵的话一语中的。如果是用宝具对撞，几乎就是五五开。如果齐格在此基础上，发动幻想大剑连续攻击，那么就很可能获得优势吧。

所以，"红"之枪兵打破了这个可能。

"因此。我需要的就不是势均力敌，不是相互抵消，而是拥有绝对破坏力的一击。"

"你有吗？"

"红"之枪兵果断地点了点头。他毫不掩饰，只是像在表达事实那般地点头。

"注意了，齐格！那家伙的枪是弑神之枪啊！"

考列斯传来了心灵感应。齐格明白，因为他也知道那个传说。

即便是大英雄迦尔纳，也不是从一开始就拥有那杆枪的。

原本他是乘坐着战车，手挽长弓——换句话说，他是作为兼具了弓兵与骑兵的战士而享有盛名的。当然，这并不代表他不会用枪和剑。

那么，迦尔纳为什么会被召唤为枪兵呢？

在他与般度五兄弟，其实也就是与阿周那决战之前，有个婆罗门僧来到了已经是难敌军统帅的迦尔纳面前。

迦尔纳正在沐浴，婆罗门僧请求他将黄金铠甲赠予自己。

这个僧人完全没有索求黄金铠甲的必要理由。只是迦尔纳曾经立下誓言，那就是沐浴时不会拒绝婆罗门僧的任何要求。

大神因陀罗就是知道这个誓言，才变化成婆罗门僧，跑来要黄金铠甲的。因为般度五兄弟是因陀罗的儿子。

因陀罗知道迦尔纳有多厉害，他不愿意让阿周那冒着战死的风险迎击迦尔纳。

然而，即便迦尔纳洞悉了一切——也没有一丝的犹豫。他剥下了已经和身体融为一体的黄金铠甲，送给了因陀罗。

由于迦尔纳太过高尚，因陀罗深深为自己的卑鄙感到耻辱，便送给了迦尔纳一杆枪。

这杆用黄金铠甲换来的枪，就是号称能够弑神的最强之枪。

而因为有了这杆枪，迦尔纳称得上是最强的枪兵。

如今，这杆枪就要呈现它真实的样子了。

"什么？"

不只是考列斯，齐格也很吃惊。枪看上去像消失了一样，"红"之枪兵身上的盔甲也随之开始剥落。

"红"之枪兵全身渗出鲜血，脸上露出一丝痛苦的神色。然而此刻最吸引人的，还是他手上的那杆枪。

枪上充满了神性，反观之前的枪就好像玩具一样。

用雷电锻造那杆枪，是否就会达到这样的效果呢——枪展现的威仪让人不禁有如此遐想。

"用黄金铠甲换来的弑神之枪"——

在"红"之枪兵的周围,熊熊火焰就像无数的蛇在盘卷。在之前的战斗中,"红"之枪兵毫无疑问已经尽了他的全力,但他此刻正带着更强大的力量站在齐格面前——

这是舍身的力量,对自己的生命没有任何保留的、真真正正的一击必杀。

这不合理,考列斯低声说。

听他这么说,齐格有一半赞成,也有一半感动。

为这个愿意拼尽全力来杀死自己的对手而感动——多么不合理的想法啊。但是,他还是忍不住这么想,因为没有一个敌方的从者,会像"红"之枪兵这样真诚地面对齐格这样一个生命。忠实地遵守拼死战斗的誓言,这才是施舍的英雄的所作所为。

本能在窃窃私语,赢不了。

绝对死定了。即便如此,不后退,也不逃避。

自豪感与誓言战胜了本能,坚定地支撑着身体。

——好,我甘愿赴死。

齐格并非要自暴自弃,忘掉约定。他只是敢于直面事实,露出了淡淡的笑容。

齐格依旧铭记着约定,他举起了双手。

他的手中握着幻想大剑。这是传说中曾经屠过龙的魔剑,也是圣剑。

没有恐惧,甚至也没有遗憾。能与大英雄战斗的欢喜,已经盖过了其他感情。

败北是确定的。

弑神之枪就会让齐格这个人烟消云散吧。

死亡在等待他。

即便如此,他也要抵抗,要尽全力直到最后。

用幻想大剑的全部力量去对抗,能坚持十秒还是二十秒呢?

可能会有人认为这样做是没有用的吧,也会有人嘲讽把生命耗在这一秒钟内吧。

但是面前的——"红"之枪兵不会嘲笑,而会真诚地接下攻击。

对死亡的确信，和活下去的意志，是不相干的两件事。齐格不会放弃，他会尽可能地挣扎，将死亡推后哪怕一秒。

"啊啊啊啊啊啊啊啊啊啊啊啊啊啊啊！"

齐格在咆哮。他用最大的声音，发出代表他还活着的吼叫。

从这吼叫开始，双方都展开了行动。

全身浴血的"红"之枪兵，也举起了枪。

枪上散发着庞大的魔力，让考列斯全身都僵直了。虽然他已经退到了自认为安全的地方，但还是对那杆枪心存畏惧。

庞大的能量让人联想到大海，此刻凝聚成钻石一般。

——做不到。

那是这个世界上任何人都无法抵挡的。如果那是这个世界上确实存在的东西，又该是多么巨大的东西，也可能是完全拒绝物理性接触的灵体吧。

与一切无关，毫无一丝怜悯。

那杆枪，是连存在本身都能燃烧殆尽的东西！

考列斯转头用"远视"的魔术，看着远处的齐格。齐格的眼睛里清晰地映出对死亡的觉悟，身体在颤抖。考列斯不认为这种颤抖是源自欢喜。

即便如此，他也没有退后哪怕一步的想法。

即便只是站在那里，生存的机会已经在一点一点地减少——他也绝对不会后退。

啊——那就是英雄啊。

考列斯发自内心地感慨。在这种状况，依然毫不退缩。即便知道等在自己面前的是死亡，他还是选择坚定地站在那里。

这是只有被称为英雄的人才能做到的壮举，是魔术师绝对无法理解的莽撞。

只要是人类，都会在心中憧憬这样的人。

虽然考列斯是半只脚踏入魔术世界的人，但也能理解这种感情。

有人在面对死亡的时候选择自暴自弃。

有人在面对死亡的时候选择放弃一切。

可是，有人还要去做自己必须要做的事——能做到这一点的人，可没有几个。

想让他赢——考列斯不经意间产生了这样的想法。

与"黑"方还是"红"方的立场无关。他只是觉得不能失去一个带着那样的眼神战斗的人——只是这样想而已。可能还有其他的原因，才让他心中产生了剧烈的感情波动。无论如何，考列斯确实发自内心地希望齐格能赢。

然而，他没有任何破局的手段。

就算有应该也用不了，考列斯现在连令咒都没有。虽然他还有御主的虚名，但是也只是一个普通的魔术师了。

当然，与真正的普通人类相比，他的选择还是更多的。只是在面对那杆枪的时候，不管是魔术师也好，是老鼠也罢，在认知上都没有太大的区别。

"红"之枪兵就是如此地有威慑性、压倒性、终结性……让人绝望。

有没有什么人，什么东西呢？

有没有奇迹，有没有偶然，有没有创造大逆转的神呢？

虽然思考这些只用了一瞬间，但是时间还在流逝。

就在考列斯产生这个想法的数秒间——"红"之枪兵和齐格都已经迈开脚步，开始助跑了。

咆哮声仿如野兽。

"领教诸神之王的慈悲吧。"

"邪恶之龙坠落。"

思考仿如机械。

"因陀罗啊，刮目相看吧。"

"归结一切的光与影。"

动作仿如疾风。

"这是灭绝的一枪。"

"世界正迎来黄昏。"

达到最高极限的宝具，在这里绚烂触发——

"烧尽一切——'日轮啊，顺从死亡'！"
"击落——'幻想大剑·天魔失坠'！"

对神宝具"日轮啊，顺从死亡"。
对军宝具"幻想大剑·天魔失坠"。
两股巨大的能量对撞，整个空间卷起了失控的暴风。巨大的冲击力几乎连扩大空间的术式都破坏了。考列斯站不稳趴到了地上，感觉自己可能会死。
就算离得很远也能感觉到，在这两个人的对抗中，"红"之骑兵占据了压倒性的优势。
即便是最大威力的幻想大剑，也攻击不到"红"之枪兵。
"红"之枪兵的枪像针一样锐利地撕裂了黄昏的极光。
一秒钟后，黄昏被剧烈地撕扯。
再一秒钟之后，齐格的身体就会被枪贯穿。

齐格不经意间意识到，自己要死了。
他甚至没有余力去回顾自己浓墨重彩又短暂的人生，心头却在不经意间涌起一种感情。
他无法忽略这种感情……与对死亡的确信相比，对生的执着占了上风。他嘶吼着。短促地高声吼叫着，他想保住性命。
不是不想死。也不是想活下去。
他有了愿望。虽然是个渺小又自私的愿望，但为了实现这个愿望，他不能死。
令咒还剩下一画。如果用了，那么等待他的就只有比死亡更无法想象的东西。
齐格不会为此不安，也不会觉得有什么不公平。
这本来就是不可能发生的情况。区区一个人造生命体，能与著名的英雄战斗，早已超越了奇迹。他原本只是一个理应被打倒的、只能像树叶一样被人一口气吹飞的小杂兵而已。

那种力量，是英雄理所应当就拥有的权利。他们也是拼上了性命，才在历史上留下了名字。无论是上天赐予的力量，还是通过修炼才获得的力量，其他人一样无法模仿他们的轨迹。

所以他也只能全力奔跑，以凝聚了全部生命力的冲刺姿态去迎战。

在这场战斗中，他作为"黑"之剑士已经付出了一切。用掉五画令咒，这也就意味着，他为了转换成剑士付出代价了。

即便如此，要是不能战胜"红"之枪兵，他也一样没有明天。就像对方把一切都奉献给与自己的这一战一样。将齐格的生命换算下来，也只剩下了三分钟。英雄的三分钟，就等于他接下来的整个人生。

但是，如果用了令咒，就绝对没救了。不是跨越生死关头，而是只能选择死亡。站在悬崖之上和从悬崖上跳下来完全是两回事，他可不是心甘情愿选择自杀的人。

齐格也知道，等着看一秒后会不会有奇迹发生，才是聪明的做法。只是齐格放弃了这个选项。他是压抑住自己想活下去的本能，才站到这个战场上来的。

有个少女对他说过，不战斗也没关系，逃走也没关系。

她说，没必要勉强自己的人生过得有意义，只是平庸地活着也无所谓。

最重要的是，她会替自己着想。

只是这一点，就足够让他高兴了。他真的很高兴。也许对她来说，这只是一番平平无奇的话，但是他却相信，这些话比活着本身更重要。

他有一个愿望。

他想再见她一面。如果死在这里，就无法再见到她了。他发自内心地认为，仅凭这一点，就足以让他耗费生命去换取。

即便，下一次再见只是为了告别——

齐格还是想再见贞德一面。

"我以令咒命令我的身体——"

说出这句话的瞬间，齐格飞出现在齐格面前。

那个男人毫不犹豫地把心脏给了齐格，没有任何留恋地离开了这个世界。感谢之情汹涌澎湃，齐格却不知道应该如何表达。

不过——齐格发誓不会浪费这次机会。带着这样的决心，齐格看到了齐格飞。齐格飞轻轻点点头，露出微笑。他的笑容没有一丝阴霾，甚至有种超脱的感觉。

就这样，"黑"之剑士消失了。

齐格突然懂了。他会把心脏留给自己，会不会也与"红"之枪兵有关系呢？在圣杯大战刚开始的时候，"黑"之剑士与"红"之枪兵曾经彻夜酣战。

经过那么久的战斗，他们应该已经猜到对方的真名了吧。双方都是声名赫赫的大英雄，都拥有独一无二的力量。

"黑"之剑士可能知道"红"之枪兵吧。所以，作为施舍的英雄的对手，"黑"之剑士不愿意做出令双方蒙羞的举动。

齐格产生了这样的想法。

被托付的生命和梦想，最重要的是与生俱来的愿望。所以，齐格希望自己能再活得更久一点。

他发动了令咒，澎湃的剑气像浪潮一样扑向枪兵。

"红"之枪兵很吃惊。对方确实还剩下一画令咒。如果用于给自己的力量增幅，说不定也能达到弑神的水平。

将压倒性的劣势转化为势均力敌，甚至可能变成优势——

这是第一次，虽然很微弱，但是"红"之枪兵脸上确实有了痛苦的神情。现在剑气与枪气互不相让，支持着他们两个的就只有坚强的意志力了。

齐格想要活下去的意志力确实很强。但是，即便如此，也比不过"红"之枪兵整个人生凝练而成的钢铁般的意志力。

"红"之枪兵没有后顾之忧。没有因果没有罪孽，也没有必然性。

这只是一个单纯的约定。正因如此，他才更珍惜。

身为战士的尊严，还有当这场战斗终结之时，自己即便燃烧殆尽也无所谓的想法，已经凌驾于齐格所见的"以后"了。

弑神之枪再次一点一点地占据了上风。形势一旦转变，就没有转机了。没有什么奇迹，没有什么偶然，逆转之神也没有伸出援手。

——如果有人想帮他的话。

那么这个忙于奔走的人，必须感受到魔力的奔流和刚才的吼叫确定了位置，然后一直没有停歇，用极限的力量跑到这里。即便真有这样的人，还需要齐格拼尽全力，为了争取数秒的优势用掉令咒，但仍然无法保证是否来得及了。

也就是说，没有奇迹，没有偶然，只有必然，是为了救他而存在的力量。

在圣杯大战中，那就是——

从者。

"呀啊啊啊啊啊啊啊啊啊啊啊啊啊啊啊啊啊！"

在场的所有人都大吃一惊。这个一秒后即将迎来死亡的世界，出现了一个意外的闯入者。

思考停止了。只不过，如果冷静思考，有件事是马上就能明白的。

这次闯入毫无意义。

不，世界上存在的所有生物非生物——任何物体都是没有意义的东西。

弑神之枪——"日轮啊，顺从死亡"的威力，确实是足以弑神的。不只是英雄，魔兽、幻兽、神兽、盾、城堡、结界，所有东西都等同于没有意义。

"我不会，让你死的啊啊啊啊啊啊啊啊啊啊啊啊！"

吼叫也没有意义。举起的盾必然也没有意义。但是——"红"之枪兵在瞬间就察觉到了异常之处。

——那面盾牌，怎么回事？

∞∞∞

"有事拜托我？"

"红"之骑兵点了点头，把此前一直灵体化的"那东西"扔给了"黑"之骑兵。

"黑"之骑兵手忙脚乱地接住。

"这是什么，盾？"

这是一面大盾，整个盾上都有精致的花纹装饰。不仅非常重，还有着远超重量的气派——

"这不是宝具吗？"

"是啊。拿着吧，给你了。"

"啊？"

即便是像"黑"之骑兵这样大大咧咧到极致的人，一时间也说不出话了。

"红"之骑兵说："用这个抵挡枪兵的攻击——也许能制造反杀的机会吧。"

"不，等等……你说得对……咦，不是吧，你是认真的？"

"啊，是认真的啊。怎么了？你放心吧。我这样做是为了履行约定，和你没有任何关系。你如果不想要，就还给我。"

"红"之骑兵伸出手去拿盾，"黑"之骑兵慌忙把盾放在身后挡住。

"是那么重要的约定吗？"

"是啊，确实是非常重要。"

"红"之骑兵说这句话的时候，眼神非常真挚，完全没有一丝傲慢和虚伪的神色。

"黑"之骑兵有些愕然，但突然好像明白，究竟是谁和他做了什么约定。

"那我就拿着啦。"

既然是对方的一片好意，那就完全不需要拒绝，放心收下就好。

"红"之骑兵看他这么轻率的样子，也只能叹了口气。但是，他遵守了约定。"红"之骑兵，将那面盾交给了"黑"之骑兵。

"告诉你这宝具的真名。这面盾，是我在我的世界里，用自身感受到的一切。"

阿喀琉斯的母亲女神忒提斯怜悯他失去了武器，请锻造之神打造了这面盾牌。

在著名的《伊利亚特》中，也花费了数百行的笔墨来描述这面传说中的盾牌。

盾牌上雕刻着天与地与空，日与月与星，神与国与人，兵与贼与祭祀，歌与生与死。而围绕在最外面的是，俄刻阿诺斯之海——

盾上描绘了阿喀琉斯生活的世界。

那是英雄用生命讴歌的世界，全尽于此。

也是因此，这面盾牌才能抵御所有攻击吧。

盾的真名是——

∞∞∞

"包围苍天的小世界（Akhilleus Kosmos）！"

一瞬间，雕刻在盾牌上的世界开始活动，并不断膨胀。一个极小的世界在盾牌前展开，重新构筑了空间与时间。

这个代表了世界本身的盾牌，可能就是唯一能对抗弑神之枪的防御宝具吧。

交换了接受的契约，而且双方的意愿已经统一。虽然只是暂时的，但这面盾牌还是作为"黑"之骑兵的宝具启动了。

"嗯，啊！"

弑神之枪侵蚀世界，想将其破坏。恐怖的威力溶解世界、蹂躏世界，使世界沸腾。

然而——

"不是吧……"

考列斯无言以对。

枪上的无敌光芒，完全被盾牌阻挡了。

弑神之枪"日轮啊，顺从死亡"，应该是可以毁灭所有的"唯一"。

人也好，军队也好，城镇也好，所有一切。

但是，即便能杀死神，也无法杀死世界。消灭了神，世界也只是变成没有神的世界而已，广大的天地海洋依旧无边无际，人类整体上仍然会持续高歌猛进。

那正是阿喀琉斯曾经生活过的"世界（宇宙）"。

能对抗弑神者的，正是世界本身。

"黑"之骑兵举起的手已经折断。只见他咬紧牙关，用另一只手支撑着断手。他扛着一阵阵的剧痛，高声喊道："上啊！"

距离变身解除还有三秒钟。

齐格抛却迷茫，开始奔跑。

弑神之枪无法击中齐格，也无法穿透盾牌。

在刹那间产生的"虚无"的空间中，"红"之枪兵马上决定采取另一个行动。

如果"日轮啊，顺从死亡"失去了效果，就用对国宝具"梵天啊，诅咒吾身"燃尽一切。

但是，"红"之枪兵的决定还是迟了一步。不，即便是他用最快的速度下决定，也来不及了吧。

就在"黑"之骑兵跳出来的瞬间，齐格已经舍弃了绝望。他凝聚全身的力量，为下一个行动做准备。

齐格知道"黑"之骑兵很弱。

"黑"之骑兵这么跳出来，平添一个牺牲者的可能性太高，几乎就等于是必然的结果。

然而，齐格的感觉与对现状的判断大相径庭——他只是坚信。

齐格只是强烈地、坚定地相信，自己的从者一定能挡下那个攻击。也是因为这一点，齐格将一切都简化了。

齐格跳出来——全力奔跑。收集飘散在四周的魔力，集中精力奔跑。脉搏在激烈地搏动。用一秒钟拉进距离，再用剩下的两秒砍杀"红"之枪兵。

抱着绝对的自信，使出强烈的一击却铩羽而归——对此，他毫不后悔。

但是，他更不会轻易言败。使用宝具，被打破。仅凭这一点就认输，简直就是战士中的败类。

——想起与阿周那的战斗。

迦尔纳的车轮因为被诅咒而不能移动，即便是他这样的武人也不能撼动分毫。阿周那即便知道这样做有违道义，也依旧弯弓搭箭。

"原来他想打倒我，已经到了这样的程度。"

对于迦尔纳来说，这也让他高兴，说明阿周那将自己当作了宁愿违背道义也要打倒的敌人。

这次的战斗没有责任，没有负担。但是——他发过誓，要让孕育自己、养大自己的万事万物以自己为荣，他没有违背这个誓言。

齐格在疾驰。双方都相信，这会是最后一击。

所以"红"之枪兵淡然一笑，毫无保留地使出了自己的力量。

幻想大剑直劈而下，就像直通地狱的断头台。"红"之枪兵与之对抗，他挡住这一击，再在电光石火间绕向后方。

"红"之枪兵早就知道齐格飞的弱点。齐格飞在打倒那头邪龙（法夫纳）的时候，因为背上沾了一片菩提叶，只有那一处没能沐浴到龙血。

想要在一秒钟之内获得胜利，只能攻击那里。

还剩下两秒钟。

幻想大剑直劈而下。

"哈啊啊啊啊啊啊啊啊啊啊啊！"

"红"之枪兵发出了吼叫。

这一击，只要能挡住这一击——

剑与枪相撞。作为宝具，双方几乎都是顶级。正因如此，这几乎等于是纯粹的力量之争。

"红"之枪兵安稳地躲过了从头顶上劈下的利刃。

毫无疑问，他争取到了千载难逢的机会。

"胜利，是我的了！"

"红"之枪兵避开了最后一击后，以神速绕到了"黑"之剑士的背后。那里有一处发出淡淡的光芒，呈现出叶子的形状。那就是齐格飞这个英雄，浑身唯一没有沐浴到龙血的地方——也是他致命的弱点。

还剩下一秒钟。

"红"之枪兵想要获胜，不是为了"红"方阵营，也不是为了此刻的御主四郎·言峰。

有一半，是为了曾经发过的誓，不让养育自己的人蒙羞。

剩下的一半，是为了"黑"之剑士。为了在他遗憾逝去之后，守住两个人之间的约定——

他不觉得这些想法是多余的。

然而，即使"红"之枪兵以眼力著称，号称能看穿所有虚无，也没能看穿一件事。

而这件事，决定了这个结局。

那就是，"黑"之剑士并不担心这个致命的弱点。因为他相信，生前被一枪刺中这个弱点，正是他能做到的最好的选择。

就算是变成"黑"之剑士的齐格，也不害怕暴露缺点。因为他肉体脆弱，全身都是弱点。面对从者的时候，对方通常一招就能杀死他。

距离死亡太近，那种恐怖的感觉已经让他麻痹了。

所以，他可以毫不犹豫地暴露弱点。为了实现自己的愿望赌上性命，对他来说也是理所当然的。

幻想大剑刺中了"红"之枪兵的胸口。

因为"红"之枪兵避开剑锋绕到背后，齐格也没有把幻想大剑直劈到底。然后，他就背对着枪兵，直接用剑向身后刺出。

将弱点暴露给对方，甚至都没有回头。这个动作与远东的武士切腹的动作类似。

齐格的全身都是冷汗。正因为他没有回头，背对着敌人，这一击才能来得及。如果他先转身再攻击，恐怕就来不及了。

而"红"之枪兵为了绕到他的背后，产生了致命的延迟。

是致命的。

"红"之枪兵剥下黄金铠甲，用尽全力挥舞对神宝具。在千钧一发之际躲过了敌人用尽全力的一击。可是对他来说，下一击才是致命的。

一秒钟之后，齐格的剑就像幻想一样溶解了。"黑"之剑士的样貌也消失了，只留下人造生命体。

然而，"红"之枪兵被刺穿的伤口不会消失——

"原来如此。看来，是我判断失误了。"

"红"之枪兵爽快地接受了失败。

"红"之枪兵神情颓唐。

齐格恢复了原本的样貌，也终于放下了心。他心跳很剧烈，不只是受变身的后遗症影响，也是因为这是一场过于大胆的豪赌，虽然他已经取得了胜利。

齐格很清楚。即便是带着绝对自信的全力攻击，在面对英雄的时候，也可能不起作用。

齐格很清楚。这个世界上没有比"红"之枪兵更诚实的战士。为了在仅剩的一秒钟内取得胜利，他一定会攻击自己的后背。

齐格很清楚。既然明白这些，最好的办法其实是抢占先机做出攻击。可即便如此，还是败北的概率更高。

"对不起，齐格。最后还是让你陪我任性了一把。"

"红"之枪兵的声音里，没有一丝一毫对败北的惊愕与遗憾。

对于能接受一切的他来说，这个结局绝对算不上难以理解。

他看错的只有一点，但是战斗足够快乐。因为过于快乐，他甚至忘了，自己面前的对手根本不是"黑"之剑士，而是齐格这个人造生命体。

齐格沉默着摇摇头，他脸上充满无法掩饰的罪恶感。

"我，算不算好好地战斗了一场呢？"

不是以齐格的身份，而是作为"黑"之剑士好好地战斗了一场——他这样问道。

"红"之枪兵也摇了摇头："这我不知道。你不是'黑'之剑士，就是因为忘记了这一点，我才会这样走上了末路。"

最后的一击——可能"红"之枪兵根本没有考虑过，自己绝对有自信的一击会被"黑"之剑士躲过。不然的话，获得胜利的就是"红"之枪兵了吧。

无论是怎样的英雄，都不会在充满自信做出一击之后，还会考虑如果对方躲过怎么办。思考无法一击必杀，是失去自信才会有的想法。

齐格不是战士，也不是英雄。他只是一个挣扎求生的人造生命体。正因如此，"红"之枪兵才看错了他的最后一步。齐格根本就不相信自己的力量。

"黑"之剑士必然会坚信的一击，齐格却不相信。不是因为他有意戒骄戒躁，只是因为凡人与英雄战斗，必然会产生胆怯。

直到最后一秒为止，齐格都想用尽全力。

这比"红"之枪兵的预测更进了一步。这不是"红"之枪兵的粗心大意，也不是齐格更胜一筹。

胜负的天平向哪一方倾斜，都只是概率。十次中，恐怕有九次都会向枪兵倾斜吧。

齐格在理解这一点的基础上，还是毫无保留地赌上了一切。他忍住颤抖杀死恐惧，踏碎绝望。即便外表变成了"黑"之剑士，他的灵魂还是其他人，而这正是只有他才能做到的鲁莽。

正因如此，这一切都获得了"红"之枪兵的赞誉。

"我用我的方法完成了约定。而你也用你的方式,为这个约定而牺牲。对于这个结局,我并不后悔。虽然败北令人惋惜——不,应该也算不上吧……"

让人吃惊的是,"红"之枪兵嘴边甚至勾起了一丝笑容。

"但是——我们还是打破了一对一的限制。"

齐格不好意思地道歉。确实,宝具的冲撞原本应该在一秒钟内打破的。

那种情况下,"红"之枪兵应该能顺利获胜吧。

"黑"之骑兵却闯了进来。不过,他们也并没有严密地约定必须一对一。再加上,当时"黑"之骑兵的御主正处于危急时刻。

"从者守护御主,这是必然的道理。基本上,没把他考虑在战斗力之中,也是我的疏忽。"

听"红"之枪兵这么说,齐格也释然地点了点头。

"打断一下,这么说我也太难听了吧?"

"黑"之骑兵慌慌张张地跑过来抱怨,他眼睛里还含着泪水。

"虽然那面盾牌确实让人不得不在意,但那是'红'方(我们)的问题了。"

盾已经消失了,似乎在抵挡了弑神的一击之后就碎裂了。

"那面盾到底是——"

"啊,咦?是'红'之骑兵给我的。"

听齐格这么问,"黑"之骑兵毫不犹豫地答了。齐格瞪圆了眼睛,"红"之枪兵则是一声叹息。

"可能是有某种不能违背的约定吧,或者——只是想让没机会使用的盾也有用武之地。无论如何,能把盾给你,我方的骑兵也太勇猛了。"

"红"之枪兵说了一句难以分辨是否为夸奖的话后,不经意地看了齐格一眼。

"作为胜利者,你的脸色可不太好看啊,那些只是多余的罪恶感。"

"是吗?"

齐格看着自己的手。

——直到此刻，他才有一种"杀掉了"的真实感觉。

没错，齐格确实变身成"黑"之剑士，一直在战斗。在那之前，他也曾真心想杀死那个名叫戈尔德的魔术师。

但事实上，真正杀死有人类外形的生命，这可能真的是第一次。

"那是多余的感情。至少，我也是以杀死你为目标战斗的。虽说你我立场不同，但这是明确的杀人行为，你会应战也是理所当然的。"

"理论上确实是这样——"

杀掉想杀死自己的对手——野蛮，理论上却说得通。

"这确实是战士的理论。你被人制造出来，又成为让人类为难的存在。齐格，虽然现在你的生活经验仍然像婴儿一样少，你周围的环境却不允许你如此幼稚。"

听了这番话，齐格想起"黑"之弓兵曾经告诉他的话。

"正因为是这样行色匆匆的生命，你才必须保持思考。"

他看着"红"之枪兵。

"红"之枪兵明明是被杀，马上就会死亡，但他的眼中却没有憎恶或悔恨的污浊。因为剥下了盔甲，他浑身浴血——不难看，但让人感到心酸。

作为发动弑神宝具的代价，他舍弃了铠甲——即便如此，还是战败了。

他不会感到遗憾吗？无论理由多么正当，也改变不了壮志未酬的事实……

"没有那回事。我本来就是为了保护御主，履行与'黑'之剑士的约定而战斗至今的。既然这些都做到了，即便败北让人惋惜，我也不会因为遗憾而怨恨，还是说你更希望我怨恨呢？"

"红"之枪兵态度坚定地做出这样的回答。

这是他过于高尚的思想，也是他的态度。而最高尚的，正是他完全把这种想法看作是理所当然吧。

对于他来说，即便这个结局让人抱憾，也没什么需要推翻重来的必要。

他是发自内心地这么认为——

"我当然不希望你有怨恨。"

"那么，齐格就放下败北之人（我），继续前进吧。我能给你的，除了自己的败北，再无其他。更何况，我能说的话，也早就有各位先哲都说尽了。虽然凝聚在你内心的话语，都是其他人所说——即便如此，你一样能将这些话语付诸语言，也能实现自己脑海中描绘的事物吧。"

"红"之枪兵说自己除了"败北"之外，没什么能给予的。

而这个"败北"正是齐格最想要的，所以他也不可能再从对方身上夺取什么了。

齐格决定接受心中那种类似于罪恶感的痛楚。

"黑"之骑兵仿佛要打破两人之间的沉默，他插进来说道："不好意思打扰你们，'红'之枪兵。但是，哎呀，因为我早就决定要守护好御主，如果你不生我的气，我就太高兴了。"

"这可真是一点诚意都没有的道歉啊。你不是以从者的身份，而是作为朋友喜欢这个人造生命体。只要是为了朋友，你都会心甘情愿地赴汤蹈火，甚至赌上性命。那即便没有那面盾牌，你也一样会冲出来的。"

"哇，你看人也太准了吧，真让人为难啊。"

"会让人为难吗？"

"红"之枪兵吃惊地瞪圆了眼睛。即便马上就要死了，"黑"之骑兵的说法好像还是给他带来了很大的冲击。

"黑"之骑兵一副很懂的样子点点头，说道："那是当然的了。每个人理想中自己的样子，都会与实际的样子有所不同。而你的眼力会暴露这种差别，大部分人都受不了的。"

有人希望自己能变得高尚，而一直维持高尚是很困难的。有人在做出圣人举动的同时，也会暴露出令人不忍直视的残暴。

即便是英雄，在这一点上也是一样的。为友人落泪的英雄，也可能残杀敌人的妻小。而被称为暴君的人，偶尔也会对幼儿流露出慈爱。

"红"之枪兵的眼力，会剥去这些矫饰。他不会去批判，只是接受着人和事物原本的样子。

而问题就在于，被指出的一方根本不会这么想。就算迦尔纳接受，他自己都无法接受。

所谓自己才是最了解自己的人，这个说法根本是弥天大谎。

自己才是最难了解自己的人。

也因此，"红"之枪兵无法与任何人互相理解。

"嗯。我就把这个当作今后的课题吧。"

"红"之枪兵非常认真地点点头。

"黑"之骑兵忽然用透彻的声音开口问道："你要走了吗，'红'之枪兵？"

"红"之枪兵用非常严肃的态度点了点头。

"是啊。"

既然已经输了，剩下的就是消失了。齐格觉得很可惜。这么高尚的英雄，不应该死在这里——他是这么想的。

"再见了，迦尔纳，施舍的英雄。直到最后，你都坚持做不知名人士的从者，我对这一点对你表达敬意。"

身在"红"方，与"黑"方为敌。这正是最初的构架，他的做法没有一丝瑕疵。即便得知御主已经完全成了傀儡，他仍然坚持着御主与从者的关系。

没错。

正因为他是这样的人，没有人会不嫉妒他。归根结底，这就是大多数人都想做却永远都做不到的，"人类"的生存方式。

不考虑自己，"为了"他人赌上性命——

不求回报，却为了报答而奉献全部——

虽然对于生命种族来说，这是错误的生存方式，但对于智慧生物来说，这称得上是一种终点。

"即使我觉得自己几乎没做过任何符合从者身份的事情，你也这么想吗？"

"红"之枪兵好像很不理解,"黑"之骑兵耸了耸肩膀说道:"可能吧。不过,你不觉得遗憾吧?"

令人吃惊的是,听到"黑"之骑兵的问题,迦尔纳带着微笑做出回答。虽然这个笑容出现在濒死的男人脸上,却仿佛是一个小孩在找到暖阳时露出的笑容。

"是啊。我,不觉得遗憾。"

他闭上了眼睛。

不可能没有遗憾的。但是,迦尔纳知道齐格就在自己的身边。如果他流露出遗憾的神情,齐格必定会为此愧疚。

而且,齐格会明白迦尔纳是为自己着想才这么说。而迦尔纳也知道齐格能看穿自己的小谎言。

所以,这可能只是一个极致的虚伪矫饰。

但是,即便如此,迦尔纳还是撒了这个小谎,而齐格也接受了。迦尔纳不禁想道,撒谎也不是很难受啊。

"红"之枪兵脸上带着柔软的笑容——大英雄迦尔纳就此消逝。

从者死亡,连尘埃都不会留下。无论血痕还是其他,都不会留下。唯一留下的,只有他造成破坏的"抓痕"。

"红"之枪兵消逝了。这个名为齐格的人造生命体,跨越了重重困难,得到了胜利。虽然有"黑"之剑士和"黑"之骑兵的帮助,但这个事实,也几乎等同于奇迹。

齐格双膝跪地。这感觉很奇妙。明明没有痛感,却有种好像双手双脚都被卸掉的缺失感。脑子就像发烧一样狂乱,又仿佛被困在梦境深处却无能为力。

如果闭上眼睛——眼前浮现的就是暴虐的邪龙。

恐怖感……很淡薄。为什么呢,齐格心里也想不通。令咒已经用完了。残酷的结局,就在触手可及的地方。

他能想到的结局……比如因为过度使用令咒,身体炸裂,或者因为魔力枯竭,身体机能完全停止。

死，死，死——不仅仅因为自己是人造生命体，齐格对死亡的概念比一般人更淡薄。可能是因为短时间内好几次濒临死亡吧。虽然那种痛苦是货真价实的，但是关于痛苦的终结，也就是"死亡"——他倒不是逞强，只是觉得自己应该可以淡然接受吧。

问题是，如果他的终结甚至不是"死亡"，那又该怎么办呢？

"你、你没事吧？"

"黑"之骑兵一脸的不安，他抓住齐格的肩膀。

"啊，我哪儿也不疼，就是有点晕。"

齐格一边说一边站起来，他确实没有什么痛苦的感觉。

但是，作为齐格的从者，"黑"之骑兵能理解。因为持续地变身，自己的御主掉进了地狱深渊。齐格已经没有立足之地——接下来就要坠落了。

"还行吗？"

可如果他们会止步于此，那么根本一开始就不会来。这可不是睡一觉就能解决的问题。对于现在的齐格来说，就等于倒计时已经开始了。一旦数字归零，一定会发生什么事的。

不过，这种事已经无所谓了。因为与"红"之枪兵的战斗，齐格有了活下去的愿望。他们只要向这个目标前进就行了。

对于身为从者的"黑"之骑兵而言，也只要帮齐格实现愿望就好。他只要赌上性命，守护自己所爱的御主就行了。

而且，他们已经跨越了最大的障碍，也就是"红"之枪兵。

剩下的，就是"红"之骑兵、术士、暗匿者。不过，"红"之暗匿者的魔术对"黑"之骑兵和裁定者都没用。虽然对至今未曾露面的术士稍微有些担心，但既然他是术士（魔术师），那就不可能战胜"黑"之骑兵的"书"。

加上"红"之剑士也"算得上"是自己人。唯一的问题是，虽然"红"之骑兵已经负伤了，但是他还活着，让人放心不下——

"我没事，走吧。"

"黑"之骑兵在心里重复了好几遍，没问题的。但他也不能否定，这个想法确实过于乐观了。

即便如此，只要御主还想继续前进，他也只能紧随其后。

"喂，别忘了我啊。"

齐格和"黑"之骑兵同时回过头，看见考列斯一脸郁闷地站在那里。

"啊，你也在啊。"

听到"黑"之骑兵的率直感想，考列斯生气喊道："我比你先来的！还有那个人造生命体，这个，给你用吧。"

考列斯把裹在制服上的圣骸布递给齐格。

"这是——"

"是我从裁定者那里借来的圣骸布。虽然不清楚你现在是什么状态，但有了这个，多少能好转一些吧。"

"那我就不客气了，感谢。"

虽然只有很微小的差别，但是披上圣骸布之后，精神上确实有了一种均衡安定的感觉，还能感受到她的气息。呼，齐格放心地呼了一口气。

"不过，没想到你能赢啊。"

考列斯呆呆地看着"红"之枪兵消失的地方。那个大英雄迦尔纳，毫无疑问是最强者之一。

不只是作为圣杯大战的从者，即便是在这个世界上的所有人中，他也是顶级的吧。

尤其是那杆弑神之枪。

那是能凌驾于古今东西所有兵器和魔术之上的珍贵奇迹……当然，考列斯也有这个认知。这个世界上，俨然存在那种魔术，或者超越了魔术的某种恐怖的东西。

那类似于虚构中的太古邪神——就是那种越是说不能看，越让人想亲眼看看的亵渎之物。

恐怕，那些投身于亚种圣杯战争中的魔术师，他们所执着的东西根本不是圣杯，而是沉浸在围绕圣杯所发生的奇迹之中，想感受那种破灭的欢喜吧。

考列斯怀疑自己也是这种人。

即便亲眼看到了弑神的宝具,还是不由自主地想更进一步。这种奇怪的念头让人绝望。他找不到逃走的选项,也就是说——

"魔术师,你还跟着一起来吗?"

"是啊,都到这里了,肯定要走到最后的。"

"有气魄,我喜欢!那我就带路啦。"

"黑"之骑兵打开了那本能打破所有魔术的"破坏宣言",发动了宝具。纸片在空中四散,最后变成蝴蝶的形状,飞了起来。

"好,走吧!"

"黑"之骑兵牵着齐格的手,追在蝴蝶后面跑了起来。考列斯不想被丢在这里,也慌忙跟上。

∞ ∞ ∞

以前,狮子劫界离和少女一起打过游戏。

狮子劫界离当时不知道她的喜好,随便买来了一些。当中有一款第一人称射击游戏,以"独自一人潜入魔王支配的城堡,打倒魔王"为主线,是个黑暗幻想类型的游戏。

他们两个试着一起玩,十分钟就放弃了。

就连狮子劫这个死灵魔术师,都受不了游戏里设计的畸形尸体军团。血液不要钱似的乱飞,基本没有什么背景音乐,自始至终都只有幽灵的窃窃私语声,偶尔响起的刺耳敲击声,也只能给人带来惊吓。

然后就是难度。他们先从简单级别开始玩,结果在开篇的史莱姆手上就死了五次。

配音演员带着哭腔喊出"我不想死!""我不喜欢这样!"之类的台词,演技实在太逼真,让人发自内心地烦躁。

与此同时,还有不少设置好的机关,更是增加了难度。尤其过分的是陷阱类机关,这些陷阱从外表完全看不出来,一旦碰到就是当场死亡。而每次死亡后，都得从头开始，简直是最糟糕的设计。这是一款让人在玩的过程中不断积累压力，甚至觉得还不如死了更好的游戏。

"这不行啊。"

"是啊。"

最后，他只是感慨了一下游戏画面也进步了不少，就把那个游戏永远地雪藏了。

如果要问他说这些到底是想表达什么的话……

"我当时应该认真地玩一下那个游戏。"

狮子劫一边后悔，一边在布满陷阱的房间里谨慎地前进。虽然说是陷阱，但是那些出现在眼前的洞穴里，只有无尽的黑暗，根本什么也看不见。

从他们走下中央尖塔的台阶，抵达第一个房间开始计算，此刻已经突破到第六个房间了。房间基本都是一样的。被灰色墙壁围绕的房间，大概有一百平方米。然后房间里有长枪，有挥舞摆动的镰刀，有陷阱，有毒气，完全就是充满了杀意的地方。

"恶趣味。恶劣，那个老太婆！"

"红"之剑士高声吼叫。从刚才开始，他们就一直在避开各种陷阱，出鞘的剑完全没有用武之地。不，要说有其实也还是有的，就是把砍过来的镰刀一劈两断。虽然讨厌，但是如果不认真对待又有生命危险，真是非常坏心眼的设计。

"拜托你冷静一点。我只能靠你了。"

"我知道！"

正如狮子劫所说，现在能仰仗的就只有"红"之剑士的"直觉"了。"直觉"作为一种技能，至少可以在战斗时或者身处危机的时候，指出正确的选项。比如用于戒备对方的宝具，用尽全力脱离目前的场地，或者帮助判断进行袭击的时机之类。

也就是说，一旦"红"之剑士的"直觉"启动了，也就意味着她处在十二分的危险之中。就连此刻这里的"陷阱"，也不是那种坑底有枪头戳人的简单陷阱。掉进去的人要不永远处于坠落状态，要不跌落到七千五百米之下吧。

他们此刻仅仅凭借着剑士的第六感，一边避开陷阱，一边还要寻找真正的出口。

"但是我呢，越是这种时候，越希望御主也能派上一点用处啊。"

"我也在用猫头鹰的眼睛做预先侦察啊。这东西一旦触发陷阱就会被打碎，所以都快用完了。"

猫头鹰的眼睛，是狮子劫这个死灵魔术师擅长的魔术。这东西只有玻璃弹珠那样大小，是通过猫头鹰的眼球，观察前方情况的道具。

为了触发陷阱而消耗了不少，如今只剩下两个。如果这些有陷阱的房间没完没了，他也差不多到极限了。

"下一个房间是——"

突然，剑士的直觉让她察觉数量非同寻常的气息，再加上能听到细微的金铁之声，明显有什么东西正在等着他们。

"御主，小心一点，龙牙兵要出场了。"

即便在之前的战场上，这些傀儡骨架——龙牙兵也因为数量众多而来势汹汹。现在他们在房间严阵以待，武器有战斧、弓矢、剑、枪——不一而足。

"很好，拜托你了，剑士。我就在房间一角老实地等着你。"

其实，对于身为御主的狮子劫来说，这个房间一样危险。一旦被包围，首先他就无法自保吧。相对地，"红"之剑士要保护御主，也必须要打倒龙牙兵。

"小意思，御主。"

"红"之剑士打了个响指，露出了一个过度自信的嚣张笑容。

而那些本来就没有任何感情的龙牙兵，根本不知道这个笑容意味着什么。

它们只是沉默着举起武器，一起冲上来——而"红"之剑士一步都没动，直接拦住了所有的攻击。

骨头折断的吱嘎声断断续续，最后终于停止了。

寂静。

"'红'之暗匿者。别总想着玩了，你也差不多该出来了吧。你不是吧？刚才那一下就那么疼吗？害怕了？你这样也算是支配这个庭园的女帝吗！这么爱做缩头乌龟，还当什么女帝……当公主吧，蠢货！"

剑士一边大肆挑拨，一边打飞了整群的龙牙兵。

就好像是想把不堪一击这个词完美地体现出来一样，"红"之剑士势如破竹地砍飞了龙牙兵。

"连一分钟都用不上啊，这些东西。"

狮子劫拿出了台湾产的烟——然后他才意识到。就像猫头鹰之眼一样，烟也只剩下两支了。

虽然一直说这烟难抽，但依然被他珍而重之抽到现在。如今也快断货了，那是抽还是不抽呢？

"死了可就抽不成了……"

他刚把烟叼在嘴上，怒吼声就开始在房间里回荡："喂，别走神啊，御主！"

嗖，是风声。紧接着，一剑紧贴着狮子劫戳在石墙上。剑士扔过来的剑，把靠近御主的龙牙兵一分为二了。

看到剑士失去了剑，龙牙兵们像抓到机会一样蜂拥而上。然而，剑士浑身都被盔甲覆盖，就像个移动的铁块。她像疾风一样奔跑，仅靠冲撞就将敌人打成了粉末。她还抓住龙牙兵的腿，像过肩摔一样把龙牙兵砸到墙上，龙牙兵直接就散架了。

狮子劫尴尬地把嘴上的烟又塞回烟盒，看着距离自己手臂不足三十厘米的剑，叹了口气："好好珍惜自己的剑啊，真是的。"

他低声嘀咕着。

最后，果然没用上一分钟，剑士就歼灭了龙牙兵。

接下来，"红"之剑士与狮子劫走进了下一个房间——

"哈哈，这就到了吧。"

"红"之剑士露出了轻蔑的笑容。

他们走进的，不是一个房间，而是回廊。天花板高得看不见，全长大概有一百米，能看到回廊最深处有巨大的铁门。

这个地方意味着只有一个可能。回廊通向王之间，也就是说，女帝就在门后严阵以待。

"你刚才那么挑衅，她此刻正是怒从心头起恶向胆边生的时候吧。真讨厌啊，是你挑衅她的，你要负起责任。"

"知道了知道了。无论到哪个世界，打倒王的，必然都是反叛者的利刃啊。"

这话从你嘴里说出来很可信啊——狮子劫差点就把这话说出来，最后还是忍住了。

两个人并排，速度有点慢地向前走。一方面是不想让对方看出他们的急切，另一方面则是被对方玩弄了这么久，这多多少少也算是个报复吧。

沉默。两个人都没什么想说的，只是向前走。但是，"红"之剑士忽然不经意地嘀咕道："我说，如果赢了活下来，你想做什么？"

"你所说的什么都指哪些东西呢？"

"要举办庆功宴吧。父王好像不喜欢，可她都不会缺席……尽管没有什么像样的食物，但是想喝多少酒就可以喝多少，喝醉了大闹一场应该也挺开心的吧。"

"应该也挺开心，这么说你没参加吗？"

"那当然了，我不能摘掉头盔呀，只从远处看过。"

"红"之剑士一边说，一边眯起眼睛，好像在回忆满是喧闹的宴会。

"那你也想举办庆功宴吗？"

"是啊。不行吗？"

剑士不高兴地把头扭向了一边。根据她以前描述的人生梗概来推论，大概也是与宴会无缘的一生吧。她也说不上是羡慕，但是好奇心好像是被激发了。

其实，狮子劫也和剑士一样，他的人生也与庆祝的宴会无缘。当然，他也曾经给女儿庆祝过生日，但也并没有那么隆重。首先，那就算不上是宴会。

"不不，这想法不错。酒就用葡萄酒可以吗？"

听狮子劫这么说，"红"之剑士露出一点无聊的表情，不解地歪着头。

"葡萄酒，葡萄酒吗……也不错，就是喝习惯了，好喝的不好喝的都是。还是这个时代的酒比较好。"

"那就是威士忌吧？但你是从者啊，喝酒也不会醉吧？"

"微醺还是可以的。这也没有坏处啊……大概吧。"

"能判断得出好喝还是不好喝吗？"

"当然能了。可别给我不好喝的酒噢？"

"有一个我认识的人曾经说过，不好喝的威士忌，有股下水道的臭味。你要不要试试？"

"红"之剑士像要咬死狮子劫一样瞪着他。

"我不要。不好喝的酒和难吃的食物，我生前吃得够多了。"

狮子劫笑着承受剑士的瞪视。

"那倒也是。那就没办法了，好不容易省下来的一点定金，干脆就拿来最后奢侈一次吧。"

两个人都在不停地说一些不走心的谎话。

无论是多么忠诚的从者和御主，都不可能在庆功宴上分享各自的喜悦。因为胜利的一刻，就是他们分别的一刻。他无法与她一起倾听酒杯碰撞的快乐声音。倒也不至于难过，却总觉得好像缺少了一点什么。

拙劣的谎言一个接一个地说出口。凯旋之后，就冲进酒馆点上好多酒，一次喝个够。然后再坐上车，用疯狂的速度到处兜风，反正剑士不会被抓到了。

他们在一步一步接近死亡的路上，还做着这样的梦。

这让狮子劫感到一种不可思议的快乐。可能是因为他们在追逐的是一个过于壮大的奇迹吧，魔术师里也有很多爱做梦的人。今后自己可没有资格嘲笑他们了——狮子劫不禁苦笑。

他心底还在期待着能实现这些无法实现的梦。

"可能会死吧。"

"红"之剑士忽然嘀咕了这么一句话。死亡，至今一直在身旁。理所当然地将死亡赠予敌人,而在最后的最后,自己也一样得到了死亡。

死亡,是能将气魄、信条、仁义、意志、未来、希望……所有一切碾碎的绝对存在。

那就是死亡,"红"之剑士每走一步,都能感觉到自己正在触碰死亡。那不是直觉,只是作为生物,都能够对死亡有所认知。

"可能吧。"

在她身边的狮子劫也一样。亚述的女帝塞弥拉弥斯——毫无疑问是个怪物。

"你怕死吗?"

这是狮子劫提出的问题。

"红"之剑士扭了扭脖子,答道:"谁知道呢?我死过一次,只知道那种感觉肯定算不上好。不过,那是因为有比死亡更强烈的感情。"

那就是憎恶。

憎恨、热爱、嫉妒,而在最后,她用憎恨埋葬了自己对父王的爱。

比起对死亡的恐惧,对父王的憎恨要强烈得多。

莫德雷德到死都对父王有所期盼。

"御主你呢?"

"我吗?我基本已经算是半个死人了吧。"

狮子劫若无其事地说着,"红"之剑士皱起眉头提出反驳:"半个死人怎么可能走到快要得到大圣杯的地方呢?还是说因为愿望不能实现,所以你就要放弃了?"

"不知道啊。那你呢?"

剑士瞪着不正面回答问题的狮子劫。但是,当面对"那你呢"这个问题时,她也不知道应该怎么组织语言了。

"不知道啊。"

"红"之剑士的愿望,是挑战选定之剑。

伟大的亚瑟王,成功拔出了插在岩石之中的选定之剑——那时亚瑟王还只有十五岁。

那么,作为亚瑟王的嫡子,莫德雷德也应该能拔出圣剑——她不得不拔出圣剑。

如果拔不出来,那自己就不是王的孩子。

她之前一直是这么想的——直到被召唤出来的时候。

——你想做好的王还是坏的王啊,想做哪个?

剑士想起了"黑"之骑兵不经意地问过的这个问题。

为什么她无法立刻给出答案?是不是因为她从来没考虑过成为王之后的事呢?还是因为,其实她心里——已经放弃了成为王的愿望呢?

——不是的。我才不可能放弃。

不只是圣杯大战,圣杯战争通常会在两周以内分出胜负。圣杯提供的魔力不可能永远持续下去。在没有特殊情况的前提下,当圣杯不再提供魔力,从者是很难继续留在地上的。

但在圣杯大战的这几天里,"红"之剑士几乎要抓住什么东西了。

某些她生前从未想过,也做不到的东西。

——决定要拔出选定之剑的时候,父王许下了什么愿望呢?

是发誓要作为王守护国家的和平吗?

是想要成为不输给任何人,永不屈服的人吗?

她开始一遍又一遍地思考,思考那些以前从来都没考虑过的问题。

父王也曾做过梦吗?

如果有,到底梦见什么样的内容——

"我们到了。"

他们走完了一百米。"红"之剑士把依依不舍与烦闷的感情都抛开,站在了门前。

深呼吸。只是这样一个动作,就仿佛已经吸入了那个女人在门的另一边释放的杀意。

那是充满毒素，深紫色的杀意。这是多么简单明了，同时又复杂的气味啊。带着憎恨和杀意，对这边抱有佩服之意，又饱含嘲弄。双面的感情混杂在一起，实在是复杂到极限的心。

忽然之间，御主和从者都露出了轻蔑的微笑。

可能会死。但是即便如此，这两个人的脑子里却没有避而不战这个选项。在做出选择之前，这个选项就已经消失了。

"好。要赢啊，御主。我们都有要实现的愿望。无论在他人看来，这些愿望多么无聊，对于我们来说——"

触碰不了的星星、无法看到的光芒——带着渴望度过人生，却一直都没能做到的事。能实现这些愿望的，就是圣杯。无论实现愿望是不是圣杯原本的使用方法，都无法改变圣杯能实现愿望的事实。

就算是"红"之剑士，想在"虚荣的空中庭园"内部战胜"红"之暗匿者，可能性也是很低的。

但是，面对触手可及的星星，没有理由不伸手去抓取。

就是为了伸出手去抓住星星，狮子劫和"红"之剑士才会来到这座幻想的庭园。

"啊，要赢啊。"

两个人轻轻碰了碰拳头。这个动作就像个暗号一样，面前的大门随即打开。还真亲切啊——狮子劫嘀咕着。"红"之剑士充满自信，昂首挺胸地走进了房间。狮子劫也跟了上去。

然后，他们就与"红"之暗匿者面对面了。

"能来到这里也算了不起了——这句话很适合在这个场合说吧。因为给你们指路的就是我啊。"

"红"之暗匿者嫣然一笑。狮子劫感到背上窜过一股凉气。他还以为对方用了什么魅惑的魔术呢，但是好像没有。她只是笑了一笑。

狮子劫想，那就更可怕了。就像珍贵的艺术作品能夺取人的注意力，有让人移不开眼睛的魔力一样——这位女帝，只是一个微笑，好像就能够夺人魂魄了。

"你们要夺取的大圣杯，就在前方。不过，你们经历了恶战苦斗好不容易来到这里，应该受到热烈的欢迎。"

"还说什么欢迎，你这连吃的都没有啊。"

听了"红"之剑士的吐槽，"红"之暗匿者扑哧笑了。"红"之剑士咂了咂舌，看到了女帝肩头被自己砍伤的地方。虽然看不到伤口，但是剑士的直觉告诉她：那个伤口——还没有愈合。

"你的伤好像还很疼啊，女帝。"

"红"之剑士对女帝的美貌完全不在意。

女帝听到她的挑衅，指着受伤的位置说道："虽然不疼，但是我很伤心。而且，我很清楚应该怎么治疗。"

"哦。我不知道你用什么治疗方法，但是需要我帮忙吗？"

"太感谢了，那就——"

就在"红"之暗匿者举起右手的瞬间，"红"之剑士忽然一阵战栗。

致命的错误——此刻的现状已经超过了败北的范围，直接就是"死亡"在逼近了！

"御主快跑！"

"红"之剑士用上了全身的力气，一脚把站在自己背后的狮子劫踢飞——看似踢飞，但其实是直接用脚猛地把狮子劫推了出去。

狮子劫还来不及回答就倒在地上，向着要关闭的大门滑去。尽管差一点就被门夹住，但还是成功从王之间逃了出去。

"剑士！"

狮子劫也没蠢到不明白剑士为什么会这么做。

一定是因为剑士察觉到王之间里的危险，她判断出这么做是能让狮子劫逃出来的最佳方法了吧。

剩下的问题，就是剑士自身能否防御得住这个危险的攻击了。

在被踢飞的瞬间，狮子劫就明白了当时的情况，从怀里拿出猫头鹰的眼睛扔了出去。即便门关上了，他也能通过那个眼睛得知里面的情况。

但是，就在视觉连接的瞬间，他就感觉到被灼热的铁钉刺穿的剧痛。

"嗯……这是什么？"

一般来说，术者和使魔共享五感的时候，几乎不太能感觉到疼痛。如果脆弱的小动物被杀，术者也会死的话，那使用使魔就没有意义了。更何况，狮子劫使用的术式，都是对已经死亡的尸体进行再加工的。无论遇到多么严峻的情况，都不会感觉到疼痛才对。

如果说有什么例外——

那就是对方使用的了侵蚀率极高的魔术，能通过因果线传递，甚至无法转移疼痛。

"混蛋……"

狮子劫毫不犹豫地挖出右眼，眼球一瞬间就熔化了。他的直觉告诉他，只要碰到这些看上去有些不舒服的紫色液体，马上就会死亡。他脑子里甚至还产生了一些无关紧要的想法，比如应该去定一只高品质的义眼。

——现在的问题是……

他的从者留在了那个地狱一样的地方，而对手就是那个善用一切毒药的最强的女帝，塞弥拉弥斯。

换而言之，狮子劫界离必须要做出几个决定。

"可恶！"

视野扭曲了。"红"之剑士迅速拿出了之前收好的头盔，至少能抵抗一下。虽然这个头盔只有隐藏真名的作用，但也是母亲摩根给她的宝具，多少能遮挡一些"红"之暗匿者的魔术（毒）。

"哦。那个倒是能暂时抵挡一下。不错不错，一脚就把御主踢出去也是很英明的判断，值得夸奖。"

"红"之暗匿者愉悦地笑着。

"别胡说了。这个环境，也不过是你的魔术吧。"

"当然。你以为我是谁啊？我可是被誉为最古老的毒杀者的塞弥拉弥斯。起源之毒便是对万物通用之毒。而且这次用的，还是专门针对从者调配的。很遗憾派不上什么用场了。那么，至少让我看看你为了生存挣扎的样子——"

"红"之暗匿者举起了右手。

就像在回应她的动作一样，暗绿色的锁链从她身后的黑暗中显现。锁链的尖端是钩爪——不需要特意去猜测，也知道是用来做什么的。

"就当作是我付出劳力的回报吧。"

就在她把抬起的右手向下挥动的同时，锁链像蛇一样舞动起来。

∞∞∞

这是被诅咒的枪的故事。

在赫克托耳被打倒之后没多久，有些女人被派去拯救特洛伊。

她们就是亚马孙的女王彭忒西勒亚和她的部下。

她们愤怒地想要给赫克托耳报仇，却都被阿喀琉斯的枪打败了。

一旦走上战场，就没有男女之别。最后，阿喀琉斯与因失去部下而愤怒至极的彭忒西勒亚进行一对一战斗，并获得了胜利。

彭忒西勒亚一直遮着脸，阿喀琉斯原本以为她要么相貌丑陋，要么脸上有伤痕。

结果摘下她的头盔，露出的是像女神一样美丽的脸。

"畜生。杀死我的部下还不够，还要侮辱我吗？"

阿喀琉斯道歉，表示自己并没有那样的意图。只是想看看她被人称赞的美貌而已。但阿喀琉斯无聊的好奇心，给彭忒西勒亚带来的只有屈辱。

"是吗？"彭忒西勒亚轻笑着说，"那么，我要诅咒你。你那杆枪，总有一天会刺穿你深爱的某个人——"

"真的是诅咒啊。时至今日，我仍然要为自己浅薄的好奇心付出代价啊。"

阿喀琉斯曾发誓不会再杀死女人。

没想到，迎来第二次人生后，居然会经历彭忒西勒亚的诅咒成真的这一天！

不像被抛弃那样疏远，也没有憎恶到要杀死。

亲近的，喜爱的。正因为如此，在此时此刻——

"对了，弓兵。"

阿塔兰忒露出了像小女孩一样天真无邪的表情，看向阿喀琉斯。

"我觉得……你的梦想很美。你明明比任何人都清楚，那是一个不可能实现的梦想，却还是愿意一直争取。这样的你也很美。"

没错。她的梦是很美的。那个孩子们都被爱的世界，那些单纯无辜的生命，不会成为饵食的世界——

"但是……你已经偏离了正道。从一开始，那条路就并不通往梦想。你不能再走下去，该回头了。"

如果有人和她有同样的梦想，或者有人能够与她站在一起……

她一定可以回头。在疼痛之后，说不定她也早就意识到自己远离了梦想。

"没有那样的人啊……没有，那样的人。"

阿塔兰忒寂寞地轻声低语，碰了碰刺穿自己的长枪。如果她还是魔兽，也许还能承受这一击，但是对现在的她来说，这完全是致命伤。阿塔兰忒意识到这一点，干脆接受了败北的事实。

"对不起啦，大姐。"

被击杀英雄之枪杀死的，不是魔兽状态的阿塔兰忒，而是"红"之弓兵阿塔兰忒。

她还是用那种天真无邪的表情，看着插在自己心口的枪。

"汝，也要阻碍我吗？"

她的语气非常平淡。

"是啊。因为还有留恋啊，'红'之弓兵。我们两个都是。"

他的声音听起来也相当冷淡。

阿塔兰忒沉默着，低下了头——好像要说什么又说不出口，就那么沉默着崩落了。

阿喀琉斯拔出枪，抱紧了渐渐死去的阿塔兰忒。漆黑的毛皮剥落之后，阿塔兰忒差不多恢复了原本一半的样貌，但还是没能完全恢复。

她只能在这样不上不下的状态下消失了。阿喀琉斯就像抱着小孩子一样，紧紧抱着阿塔兰忒。

阿塔兰忒颤抖着向黑暗的天空伸出了手。

向着梦想努力，即使这梦想无法实现，这明明不是什么错事。

阿喀琉斯悲伤地想，为什么，这件事一点都不美，还充满了痛楚呢？他轻轻地伸出手，扶住阿塔兰忒伸出的手。

"骑兵。"

"嗯。"

阿塔兰忒浑身散发着颓然与懊悔，她问阿喀琉斯："我，应该怎么做才好呢？难道舍弃那些孩子，才是正确的做法吗？难道被裁定者打倒才是正确的吗？"

面对这些找不到答案的问题，阿喀琉斯也只能沉默以对。

"如果舍弃那些孩子们的判断是正确的，想要保护他们反而是错误的话……"

这个世界，被诅咒了——

那是无声的恸哭。

是无法挽救本应得救的人，而发出的喟叹。

是迷了路，又无法回头的少女的惨叫。

"即便如此……即便如此，我也想阻止你继续堕落。"

阿喀琉斯也找不到答案，他能说的，只有自己的动机。他很清楚这只是自私的想法，也知道这个想法是瞒不住的。最重要的是，他无法对自己尊敬的人说谎。

听了阿喀琉斯的话，阿塔兰忒落寞地轻声说："真是愚蠢。骑兵，我就那样也好。只要堕落了，就不必再张开翅膀飞翔了。"

无法实现的梦。

未竟的幻想。

张开翅膀，向着高高在上的希望飞翔。做出这个选择的，不是别人，正是阿塔兰忒自己。失败了就会坠落。迷路了就无法抵达。这些事实显而易见，她却不愿正视。不肯正视，还想张开翅膀飞翔。

"红"之弓兵开始消失了。

她不是肃然地接受了结局的到来，只是万念俱灰放弃了抵抗。她没有流泪。只有一点遗憾，与莫名的疲劳感。

脸上感觉到一丝热度。当然不是她的眼泪。流泪的不是阿塔兰忒，而是阿喀琉斯。在生命的终点，阿塔兰忒看着那张哭泣的脸，露出了不合时宜的笑容。还伸出手想要擦掉他的眼泪。

她伸出的手虽然无法触碰到星星，却可以轻易碰到身边的毛头小伙子。他的眼泪沿着她的指尖滴落。

"没想到居然是小伙子哭着送我走。"

阿塔兰忒笑着，最后总算留下了一个遗憾之外的回忆。她莫名其妙地想，作为梦想的终结，这样死去好像也不算太糟糕。

"汝的愿望实现了吗？那我们可以一起走。"

听她这么说，阿喀琉斯点点头，握住了她的手，然后用有些不高兴的语气轻声说："就算是地狱，我也跟你一起去……只要你不嫌弃毛头小子。"

到了这个时候，还是这么可爱地固执。这让人有种单纯的快乐和喜悦。她回过神来，发现右手上的窃窃私语声也消失了。

没能实现愿望，也没能引发奇迹。悲哀郁结在胸口，绝望在心底翻腾。即便如此，听到这么无聊的一句话——却真的让她有了一点点，被拯救的感觉。

少女把手伸向那张沾满血的脸，带着眷恋说道："汝真不愧是，那个佩琉斯的儿子啊。"

在那个英雄们活跃的时代，粗鲁野蛮是理所当然的，却只有一个谨慎的英雄，推崇稳健的作风，那就是佩琉斯。

她原本以为佩琉斯和他的儿子阿喀琉斯两个人的性格完全相反，结果在性格固执，本性天真这方面，他们两个好像没什么区别。

如果是这样的男人，倒也很好——她觉得自己会产生这样的想法，是有点不成体统了。

"你没什么留恋了吗，大姐？"

"有啊……但是，已经没关系了。"

两个从者话音一落，就神奇地同时消失了。什么都没有留下。男人的信念也好，女人的希望也好，都飞向了遥远的地方。

第三章

生前的故事。

有一个梦，我做过好多次。我站在坚硬的岩石前面，身边站着一个看不出年纪的魔术师。岩石中插着一柄剑。魔术师高声对着这个国家的骑士们做出宣言。

拔出这柄剑的人，就能成为王。

有勇气的人、对自己的力量有绝对自信的人，著名的骑士们都来挑战，最后都不能撼动剑身分毫，只能放弃。真是愚蠢的人啊，我发出冷笑。这柄剑，是用来筛选王的武器。只有被选中又能拯救这个国家的人，才能拔得出来。居然想只凭借蛮力就拔出来，真是太天真了。

就这样，在已经没有人关注这柄剑的时候，我来到了剑的面前。

魔术师淡然地说道："在你拔剑之前，一定要想清楚。"

我想过了，时时刻刻都在想。

拔出这柄剑意味着什么。

意味着成为了不起的王。

所以我伸出了手——根本没必要再回答那个问题。

魔术师叹了口气，挥了挥手。这个梦，总是在这里结束。即便伸出手，也碰不到剑。明明发誓要成为一个了不起的王——这个梦还是一如既往地告诉自己，"你没有那个权力"。

我为此恼怒、激愤，最后甚至低头恳求。让我拔剑，让我做王，我不可能拔不出来。

"那么，你对这柄剑宣誓什么，又托付什么呢？"

我端正地回答魔术师的问题。

成为一个好的王。

合理施政，合理战略，用正确的力量支撑这个国家。绝对的正义，绝对的权利,这么回答有什么不对吗?

我明明伸出了手。甚至连剑柄都碰不到。明明只差一点点,只要能握住剑柄,我是一定能把剑拔出来的。因为,我是亚瑟王的嫡子莫德雷德。

一定能不输给任何人,成为一个超越父王的王——

"你还是不明白吗?"

那是谁的声音呢?

是我自己的还是父王的,或者是魔术师的呢?

还没想清楚这个问题,我就醒了过来——

"红"之剑士在吼叫。

"红"之暗匿者淡然面对对方充满杀意的咆哮。女帝坐在宝座上,带着嫣然的笑意,看着"红"之剑士。

第二次——"红"之剑士已经是第二次向她发起攻击了。

这两次,"红"之暗匿者都是坐在宝座上,就防御住了剑士猛烈的攻击。双方都没有受伤,只是浪费时间而已。

"你的杀意就像微风一样。若你不带着憎恶讨伐我,你就只会被虐杀而已噢?"

"红"之剑士就像被猫玩弄的老鼠,又或者像马上就要被蛇吞掉的青蛙。女帝毫无疑问,是捕食的一方。不过,即便"红"之剑士是老鼠,也是一只有利齿能反噬老虎的老鼠。

"吵……死了!"

"红"之剑士冲了出去,她先在墙上踢一脚借力再冲刺,就像一颗打出来的子弹。她以音速抵达宝座,连刹那的犹豫时间都不会给女帝,直接砍向女帝的脖子。

但是,女帝只是很无聊地动了一根手指。

她的攻击动作这样就结束了。暗绿色的锁链从黑暗中飞出,要去抓住"红"之剑士。

狂暴的"红"之剑士,一瞬间就把先飞过来的锁链斩断了。她继续前进，一路上用让人瞠目结舌的反射神经击落所有锁链。

但是，事实上——这样的攻击已经是第三次了。

锁链就像蛇一样灵活爬动，像秃鹫一样飘然落下。锁链的尖端还有钩爪。百条锁链中，"红"之剑士击落了九十九条，可偏偏有那么一条抓住了她的脚踝，拖慢了她的动作。

"嗯！"

"哦，开始啦。"

大堆的锁链转瞬聚集——女帝又动了一根手指。

盘绕的锁链马上把剑士向后扔了出去。

剑士被摔打在石板地面上，之后又被扔向半空——坠落到天花板的湖里。感觉都混乱了。自己明明是被摔到了天花板上，结果却掉进了无底的水中。

"红"之剑士用直觉判断上下方向，再用"魔力放出"一口气从湖里跳出来。

盛放的睡莲被撞飞，她在石柱上踢了一脚，借力落在地面上。

"红"之剑士的呼吸粗重，毕竟这是第三次重复同样的战斗。然而，还不只如此。

"你好像呼吸困难了，反叛的骑士。"

女帝愉快地笑了。如果不是戴着头盔才能勉强遮住外面的毒气，剑士大概就要向着女帝吐口水了。"红"之剑士的铠甲和头盔原本都是摩根给她的。魔术就不用提了，对各种外部干扰都有很强的防御力。

即便如此，剑士还是感到全身都在疼痛——毒在起作用。但是，至少还没影响她继续战斗。

"环境一旦不卫生，老鼠就会到处泛滥。你这里就跟老鼠窝一样啊，臭水沟的老鼠。"

"那你又算是什么呢，只能到处乱飞的无头苍蝇吗？不，或者应该说是——"

闭嘴，"红"之剑士留下这句话，又直愣愣地冲上去。她用"魔力放出"能达到的最高速度，一边扯断大堆的锁链一边狂奔。

"或者应该说是,被鱼吃掉的水蚤。"

女帝和剑士距离已经极近,一条巨大的韧鱼却突然出现在二人之间。它张开大嘴,仿佛要把"红"之剑士连着盔甲一起咬碎。

盔甲发出吱吱嘎嘎的悲鸣。女帝召唤的是古代种的神鱼,只有母亲是鱼之女神的塞弥拉弥斯才能召唤,是一只凶猛至极的魔兽。

"哼,果然没形容错,就是水蚤呀。"

"红"之暗匿者发出嘲笑。

只是这一句,就让"红"之剑士的愤怒彻底爆发了。

"太烦人了,这个用鳃呼吸的东西……"

"红"之剑士当场确定了合适的做法,做出决定——换了另一只手拿剑,毫不犹豫地把带着铁护手的手臂猛地戳进了神鱼的眼球。

剧烈的痛苦让神鱼发狂。"红"之剑士并不理会,顺手挖出了眼球。接着,她又用双手握紧"灿然辉煌之王剑",顺着眼窝把整个剑身刺进了鱼的脑髓。

笑声停止了——"红"之暗匿者震惊地看着"红"之剑士。

"你真是像狂剑士一样残忍啊。"

"红"之剑士已经从死亡的神鱼嘴里逃了出来,摇摇晃晃地站了起来。虽然受伤轻微,但这已经是她第四次突击失败了。

仿佛无穷无尽的锁链,随手就能召唤的魔兽——而最棘手的还是这些毒气。

"红"之剑士原本以为毒气对自己的战斗行动没有影响,但是突击的速度显然慢了。双腿有轻微的麻痹,让她的动作变得迟缓。

神经受到影响了。再这么下去,每过一秒,情况都会对自己更不利。"红"之剑士没了打趣的心情,举起了剑。

"怎么了?连说话的余力都没有了吗?你必须得像小丑一样胡言乱语,才算得上是个余兴节目呀。"

"啰里吧嗦的烦死了,你这个臭屁虫女人!"

"臭屁?"

"红"之暗匿者这下真的说不出话来了,剑士高声嘲弄她:"在那里趾高气昂地放出毒气，除了臭屁虫还能是什么！你就尽管摆架子吧，我下一剑砍断的就是你的头！"

"红"之暗匿者呵呵地笑出了声。虽然看上去笑得很开心，她的眼睛里却充满了仿佛能将人冻住的恶意。

"原来如此，你可真会说啊。我喜欢，我非常喜欢。我要砍断你的双手双脚，烧坏你的喉咙，把你像个肉虫子一样养起来。"

"低级的爱好。"

"红"之剑士嘴里不停，心里也在规划战术。普通的奔跑是来不及的，即便在柱子上借力再用"魔力放出"也略迟了一点。

那么，答案就只有一个。

为了达成这个目的，就必须要付出代价。如果这次失败了，就会死吧。但现在只能孤注一掷地豪赌一次了。既然不能后退也无法留在此处，那就只剩下前进这一条路。

"我就用这把王剑砍了你！"

"红"之剑士把头盔收进盔甲，露出了面孔。这里距离女帝扭曲的脸——距离宝座太远了。与必要的距离还有十米的差距。一旦踏入那个范围，就释放这充满憎恶的攻击。

她的表情因为毒的影响越来越扭曲。好不容易才切断的痛苦，就像雪崩一样一拥而上。但是，这些都不能妨碍她继续前进。

"红"之剑士下定决心冲刺，也做好了心理准备。盲目突击的子弹，是不可能因为痛苦而坠落的。

九米。

锁链被召唤出来迎击，"红"之剑士毫不费力地将其打飞。

六米。

那么，接下来被召唤出来的又是刚才那种巨大的神鱼。"红"之剑士早就猜到了下一个袭击自己的东西。她直接砍断神鱼的下颚让咬合攻击失效，然后就从变成无用木偶的鱼背上跑了过去。

三米。

"水之王（a lugal）。"

女帝在自己面前投影出一个鳞片形状的盾。在"红"之暗匿者的认识中，神鱼能优雅地在狂暴的原始之海中畅游，它的鳞片就是最坚硬的盾。

也就是说，她知道已经无法阻止"红"之剑士的突击了。

零。

"红"之剑士冲到预定地点，毫不犹豫地挥剑攻击上路。原本用于证明王权的剑，呼应少女的憎恶变成了邪剑。

空间扭曲，仿佛远方雷鸣般的声音在女帝耳边轰响。

"灿然辉煌之王剑"原本不是莫德雷德应该拥有的剑。这柄剑原本是用来证明王的身份，是只有王才配拥有的剑。

但是莫德雷德从亚瑟王的宝库中抢走了这柄剑，并用压倒性的力量令其折服。她选择的并不是与王相称的剑，而是单纯追求剑本身的力量。

作为能使王的力量增幅的"触媒"，号称最好"王剑"的剑，被她变成了一柄邪剑。

之后，在卡姆兰的战斗中，莫德雷德就是挥舞这柄剑，付出了生命的代价，给亚瑟王造成了致命伤。

与传说中的英雄亚瑟王相比，只是年代古老的女帝也没什么了不起的！

"'对吾华丽父王的叛逆'！"

憎恶的赤雷被召唤而来，带着令人绝望的破坏力直逼宝座。

赤雷对准女帝展开的几层鱼鳞盾露出獠牙。明明最坚硬的鱼鳞，却像纸屑一样被撕碎。赢定了，"红"之剑士可以确定。就算是暗匿者的大魔术，也不可能逆转这个结果。

虽然女帝还可以把自己转移走，但是她既然选择在剑士的面前张开那么多盾，应该还是准备接招的吧。那么，等到盾被打破再转移，就来不及了。

剑士原本确信能取得胜利，却突然感觉到一股恶寒。

是被逆转的感觉。视野仿佛大雾弥漫一样被扭曲了。"红"之剑士猜测，是因为自己中毒了吗？但是，这与她已经完成的攻击无关。那为什么会有恶寒的感觉？现在这样的情况下，如果"红"之暗匿者还能选择避开，那就是说——

一声巨响，宝座确实被打碎了。可是，宝座上并没有"红"之暗匿者的身影。

"转移？"

"红"之剑士双腿无力。连在亚瑟王面前都没有跪下的双膝，像在嘲笑她一样抖个不停。

"你好像有个致命的误解啊。"

"红"之暗匿者发自内心地笑着，像要摆弄剑士的头一样，用双手去碰剑士的头发。

"你！"

剑士回手一剑。但是手上没有砍到东西的感觉，只是劈开了空气。不过，这样"红"之剑士也明白了。

那些盾并不是用来防御的，而是为了转移自身，并在某处藏匿起来的道具。因为召唤盾牌使用了庞大的魔力和复杂的术式，才会误判了"红"之暗匿者准备迎战，这是"红"之剑士犯下的致命错误。

"对了，反叛的骑士啊，你怎么会以为我要和你堂堂正正地对决呢？是不是因为，你以前遇到的敌人全是那样的蠢货呢？"

暗匿者在"红"之剑士耳边低语，她的声音中带着无法隐藏的喜悦。

"呼，没有英灵的骄傲，只知道逃走的家伙可真敢说啊……"

可能是感觉到对方在强撑吧，"红"之暗匿者更开心了："蠢货。我可是最古老的用毒者啊。正面战斗什么的，交给那些看门狗就够了。站在高处的人，为什么要纠结战斗的胜负呢。我不会和你互相砍杀也不会和你战斗，我只是——等着你自己踩中陷阱就好了。"

见"红"之剑士因为耻辱与愤怒而颤抖，女帝继续嘲笑她："那么，'红'之剑士，就让我单方面地虐杀你吧。"

铁链卷住"红"之剑士的身体,她来不及抵抗就被从半空扔下。锁链还缠住了她的手脚。在离心力的作用下,她的脊背直接撞在了石柱上。

糟糕了,"红"之剑士的直觉发出警告。但是她的视野仿佛被浓雾遮挡一样,就算挥剑也只是在切割空气。而且每次挥剑,都会有更多铁链缠上她。

"我要更正之前叫你水蚤的说法。现在你就像被钓上来的鱼一样狼狈,反叛的骑士。"

浑身覆盖着钢铁的人,就像个球一样弹来弹去。

"红"之剑士挣扎的样子,确实像被钓上来的鱼。

"啊啊啊啊啊啊啊啊啊啊啊啊啊啊啊啊啊啊啊啊啊!"

"红"之剑士吼叫着扯断了铁链。除了胡乱地突击,她没有别的选择了。她敏锐的直觉在低语,这样完全是走投无路了。

即便如此,剑士也只能像鲁莽的武士一样,除了直接突击没有其他方法了。但是,就连这样做也越来越困难。

"嗯……"

视觉被夺走了。激烈的刺痛已经变成了烧灼一般的痛感,剑士连眼皮都抬不起来了。如果是普通人,这种剧痛已经足以让人发狂。然而,"红"之剑士是达到超一流水平的剑士。

"啧……"

像这样在看不见的情况下战斗,她已经不知道经历过多少次了。磨炼出的敏锐神经,连轻微的呼吸声都能分辨,可以让她如实地判断出女帝所在的位置。

不,就算连这个声音都被隔绝,她也能凭借敏锐的直觉做出判断吧。因此,失去视觉其实是完全没有影响的。

本应如此——

"差不多了吧。"

女帝发出了声音。因为敌人失去了视觉,她就松懈了吗?剑士摸清了女帝的位置。比想象的更近,这样就能在女帝转移之前砍中她。

"红"之剑士不想错过这个千载难逢的机会,就在她正准备用"魔力放出"加速的时候——

"啊。"

转眼间,"红"之剑士就跌倒在石板地面上。她用不上力气,无法呼吸,甚至无法思考。

"红"之剑士自觉已经习惯了疼痛。被锋利的刀刃砍伤的疼痛,被铁槌攻击时无法呼吸的疼痛,被火灼烧、直接承受魔术攻击、被箭矢刺穿的疼痛,还有最后的瞬间——被那杆枪刺中时那种死亡一般的疼痛,她都经历过了。

疼痛是能控制的,不能被疼痛影响了行动。这不仅仅是对于莫德雷德,也不限于骑士,是所有战士们的基本常识吧。

但是,今天,就在此刻,这种认知被颠覆了。

"嘎——啊啊啊啊啊啊啊啊啊啊啊啊啊啊啊!"

"红"之剑士在惨叫。过于锐利强烈的痛苦侵袭全身,给"红"之剑士造成了强烈的冲击。她的意识无法集中。这种疼痛仿佛在向体内注射硫酸,让她发出凄惨的叫声。除此之外,什么也做不了。

"红"之暗匿者开心地呵呵笑。

"这是我的第二宝具'傲慢王的美酒'。只要在这个王之间里,我就有对各种毒的抵抗力,也能在空气中做出各种毒。我的魔术制造出来的各种东西——就连一小撮火焰都是有毒的。怎么样?疼吗?"

回答"红"之暗匿者的,只有苦闷的惨叫声。

"虽然不知道你还能不能听到,我还是告诉你吧。我刚才不是说过了吗?这个毒,本来不是用来对付你的。这是给喀戎准备的毒。你知道他因为无法忍受中毒带来的痛苦,舍弃了不死之身的事吗?那个毒正是被赫拉克勒斯打败的魔兽许德拉的毒,也是让赫拉克勒斯本人陨落的毒。希腊著名的英雄们被这个毒杀死——其中一个不死之身的英雄还被迫选择乞求怜悯。如果能让'黑'之弓兵尝尝这个,一定能看到特别有趣的反应吧——"

"红"之剑士在惨叫、翻滚、痛苦欲绝,都用不上一分钟。

不过,女帝的嗜虐心好像得到了极大的满足。她点点头,优雅地回到了宝座。

"距离你死去,或者乞求怜悯需要几分钟呢?我就耐心地等待吧。怎么,想死是很简单的——用你那柄夸张的剑自刎吧。那样一切就能结束了。"

没有回答。

可能是"红"之剑士的嗓子已经坏了吧,嘶哑的声音在空旷的房间里回荡。

等到混乱的思绪终于开始集中,"红"之剑士意识到唯一的事实。

"可恶,就没办法了吗?"

剧痛还在持续,"死亡"每秒钟都在离"红"之剑士更近。对她来说,连集中精力思考都已经是一场战争了。

∞ ∞ ∞

这条石板路仿佛没有尽头,会无限延续一样,可能也是受到"红"之暗匿者的魔术影响吧。不过,裁定者相信终点已经很近了,因为她感觉到大圣杯气息了。

道路很窄,最多只能并排通过两个人。天花板又高得看不见。空气中淡淡地飘着冰冷的泥土气味,让人觉得有些怀念。

到这里为止,她还没遇到什么阻碍。到了这个时候,就算派出龙牙兵,也拖延不了什么时间。但"红"之术士和四郎·言峰还在,尤其术士是个问题。裁定者的感知能力能判断他确实"存在"。即便如此,他却一次都没有露过面。

可能性有两个。他针对裁定者设计了某种对策。即便术士本身不是战斗型的从者,根据他使用的魔术不同,也可能会造成威胁。

如果是单纯的攻击魔术,哪怕是神代的魔术,也是可以打破的。但是,深不可测的魔术,是可以把几乎完全不可能的事物变成可能的。

可能会召唤出可怕的魔兽，也可能是改变环境的强大术式，或者是不可想象的"某种东西"——

当然，还有另外一种可能。是在亚种圣杯战争中也频繁发生的情况，那就是他可能只是一个"错位"的从者。不是英雄，只是偶然召唤到了一个符合术士要求的人。宝具也派不上用场，也不会使用魔术。

如果是后者倒是轻松了，如果是前者，那马上就应该对裁定者有所动作了。裁定者不认为对方有可能是后者。再怎么说也是用魔术协会收集的圣遗物召唤的，召唤到货不对版的从者的可能性非常低。

虽然只是预感，但估计就要抵达大圣杯所在的地方了。那么，术士应该就在大圣杯的附近等着……

裁定者走完了几乎以为会无穷无尽的走廊，站在了门前。

在这扇门的对面，有着地狱与终结。裁定者抛开些许的犹豫，打开了门。

大概门会用魔术锁上吧——与裁定者的判断相反，只是轻轻一推，门就轻易被打开了。

"这里是——"

裁定者环顾四周。这个空间像一个无边无际的捣蒜钵。即便是站在裁定者的位置，也能清楚地看见位于中央位置的巨大的大圣杯。

裁定者能感知到的从者有一位。四郎·言峰并不是圣杯大战的从者，所以她本来也感觉不到——他不可能不在这里。

"出来吧，'红'之术士！"

"哦哦，哦哦！不用喊不用叫，吾辈也会出来的！诚意、灵魂、真心，还有其他很多东西搭配在一起，就在这里完成吾辈的著作吧！"

之前一直灵体化的"红"之术士现身了。他穿着一套洒脱的中世纪贵族风格的衣服，手里拿着笔，腋下还夹着很厚的书。

裁定者看破了他的真名，一时间无言以对。

"英国的——莎士比亚？"

距离太远了。"红"之术士就像在舞台上表演一样，深深地低下了头。

"初次见面，穷乡僻壤的疯姑娘！哎呀，真是不好意思，不小心把平时的态度表现出来了。那么，吾辈是'红'之术士。怎么样，灰心丧气了吗？'天地之大，贞德，比你所能梦想到的多出更多！'"

听了对方用仿佛在演戏的语调说完这番话，裁定者清清嗓子，开口问道："虽然多半是白问，但——你愿意投降吗？"

至少，莎士比亚这个英灵是无法对抗裁定者的，恐怕也不能用魔术。他身上有的，只有比贞德更高的知名度而已。但是——

"呵呵。投降——那可太难了。因为你并没有满足让我投降的所有绝对条件！"

"你说条件吗？"

"红"之术士点了点头，用羽毛笔在半空写起字来——文字渐渐浮现，开始活动。

"条件一，心情的问题。正如'没有比忘恩负义的人类更可怕的怪物了'所说，吾辈效命于'红'方。在嗜好打扮这方面，吾辈有自信可以在'红'方数一数二——可没有兴趣去做没有知性的怪物。

"还有条件二，娱乐的问题。'诗人的眼睛在神奇的狂放的一转中，便能从天上看到地下，从地下看到天上。'吾辈的眼睛正处在最好的状态！正是一个充满灵感的创作者。也就是说，此时此刻，吾辈达到愉快的顶点！

"还有最后的条件三，战斗力的问题。吾等的战斗力，可比你想象的更加、更加地令你绝望。你急匆匆地赶来也来不及了。不，恐怕无论你多么紧急地赶来都必然相应地来不及！就像阿喀琉斯与乌龟赛跑。既然已经来不及了，你就会在这里——死去。"

最后的"死去"这个词，给人留下极强的印象。裁定者紧紧盯着对方。

"那么，让我死去的，到底是什么呢？"

忽然有种淡淡的恶心的感觉，就好像有一只潮湿的手正在碰触自己的脖子，或者是瞄准心脏的锋利小针正在触碰自己。

"红"之术士夸张地抬起双手，手上拿着刚才夹在腋下的一本书。

"那就只能是我的宝具'开演之刻已至，此处应有雷鸣般的喝彩

（First Folio）'了！让我来说明一下，事实上这个宝具——"

裁定者根本没听他说话，直接跑了起来。

"不好意思，我不准备听你的奇谈怪论！"

裁定者像子弹一样疾驰。既然知道"红"之术士是莎士比亚，就完全没有畏惧他本人的必要了。既然是敌人，那就更没有那个义务等着他发动宝具。

"红"之术士说了宝具的名字，就是"第一对开本（First Folio）"。这和莎士比亚死后发表的剧本集的名字一样。

推测这个宝具的能力——如果是作家系的英灵，很多都是把故事具象化的宝具。如果作者本身是英灵，即便是架空的英雄，也可能会被召唤到这个世界。

当这个英灵是莎士比亚的时候，他能召唤的英雄可不少。从号称无敌的麦克白，到历史剧里的理查德三世，又或者是在妖精王、三名女巫中挑选都可以吧。

如果还有另外一种，那就是可以改变因果或者说是改变世界类型的宝具。比如传说故事中必然会刺中心脏的枪，就能逆转因果——类似能改变时间的东西，或者可以改写世界的宝具。

而麻烦的当然是改变型的宝具。召唤还好一些，无论是多么了不起的英雄，毕竟都是虚构的。只要认识到这一点，要打倒他们还是很容易的。

但是，改变因果的术理和那些东西根本就不在一个维度上。可以对时间和空间，最后就是对世界本身弄虚作假。对这种改变来说，就没有不可能这个词语。

所以裁定者更要快跑。要在对方发动宝具，改变了"什么"之前，打倒"红"之术士。除此之外没有别的办法。

裁定者的担心是正确的。"红"之术士的宝具"开演之刻已至，此处应有雷鸣般的喝彩"正是改变世界的宝具。但是，他改变的并不是世界本身——

"好了，是吾辈宝具开幕的时候了！就座吧！不要抽烟！严禁拍照录像！粗俗谩骂恕难接受！整个世界都是吾辈的手，是吾辈的舞台！开演就在这里——拿出雷鸣般的喝彩吧！"

这是一个将世界封闭，产出剧本，强制上演剧情的舞台宝具。就在裁定者用圣旗刺穿"红"之术士的瞬间，"红"之术士的宝具发动了。

"咦？"

场景切换了。在裁定者意识到这一点之前，鼻子就先闻到了熟悉的青草气味。

"这里，是我的故乡？"

她看着自己的双手。因为从小就要帮家里干活，手上到处都是粗糙不平的——她一直因此有点不好意思。她穿着的盔甲、手中的圣旗，都不知道到哪里去了。

"是……幻像吗？"

真是糟糕的兴趣，裁定者蹙起眉头。这里确实是裁定者的故乡栋雷米村。就是在这里，她得到了神明的启示，跑到了外面的世界。

当时一共是六个人。他们买来男子的服饰和马，加入了查理七世的麾下——

虽然这些回忆令她怀念，但是现在可不是感怀乡愁的时候。要怎么做才能打破这个幻术呢？

裁定者环顾左右，看到一个人影。

"'红'之术士……"

看到术士夸张地行了一个礼，裁定者准备过去。但是，他很快就像影子一样倏地消失了。

"没用的。无论你想伤害吾辈还是伤害登场人物，都无法阻止这个故事继续进行。这个宝具就是这样的。就算是裁定者，也没有例外。"

"如果是幻术，就用我的对魔力来打破。"

"这可不是幻术，是故事。主角是你，贞德。听好了，这就是吾辈的攻击。你就一边回顾人生，一边体验这个不可能的故事吧。"

这就是"红"之术士的演剧宝具。对于可以用圣旗阻挡各种攻击的裁定者来说，魔术性质的攻击是完全没有用的。

但是，他的宝具已经超越了那种魔术的范畴——要说的话，这个宝具拥有几乎等同于固有结界一样的强制力。只要站上了舞台，就必须走到角色的结局。

这不是魔术，而是诛心的宝具。

与是不是英雄、圣人无关——而是能让有内疚心理的人走上死路的剧毒。

"做好心理准备了吗？"

"我的人生，与那么多英雄相比，根本不值一提。就算上演这样的内容，也很无聊吧。"

听到裁定者这么说，"红"之术士沉默着摇摇头，消失不见了。

让人回顾自己的人生，这样的宝具只能算是三流吧……当然，连拥有最高级别对魔力的裁定者都能被卷进来，这种强制力还是很厉害的。即便如此——即便如此，她也不会屈服于这样的宝具。

"珍妮特。"

这个声音，让裁定者后背一紧。欢喜与恶寒，无法判断是哪一种，是混杂在一起的复杂感情。这个声音实在太可怕，又太让她感到怀念。

裁定者回过头。难以置信，这是个梦境，只是受到"红"之术士宝具力量的影响。但是，眼前这个人足以让她在一瞬间忘记这件事。

这个沉稳的女性，用自己幼时的爱称称呼自己。

"妈妈。"

自十七岁分别，至死都没能再见。虽然裁定者早就有了这个心理准备，但回过头去看，心里还是充满了歉意和眷恋。

"无论如何，你都要去吗？"

"是啊，不去是不行的。"

这些话极其自然，仿佛理所当然一样从她的嘴里说出来。没错，就像过去一样。这就是裁定者离开栋雷米村的时候，和母亲说过的话。

"我不能对主的哀叹听而不闻。这一别，可能就是今生的永别了——还请你在这里守护我。只要你和圣母守护着我，我就不会输。"

"那就祈祷吧。希望你这一路上都能充满光明。"

没错，贞德就是记着这句话离开了村子——本应是这样。但是，妈妈还在继续说。

"但是，你没有回来。"

"妈妈？"

贞德的母亲难以接受地摇了摇头。她的表情中没有恶意，只是充满了悲伤。

"为什么你被烈火焚烧，在那之后还要被人嘲弄十八年呢？"

"那是……"

"你的意志是火与铁构成的。无论遇到什么样的困境或者绝望，都无法让你斩断自己的信仰吧……但是，我只是觉得很难过。"

如果能揭露对方只是一个假冒者就好了吧。然而，这些话正是身为母亲的伊莎贝尔的心声。贞德是清楚的——她早就知道。

"所以——你不要去了。你不是早就知道结局了吗？"

贞德有些难以启齿。即便如此，贞德还是毫不犹豫地握紧母亲的手，对她说："妈妈。即便如此，我还是不能不去。为了救这个村子，为了救这个国家，我不站出来，是不行的啊。"

这番话无法说服母亲。看着只能流泪的母亲——贞德感觉心口就像被挖开那么疼痛。

"但是，你还是拿起了圣旗。不愧是少女贞德，与这样的觉悟相比，那些半吊子英雄根本不足挂齿啊！"

听到不知道从哪里传来的窃窃私语，贞德有礼貌地回答："就算用上我母亲的形象也没有用，术士。如果你满足了，就解除宝具吧。"

"不不不，你的故事还只是刚刚开始！那么，就让我们继续吧。第二幕开幕！"

啪，是打响指的声音。少女只是眨了眨眼睛，舞台又切换了。

泥土的气味，血的腥臭，还有火药的臭味——

贞德此刻，正站在战场的中央。

∽∽∽

狮子劫界离叹了一口气。

在门的背后，恐怕剑士已经被彻底打倒了。狮子劫界离甚至没有用心灵感应询问情况。他对战况的把握大概有九成，只是……他也无法想象那会有多么痛苦。

冷静点，他对自己说。即便已经有了极度不好的预感，他还是看向了那两画令咒。

只要用令咒命令剑士转移就没问题了，重新再来。

"剑士，你能听到吗？"

"基本上吧。"

"听好了。我们重新再来。我用令咒让你撤退……你没意见吧？"

"知道了。"

剑士淡然地回答。因为狮子劫界离使用的是心灵感应，完全感受不到对方的痛苦。只不过，他听得出剑士的语气里还是带着一丝无可奈何的惋惜。但是，确实没有办法。

"我以令咒命令我的剑士。直接回到我的身边！"

狮子劫界离就这样通过令咒下达了"转移"的命令。消费了令咒之后，"红"之剑士就会瞬间跳跃空间——原本应该是这样的。

"什么？"

一画令咒消失了。这是只有在使用了庞大的魔力之后才会有的独特感觉。令咒确实用掉了，命令也被执行了。但是——"红"之剑士没有回来。

"剑士？"

"呵呵。喂，剑士的御主啊。我可能有点破坏气氛了。你该不会以为我想不到你们会这么做吧？"

就连心灵感应都被强制介入了。"红"之暗匿者强行把一条线插入了连接在一起的线之间。虽然这么做算不上有什么难度，但也不是在战斗中还有余力去布置的魔术。

当然，这对于女帝来说可能本来就是随手就能完成的魔术吧。

"你是怎么拦截令咒的？"

狮子劫界离不由自主地问了这个愚蠢的问题。

"红"之暗匿者很愉快地笑道："真是个愚蠢的问题啊，剑士的御主。这里是空中庭园，也就是我的领域，我怎么会允许你们使用转移的术式呢？如果我不同意，就用不了。所谓的领土就是这样的地方，所谓的主人也就是这样的身份。这是很简单的道理吧。"

狮子劫界离哑口无言。答案确实很简单，只是迄今为止没有人尝试过而已。这是让圣杯战争能成立的基础机能——圣杯与从者系统，以及管理从者的绝对命令权，也就是令咒。

也有从者能够抵抗令咒。归根结底，令咒也是一种魔术，如果是在对魔力上特别突出的从者，也是可以抵抗令咒的吧。但是，要拦截使用令咒下达的命令，还需要满足其他的条件。

不仅需要完全理解令咒的机能，还得给这片领域加上与之相对应的准备——

狮子劫界离在这时才反应过来。

"啊，可恶！"

失策了。虽然说到对魔术掌握到极致的从者职阶，当然得数术士，但是要让他们在被圣杯战争召唤的这几天里，完全解析令咒也是难度极高的工作。

然而，有那么一个人，既是了解魔术的从者，也有足够的时间。

"我的御主，天草四郎时贞，他对令咒已经有了足够的了解。"

六十年的岁月，再加上他的执着，即便他没有术士那么精通魔术，但有那么长的时间，也足够解析令咒了。再加上守在这座庭园里的"红"之暗匿者擅长使用魔术，要拦截其他人的令咒也是可能的。

可恶、可恶、可恶！

"就是这样，你们放弃圣杯吧。"

啪，心灵感应就这样被切断了。

如果刚才一起用了两画令咒，也许还能从暗匿者对令咒的封锁中挣脱出来。但是狮子劫界离现在已经用掉了一画令咒，既然裁定者不在这里，他也没有时间再弄来一画了。

心灵感应被切断了，也不清楚现在的情况如何——这绝对是最糟糕的情况了吧。就在他像现在这样思考的时间里，"红"之剑士的生存概率也在持续减少。

怎么办？

一秒钟的时间也感觉很缓慢——这种缓慢，让狮子劫界离更感到焦虑。

逃走，会考虑到这种选项简直就是理所当然的。想方设法从这里逃出去，抛弃所有一切回去。

不不不，没有迷茫的必要。就这么逃跑，是活下来的最好方法。没错，只要逃走就行了。逃走——抓住活下去的机会就行了。

——会死哦。如果不放弃现在想到的那个愚蠢的点子，就一定会死的。你明白吧？我明白，我明白啊！可恶！我有不好的预感，还有种恶寒的感觉。但是，这个选项就是摆在眼前啊！

"啊……可恶。"

想想吧。御主能做的并不是命令从者，大多数从者都能自己行动。从者既是使魔，也是搭档。那么，御主的职责到底是什么？

御主的职责就是思考，将胜率从零改成别的数字。一秒钟，想想吧。两秒钟，有什么东西。三秒钟——找到了。

虽然找到了，但胜率也还是连百分之一都没有。

可是——如果不这么做，剑士就输定了。而自己说不定能活下来，但是这样延长的生命，是否还有意义呢？

没有的吧，那种东西。

没错，没有什么意义了。离开这里，就是重新回到了活死人的生活。三十年的记忆奔涌而过。作为魔术师，钻研魔术，争夺圣杯——为了让少女的死亡不至于毫无意义，持续在身体上留下伤痕。

一半死了，一半还活着。

狮子劫界离的心底有个声音在窃窃私语：你早就结束了。活着的是你的肉体，死去的是你的希望。既然连希望都已经死了，那你今后的人生早就已经连老人的余生都不如了。

就算对圣杯许愿了，也不能让死人复活——

正是如此。狮子劫界离已经死了，再也不可能活过来。

但是，那一半还活着的自己，可能还有值得挽救的东西。在最后的最后，说不定还能找到一些失去的东西。

那是人类的根源，是人类在这个世界称霸所必需的感情。

那是向前，咬紧牙关，鞭策自己也要踏出的那一步。

那是要抵达目标的气概，是要前进的志气。

"红"之剑士即便此刻也在战斗吧。即便死亡就在眼前，她也会抵抗吧。她会向着希望，伸出手。

她的生存方式，太耀眼了。丧失那样的光芒，太让人难以忍受了。

最重要的是，狮子劫界离还有剩下的东西。

"对啊，对啊。我也好，那家伙也好，还有能伸出去的手。"

只是——只有志气还活在死了一半的人心里。狮子劫界离从怀里拿出一个发射型的注射器，连接心灵感应。

"能听见吗，剑士？"

没有回答。但是，他能感觉到他们之间的联系。所以他接着说："你也不想输给'红'之暗匿者吧？"

回答马上就来了："当然了，混蛋！"

这是当然的吧，狮子劫界离苦笑着。

"那么，就算为此死掉也没关系吧？"

真是愚蠢的问题。狮子劫界离作为御主，居然问自己的从者是不是"死掉也没关系"。他想，对方要么会骂回来，要么会迷惑不解，一定是这两种反应中的一种吧。

"没关系！"

结果，就是这么一个明了的答案。狮子劫界离的头脑都一片空白了。

"听好了，御主。比起死，我更讨厌输，更何况还是输给这个毒虫女人，我无法接受。既然御主这么说，就是没有其他办法了吧！那么，就按你的想法去办吧。我不需要未来（明天），我只要赢了这家伙！我，想让你获胜！"

听剑士这么说，狮子劫界离轻声嘀咕了一句"是吗"。

他想，真是一个好从者啊，自己实在是配不上她。

有刚才这番话就够了，有了刚才这番话——他这个半死的人，就有了行动的价值。

胜率百分之一，这就足够了。

"好。做好心理准备吧，剑士。如果顺利的话，就能让女帝吃上你的一剑了。"

∞ ∞ ∞

回想一下，其实一开始就有预感了。

这个世界上就是有绝对无法相容的东西。不是因为历史的累积或者感情交流而产生的，而是双方的立场和心境造成的，所以在相遇的一瞬间，就能意识到对方是敌人。

我走到这里，已经与太多敌人战斗过了。从人造生命体、魔偶这些参差不齐的对手，到"黑"之弓兵、"黑"之狂战士、"黑"之骑兵，还有那个能变身成"黑"之剑士的人造生命体——

既然我是"红"之剑士，那么与"红"方的战斗应该在最后才对。

但是如果到了那个时候……我总觉得最后的最后，站在自己面前的一定应该是她才对。

这个毒妇凭借阴谋、奸计、策略，连一滴汗都不需要流，就能驱动棋子，俘获了王。

我作为骑士，或者说是战士，比任何人都更讨厌像她这样的人。

就比如我的母亲摩根。那个魔女绝对不会走到台前来，却完成了对亚瑟王的复仇。

然而，此时此刻我倒在这里。

剧痛迸发，无法言语。暂时只有思考能力恢复了。就连和御主的心灵感应都被切断了。连剑都抓不住，甚至失去了视觉。

无论直觉多么灵敏，也无法找到取得胜利的方向。找不到。

现在的我，就连挣动一下手脚都做不到了。

"水蚤要死了吗？"

人声就在我旁边。我好像听过这个讨厌的声音。这是谁的声音。我在记忆中搜寻——马上就想起来了。

我刚出生时听到的声音，和这个声音很像。

我记得很清楚，当时曾经模糊地想过，这是多么晦暗的感情啊。打个比方，就像已经腐烂的内脏。腐烂的汁液散发着恶臭，将其抱在怀里的本人却完全没发现——

声音编织成语言，语言侵入耳中。

"无论其他人怎么想，我还是很喜欢你。莫德雷德，对骑士王刀剑相向的反叛的骑士——没有人理解你真正的价值。"

"真正的，价值？"

我反射般地反问。女帝扑哧一笑，碰了碰我的脸。这个动作带着亲近的感觉，就仿佛是母亲对孩子那样——

"你是刀啊，还是一把有勇气的刀。敢对英雄亚瑟刀剑相向的蛮勇，在那个世界，除了你之外没有其他人吧。像我这样没有力气的人就做不到。这当然是值得称赞的啊。"

她的语言简直有毒。这种毒就像给干渴的我降下雨水，如果没了就一秒钟都活不下去。

被肯定，被称赞。如果说我不高兴，那就是说谎。如果说我不感谢她看到了真相，那也是说谎。

"没错。你就是指向王的利刃。即便没有人认可你的反叛，我也会认可。你的反叛是正确的。即便这个世界上没有任何人能理解，我也能理解你。"

"事到如今，能理解又怎么样？"

我发出自嘲的笑声，"红"之暗匿者用慈爱的眼神看着我。在这个充满毒素的房间里，女帝想诓骗我，而且马上就要成功了。

"我有个提议。砍了你的御主吧，剑士。我们的伙伴也是越多越好啊。怎么了，无论你的愿望是什么，那个大圣杯都有能力帮你完成。你的愿望是什么？"

"我的——愿望。"

愿望就要擅自从我口中说出了。听了我的愿望，女帝就会说帮我实现吧。身体能承受的痛苦已经达到极限，精神上也已经彻底疲惫，我能拒绝这个诱惑吗——

"你总有一天要打倒王，自己成为王。"

"我不认为你是我的孩子，也不准备把王位给你。"

"你想做好的王还是坏的王啊——"

"你必须要面对自己的父王。"

各种杂乱的声音浮现在脑海。

为什么，我为什么会想成为王呢？是因为身为那个著名的亚瑟王的儿子的自尊吗？还是因为憧憬父亲的身影呢？

曾经无数次梦到的选定之剑，又出现在眼前。

不知道为什么，握住这柄剑会让我产生罪恶的感觉，让我踌躇。

"你不拔吗？"

我在迷茫。是应该伸出手去吗？伸出手去真的好吗？我有伸出手的权利吗？

就在我犹豫不决的时候，一名少女站到了剑的前面。好像是在我迷茫的时候，轮到了下一个人。我还在犹豫，只是呆呆地看着她的背影。

"在拔出剑之前，一定要想清楚。"

站在我身边的魔术师，把对我说过的话，对她又说了一遍。

"一旦拔出这把剑,你就不再是人类了。"

这不是更让人不想拔剑了吗?这比否定我的话语更强烈。魔术师在告诉她,只要把剑拿在手上,就会迎来悲惨的结局。

没错,正是如此。那个魔术师说得没错。只要拔起那把剑,等着她的就是最坏的结局。积累的所有东西无一幸免全被破坏,迎来过于、实在是过于孤寂空虚的死亡——魔术师非常仔细地,把少女在死之前会经历的一切都展示给她看。

"不。"

即便如此,站在我前面的少女还是坚定地拒绝了。

她就那么想成为王吗?"王"越真心就会越受伤。所谓的王,只是一个无聊的梦而已。

不是那样的。少女用柔和却强硬的话语说道。

"有很多人露出了笑容。所以我这么做,一定不会有错。"

——啊。

我全明白了。从一开始,我和父王在所有问题上就完全不一致。

父王并不是要成为王去守护人们。

而是因为想守护人们,才成为王的。

所以即便经历了那样惨烈的人生,也从未回头——

我憧憬的那个背影,并不雄壮气派,而是令人悲伤的瘦小。

成为王,这是多么恐怖的事啊。未来都已经注定,只会迎来悲惨的结局。这个最差劲的魔术师给她看了那些场景,即便如此,她还是握住了剑柄。

揭开了这个过于孤寂的传说的序幕。

没有任何一个人去歌颂拔剑的少女。骑士们都沉浸在骑马比试中,嚷嚷着成为王的是自己。

她身处其中，却说只要有很多人能笑出来，就不会错。孤身一人的少女舍弃了自己，准备直面这一切。

魔术师转过头来看着我，露出一个散漫的笑容。

"那么，你准备怎么办？"

∽∽∽

"哦。看起来是有愿望的啊。"

就这样，"红"之暗匿者犯下了一个致命的错误。因为她的注意力集中在与剑士的对话上，就没能去查看心灵感应。"红"之暗匿者判断，御主已经灰心丧气了，不去查看也没问题。最重要的是，现在连用令咒转移的途径都被封死了，根本无须把注意力放在御主身上。

然而，真正应该注意的是接下来发生的事。让"红"之剑士对他人敞开心扉，接受女帝成为伙伴。为了这个目的，必须让对方看到自己的不设防。如果暴露出戒备心，对方也会继续敌视吧。能用的棋子总是越多越好，这正是女帝的信条。

要慎重。不能明确表现出不信任，也不能放松戒备……喜悦在她身心游走。她是猫，玩弄已经捉住的老鼠；她也是狩猎者，瞄准掉入陷阱的猎物。那就是此刻的她。

这些对女帝来说也不过是余兴节目。想看到反叛的骑士屈服，不过是她的好奇心，而非大意。但是同时，这么做也确实有些多余了。"红"之暗匿者还没有意识到这一点。

"我的——愿望……"

是啊，愿望是什么。是受肉吗，是成为王吗？还是让骑士王从历史上消失呢？都无所谓，那个圣杯全都能实现吧……本来从一开始，就没想过要实现什么愿望。即便实现愿望的能力，要行使愿望所需的魔力却是有限的。

在达成契约的一瞬间，女帝就会把她变成傀儡，改造成战斗的机器。

"我的愿望，曾经就是拔出选定之剑成为王。"

"哦，那么——"

"红"之剑士露出温柔的笑容，摇了摇头。

"可是，那样做好像是不对的，我好像也弄错了我自己的梦想。归根结底，我想治愈父王的孤独，只不过是想抱紧某种东西——那个人为了成为王而丢弃的东西。"

没错。

王是孤独的，也是孤高的，就像一轮弦月悬挂在阴云密布的空中一样。

孤身一人，如此苦闷。

因为大家都仰望着，所以不能哭也不能喊——

我想告诉她，只要有人成了王，就没必要这样了，可以放心地露出笑容了。

当然，王是不允许这些多此一举的事的。但是，她不允许也没关系。我只要这么想，再为了王而采取行动就可以了。

我挥别依依不舍的情绪，放弃了那个梦。从一开始，我就不需要。

但是我不后悔。尽管我犯下了那么多的错误，但我已经发现，在我那只有错误的人生中，也曾经拥有过那么高尚、那么像人类的愿望。

"所以，我已经不需要了。这样一来，我的愿望就只剩下最后一个。"

"那你说说看吧。"

"能听见吗，剑士？"

这个时候，御主的心灵感应插了进来。狮子劫界离对从者的状态当然是能掌握的吧。但是现在连令咒都失效了，他什么都做不到。

我突然想起来，如果我是御主，这种时候会怎么做呢。自己的从者马上就要被敌方从者攻陷了，在这种情况下，我会让不知道什么时候就会倒戈的从者活下去吗？

这个阴暗的想法瞬间在脑海中掠过。因为这个想法，我沉默着没有回答。

第三章

189

我不会背叛，绝对——

我想这样说……我想挺胸抬头地这样说。

但是，我的外号是反叛的骑士。我是跟随着伟大的亚瑟王，却忘恩负义，摧毁了一切的反叛的骑士——

"你也不想输给'红'之暗匿者吧？"

结果狮子劫界离却满不在乎地提出了这个问题。

御主在问我，是不是不愿意输给眼前的这个女帝——眼前这个正在对自己劝降的女人。

无聊的志气敲打着我的脊背。

当然了。当然不想输啊。因为她就像母亲——塞弥拉弥斯就像摩根，我可不愿意连第二次生命都要被他人利用。

"那么，就算为此死掉也没关系吧？"

啊，没关系。没关系，我也不会后悔。如果对方是像"黑"之剑士一样的武者，我也会干脆赴死。

但是，只有这个女人，我不想输。整个世界上，我唯一不想输的对象就是这个女人。

御主说有办法能赢。狮子劫界离，他说能赢。那么，我就会毫不犹豫地选择相信他。

"没关系！"

我用心灵感应喊道，心情比预想中更清爽。明明痛楚依旧缠身，脸上却不经意露出了笑容。

——我从没像现在这样感激过摩根。如果没有对母亲的厌恶，我现在可能已经被"红"之暗匿者操纵了。

——我从没像现在这样感激御主。这份力量，不是其他人，而是御主给予我的。如果我只是一个普通的骑士，可能早就被这个诱惑打败了吧。

但是，我不想再去闻那股"恶臭"了。

简明易懂才是最重要的。我最讨厌摩根了。而且，我也最讨厌这个和她有一样气味的"红"之暗匿者了！

"我的愿望已经决定了，女帝。那就是你的脑袋！"

我对着"红"之暗匿者吐了一口带血的唾沫。唾沫沾到她脸颊的一瞬间，她好像连思考都停滞了。不过，女帝可能是从我轻蔑的笑容里感受到了蔑视吧，她咂了咂舌，似乎从我身边离开了。

"那好吧。你就和你的御主，一起做凄惨的泥娃娃吧。"

虽然女帝这么说，但是我不害怕。

不知道御主准备用什么方式打破现状。我眼睛看不见东西，手握不住剑，腿也站不起来。他准备怎么逆转这穷途末路的绝境——

突然，我身后有什么东西爆炸了。

"什么？"

紧接着是"红"之暗匿者愕然的声音。让她震惊的不是爆炸本身，而是爆炸所带来的结果吧。

"剑士，出个声！"

"御主？"

我反射般地回答了御主的呼叫。

御主笑着喊道："很好，你就在那里等一会儿吧。"

狮子劫界离走进会让皮肤烂掉的毒气之中。

一步，两步，然后是三步。

狮子劫界离完全不在意毒气，只是向前跑。他瞄准站在剑士身旁的"红"之暗匿者，迅速扣动了短管猎枪的扳机。

当然，在"红"之暗匿者的防御力面前，这么做并没有意义。接着是用魔术师的心脏加工做出来的手榴弹——这个也一样没有任何意义。不过正如狮子劫界离的预测，绝非战士的"红"之暗匿者后退了。

也就是说，在她和剑士之间拉开了距离。

狮子劫界离从来没认为这些武器能伤得了"红"之暗匿者。

尽管狮子劫界离已经事先切断了痛觉,可眼下他感觉,疼痛比预想的还更剧烈。

那个喀戎会希望自己失去不死之身,也是情有可原。

不过,狮子劫界离勉强承受得了这个程度的疼痛。

——没问题,就差几步了。快跑,快跑,只要尽快跑就行了。

狮子劫界离从怀里拿出了发射型的注射器。万一没打中,那可就是最蠢的结局了。子弹也好,手榴弹也罢,对"红"之暗匿者全都没有用。但是,即便没有用,也能吓她一跳,分散她的注意力。

——那么,当我拿出发射型注射器的时候,她就有可能注意不到。

剑士正跪在地上。只是看到这个场面,狮子劫界离就有一种莫名其妙不合情理的愤怒。

剑士失去了视觉,自豪的王剑也不在手上。狮子劫界离不想看到这样的剑士。她,还是更适合那副永远充满自信、傲视一切的样子。

——对,所以跑吧。

皮肤会被腐蚀也好,会失去视觉也罢,刚才的声音已经让狮子劫界离掌握了剑士的位置。

只是吸进一口气,哪怕脏腑腐烂了,心脏也仍旧跳动。怎么吃饭的问题以后再考虑吧。现在只要尽可能地、尽可能地保住性命就行了。

"站起来吧,国王陛下。"

狮子劫界离一边说,一边用发射型注射器对准了剑士的脖子。

他扣动扳机,注入了血清。

许德拉之毒杀死了无数英雄,而这是对抗这种剧毒的唯一方法。虽然是紧急制作出来的东西,但也有足够的效果让剑士复苏了。

被注射的瞬间,剑士感觉痛苦再次在全身迸发。但是,这次的痛苦跟力量被夺走的时候不一样。反过来,好像是身体里有什么东西爆发带来了冲击。

"嘎,哈……"

剑士吐出血,黑色的血让人毛骨悚然。热量在体内游走,不停地跑啊跑啊,让她的全身都沸腾了起来——

"什么——"

"红"之暗匿者无言以对。吐血的"红"之剑士伸出手握紧王剑站起来，瞪着女帝。

"哟，久违啦。"

"红"之剑士冷然一笑，挥动手中剑。她的斩击，她的腕力，没有一丝一毫的衰退。"红"之剑士复活了。此时此刻，她一脸轻松地站在这个充满了毒素的房间里。

"你！"

一瞬间，"红"之暗匿者面临选择。是逃走还是战斗？答案不用说，当然是逃走。看起来，身在己方阵营的压倒性优势已经被推翻了。所以，就必须得逃走。

但是，"红"之剑士的冷笑让女帝恼火。

女帝也有她的尊严。更何况，这个王之间对她而言也是绝对有利的战场。虽然不清楚换做是其他的地方，她会作出何种选择，但从这里撤退就——即便难以抉择，"红"之暗匿者还是选择战斗。

"你的笑容，让人心烦！"

"红"之暗匿者召唤出深绿色的锁链，锁链尖端的爪子都扬了起来。

只见锁链数目有二百条。就算只有一半也足够把人全身撕裂的锁链，此刻全都扑了过来。

"让人心烦的，是你这个人！"

"红"之剑士嘴上这么喊着，人已经冲了出去。

人影一闪，再闪，三闪。剑士砍断了一百九十七条锁链，仅剩下的三条则缠在剑士的身上。

但是，这些锁链都是凭借浸透的毒发挥效果的。

单纯用锁链把剑士缠住没有任何意义。更何况，剑士已经准备用"魔力放出"全力奔跑了。

"啧！"

"红"之暗匿者马上向后退，回到宝座上，拉开双方的距离。暗匿者的思维已经从混乱中恢复过来。既然已经决定要战斗，就不会撤退。

首先用神鱼的鳞片，尽可能拖延对方逼近——

然后在剑士还没发动那柄剑的真名之前，用宝具"傲慢王的美酒"编织一个能对剑士发挥最大效果的术式！

"别挡路！"

神鱼的鳞片就像玻璃一样陆续被剑士击碎。虽然只有几秒钟，但是也确实为暗匿者争取了时间。

"充盈、显现（Atargatis）。"

那么，大魔术已经完成了。从魔法阵里出来的，是超越了神鱼的巨大怪物。

据美索不达米亚神话所说，原初之母提亚马特生下很多神明，这些神明对她刀剑相向的时候，她又生下了这些神明的敌对者——魔兽，数目是十一个。

现在"红"之暗匿者召唤的就是其中一个。

据说它诞生于大海中，是一条有鲜艳双角和前肢的大蛇。它是一只与龙种比较也不逊色的大妖——巴修姆。它的头部从黑暗深处冲出来。它牙上的毒更甚于之前的许德拉，只要蹭一下就会造成致命伤，就连女帝也曾犹豫要不要使用它。

"来吧，疯狂痛苦吧，剑士！"

即便是反叛的骑士，面对这样的大妖怪，也没有什么对抗的办法。要么胆怯地挥剑，要么狼狈地逃走吧。无论是哪一种，暗匿者都绝对没想让剑士继续活下去。

但是，那是致命的，实在是过于致命的一个错误。

这只大妖，可不是像刚才的神鱼那样可以随意召唤的东西。即便他们的魔力供给几乎是无限的，但当然也有个限度。

因为情况一直在变化，"红"之暗匿者忘记了一件事。

"红"之剑士的御主，那个不知道天高地厚的蠢货，可是直接闯进充满毒气的房间。

他的手背上，还有一画令咒闪着光芒。

狮子劫界离和剑士没有用语言交流过。但是，在"红"之剑士站起来的那个瞬间，狮子劫界离就已经决定要那么做了，"红"之剑士也为之做好了准备。

从者——用几乎等同于魔法的力量，实现各种奇迹的英灵们。

面对这些英灵们，普通人类也只能拼一下智慧——绞尽脑汁，推测战斗力的多少，用自己的命去赌一个胜负。

这太难了，几乎等同于不可能的丰功伟绩。

但是，这是人类唯一的对抗方法。因此从者才会隐藏真名，以免在战斗中被人找准自己的弱点。

"红"之暗匿者的优势——可以用庞大的魔力发挥魔术的力量，使用转移的术式脱离战场，用召唤术得到几乎无限的战斗力，还有连令咒或者心灵感应都能切断的精巧术式。

然而，就在暗匿者召唤出那只夸张的毒蛇的瞬间，这些优势全都没有了。

当然，她可能还是留有余力的吧。对于她来说，让令咒无效化说不定也只是举手之劳呢。

但是，狮子劫界离就赌"并不是这样"。那么，开牌吧！

"我以令咒命令你，就是现在，击杀王！"

"收到了，御主！"

一瞬间，"红"之暗匿者就明白了。

她犯下了那么多致命的失误。在御主破坏门闯进来的瞬间，她就应该反应过来，逃出这里才对。

与这个念头相反，她嘴上还准备念出转移所必须的术式。在这个庭园里，她只要念出一小节就够了。但是，刹那的时间，连这一小节都不足以念完。

"红"之剑士轻易越过了大蛇，挥起那柄赤雷邪剑。

王剑从暗匿者的肩头直劈而下，砍破了她的灵核。与此同此，暗匿者的嘴里也念出了转移的术式。

"红"之暗匿者的身影消失了。

"红"之剑士倍感震惊,但她能感觉到——因为她做过几千次这种事,所以她的身体记得,刚才的一击绝对给暗匿者造成了致命伤。

剑士看了看无人的宝座,志得意满地回过头。

显现的大蛇已经消失了。"红"之暗匿者无疑是受了致命伤,连让召唤出来的蛇继续现界的力量都没有了。

毒气散去,王之间里留下的是"红"之剑士和——

"御主!"

狮子劫界离制止了剑士冲过来的脚步,虚弱地站起来。

他埋着头,蹲在地上,情况很凄惨。看他那副样子,"红"之剑士也泄了气,在通往御座的台阶上坐了下来。她解除了身上的盔甲,恢复原本身穿轻便常服的样子。

狮子劫界离踉跄着走到"红"之剑士身边,长长地呼出一口气。黑色的血从他嘴里流了出来。

"赢了吗?"

"当然了。你没看见吗?"

"看不见啊。"

"她受了致命伤。我的直觉能确定,那家伙会死。"

"那就好吧。"

狮子劫界离说话有点无精打采的。

"红"之剑士有点不高兴,但是马上调整了心情。

"我这不是活下来了吗?"

"是啊。老实说,真是撞大运啊。因为我也不知道是不是真的有效。"

"有效?对了,你给我注射的是什么啊?"

"红"之剑士按住了自己的脖子。刚被注射的时候,全身就好像要爆炸一样痛苦,但是力量也在剧烈地复苏。

"是血清。"

"血清?"

"是我为了对抗许德拉之毒制作的……当我发现'黑'之弓兵是喀

戎的时候，就猜到可能会遇到这种状况了。既然对手是那个坏心眼的女帝，那大概会选择这么做吧。"

毒之女王塞弥拉弥斯，只要有原初之毒，她就可能做出各种毒药。那么，如果她能做出各种毒药，她会做哪一种呢？

狮子劫界离一方面觉得自己想得太不切实际了，一边又以防万一做了血清，真是万幸啊。

"啊，是吗！是吗，是吗！好厉害啊，我的御主！"

"红"之剑士笑着拍打狮子劫界离的肩膀。

狮子劫界离笑着挺了挺胸，说道："哈哈哈，快夸我快夸我。可是不好意思，打断你的夸奖，我有个坏消息。"

"是什么？"

他清了清嗓子回道："我要死啦，剑士。"

狮子劫界离说得就好像不是什么大事一样。

短暂的沉默之后，"红"之剑士皱着眉头问道："不行了吗？"

"不行啊。当然，我也注射了血清……但还是，有点太强了。不过这本来就是一场豪赌。也是没办法。"

"红"之暗匿者用魔术提炼的毒，归根结底，也只是一种概念武装。

从者作为灵体，只要注射了能抵抗毒的血清，就能直接净化毒素了。但是，狮子劫界离是有肉身的生物。能让喀戎和赫拉克勒斯痛苦而死的许德拉之毒实在是太强了，其血清也有与之不相上下的强大力量。

狮子劫界离不知道自己能否承受血清，如果能承受，又需要多久才能顺畅地思考。在什么都不清楚的情况下，他挑战了百分之一的胜率。

他们打败了女帝。但是，狮子劫界离的身体也达到了极限。原本他只是一个普通的魔术师。即便他做出了和英雄一样的举动，也注定不会成功。虽然因为注射了血清不至于被当场毒死，但也会因为注射了血清而走向死亡。

"那我也要消失啦。"

"红"之剑士若无其事地嘀咕着，好像一点都不害怕。

狮子劫界离先是沉默地摇了摇头，接着说道："你抓紧时间，也许来得及。这里还有两个御主呢。"

他指的是菲奥蕾·弗尔维吉·尤格多米雷尼亚和她的弟弟考列斯吧。其实，菲奥蕾已经离开了。不过，如果能找到考列斯，和他再签订契约——这事也并非不可能。

"红"之剑士稍微欠了欠身——马上又坐下了。

狮子劫界离瞪圆了眼睛。

"喂，你怎么了？"

"不了，我的战斗到这里就好了。"

剑士说完，把视线转向天花板。她觉得水充满天花板的景象是非常奇妙的。仔细看，还能在水面上看到自己和御主的倒影。剑士觉得这有点有趣。

"根本不好吧，剑士。"

"对于人生有瑕疵或者心有不甘的从者来说，也许需要那么做吧。不过，我还是觉得这样就好。到这里就是终点，也无所谓。"

梦想存在过，梦想又消失了。

有些东西被留下了，她不会忘记，也会珍重地抱紧——就像御主也曾发誓一辈子都不会忘记自己的女儿一样。

"你这性格真吃亏啊。"

"还是比不上御主啊。"

"红"之剑士就注意到，那个时候，御主完全可以逃出去，没有必要赌上性命救自己。如果他是那种为了得到圣杯而去死的人，就另当别论了，可是他的愿望是只有活着才有意义的。然而，他却愚蠢地来赌这百分之一的胜率。

这难道不是为了让从者活下来而战吗？所以，如果把狮子劫界离一个人留在这里，剑士总觉得有点不对。

"对不起啦，御主。如果我更强一点——"

"要是这么假设，可就没完没了了。无论是我还是你，都战斗到了自己的极限。这样就好了。"

虽然这话听着有些随便，但的确是狮子劫界离的真实想法。结局怎样暂且不提，整个过程中没有任何遗憾的地方，他发自内心这么想。

"对了，御主……你觉得我，那个，怎么样？"

"什么怎么样？"

"就是说……我作为一个从者，怎么样？我做得可以吗？"

"红"之剑士吞吞吐吐的，像个等待表扬的小孩一样问道。

狮子劫界离点点头，说那当然。

"来吧，我们从刚召唤的时候按顺序来看。首先，一开始打的是人造生命体和魔偶……我们赢了，对吧？"

"是啊。"

"接下来打的是，'黑'之暗匿者和'黑'之弓兵。虽然和弓兵是时间不允许，打平手了。但是撤退的是对方，也不是我们。"

"……"

"紧接着战胜了'黑'之骑兵、'黑'之狂战士和'黑'之剑士。和其他从者一同讨伐'黑'之术士和他的宝具魔偶也赢了。就在刚刚，还打败了'红'之暗匿者。你看，你就没输过。无论遇到什么样的情况都不曾屈服，一直拿下胜利。能和你这样的从者组队，却是现在这样的结果，是御主的指挥不好而已。"

"没那回事，你是个好御主。"

狮子劫界离笑了。

"你是个了不起的从者，跟我在一起，真是浪费了。"

"是吗……那就好。我……这样就好。"

"红"之剑士好像要甩掉什么似的轻声说。

这是最后一次了吧——狮子劫界离一边想着，一边拿出了香烟，里面还剩下两支。

狮子劫界离小心翼翼地用怀里的打火机点上了烟，然后就注意到剑士正在津津有味地看自己。

"给。"说罢，狮子劫界离递出剩下的最后一支烟。

"嗯。好，我要了。"

"红"之剑士稍微犹豫了一下，用手指捏起那支烟，有样学样地叼在嘴上，点上了火。

把烟吸进去的瞬间，"红"之剑士露出难以言喻的表情。

"这是什么？"

听她这么说，狮子劫界离笑了。

"很难抽吧。"

"御主觉得这个好抽吗？"

"哈哈哈，笨蛋，肯定不好抽啊。"

"红"之剑士砰地打了狮子劫界离的肩膀一下。第二下，第三下，打到第四下的时候，她的拳头突然停下了。

"怎么了？"

"我不再做选定之剑的梦了。不是因为我放弃了，而是明白没有那个必要了。不过，御主呢？御主——"

御主的梦就只是这样安静地等待结束了吗？

狮子劫界离从剑士的眼睛里看出了她心中的这个疑问。

"就像这样，有时候就是不得不放弃梦想啊。"狮子劫界离吐出一口烟，笑着说，"到最后，我想要的还是那个小姑娘。如果她能活着对我笑，只要那样就足够了。啊——我真是没有资格做魔术师啊。"

纤细的少女展露脆弱的笑容——归根结底，狮子劫界离一直带着找回她的愿望半死不活。然而，人是绝对不可能复活的，这是不可逆的事实。正因如此他才如此执着，正因如此他的人生才徘徊不休。

"解放了，终于解放了。魔术师这种人的人生，充斥了诅咒和契约。没有几个能像这样，干净地告别。"

狮子劫界离笑了，内心似乎很平静。

他的声音，让"红"之剑士产生了既高兴又悲伤的互相矛盾的感情。

"这样啊……"

"比起我来，倒是你，不想做王了吗？"

"红"之剑士耸了耸肩膀。放弃了梦想之后，她的表情看起来倒是意外地潇洒。看到这个表情，狮子劫界离也明白她对自己的梦想已经没什么留恋了。

"与其说是放弃了，不如说我是终于明白了吧。我只是把王手中散落的东西收集起来，就已经感到很幸福了。嗯，当然——要说我对父王没有怨恨，那是假话。"

就算自己去学习，也是有极限的。

既然被拒绝了，就无法再干涉。即便对那个人来说，那已经是尽了最大努力。剑士想，果然还是应该有办法的吧，但很快她自嘲道，那也不过是留恋与借口罢了。

"我憎恨的是王，不是父亲。那个人背负了整个国家和那个时代。因为她有'王'的称号，所有的一切都由她背负。"

因为她是王，而不得不高傲。

即便她绝对不是应该被憎恨的人，剑士却还是憎恨着她，都是因为她是王。每个人都任性又迟钝地把梦想、希望、祈愿强加给她。

剑士恨那些，想改正那些，因为自己的父王不应该是被憎恨的人。

"每次闭上眼睛，就会做梦。想挑战选定之剑却又无法挑战，我一直在做这样的梦。所以我想，一定还有什么地方不足吧。成为王所必须的某种东西。但是，并不是那样的。其实不是有什么不足，而是父王的出发点就不一样。为了不知名的人能露出笑容，父王就只是为了这个才选择成为王的。"

多么无聊的理由。

多么愚蠢的理由。

多么悲伤的理由。

多么——虚幻又可敬的理由啊。

跟随她的人惧怕她毫无私欲，就连剑士自己都在想，父王是不是那样的人。

不是那样的。只是父王得到的报酬，对谁来说都算不上是报酬，而是大家舍弃在路边不要的东西。

父王喜欢的不是闪闪发光的宝石，而是滚落在路边的小石子。

因为她通过石子，看到了更重要更深切的过去。

"所以，我这样就好。就算这个理解是错误的也没关系，就算是我误会了也没关系。因为我自己已经接受了,所以这样就好。"

剑士对舍弃的梦想没有留恋,对破灭的愿望没有兴趣。

这是一场让剑士莫德雷德满意的战斗,也是她的第二次生命。如今这些已经做到了,她对圣杯也没有需求了。

"是吗?那就好。"

狮子劫界离的声音很虚弱。

他就像一艘有一下没一下向前划的船,正在缓慢地接近死亡。即便如此,他还是紧紧地叼着之前那支烟,一点都没有放开的意思,让人觉得有些不可思议。

"御主。"

他能听见吗?还是听不见了呢?"红"之剑士无法分辨,不过她觉得能不能听见都已无所谓。

"我能和御主搭档战斗——很开心。啊,真的很开心。"

没有什么对立,只是意气相投,可以任意地发挥。

双方奇迹般地互相调和,就这样一直胜利直到最后。

"御主你……"

在剑士说完想说的话之前,烟从狮子劫界离的嘴里掉了出来。最后的问题,已经得不到答案了。不过,"红"之剑士仍然觉得这样也不错。

她不用听答案也知道。

狮子劫界离应该也觉得根本不需要回答,所以才先走了吧。

"死"最多只是个终点,却让人想到新的某种东西。"红"之剑士像睡着一样闭上了眼睛。

∞ ∞ ∞

瞬间,某些不合时宜的场景在莫德雷德眼前展开。那是遥远的某地的回忆。人跪在卡姆兰之丘,枪还留在身上,胸口破了一个大洞。就在与现实隔绝之前的那个瞬间,她奇迹般地看到了父王的身影。

莫德雷德给王造成的伤是致命的。王本应诅咒遗憾,憎恨敌人,悲

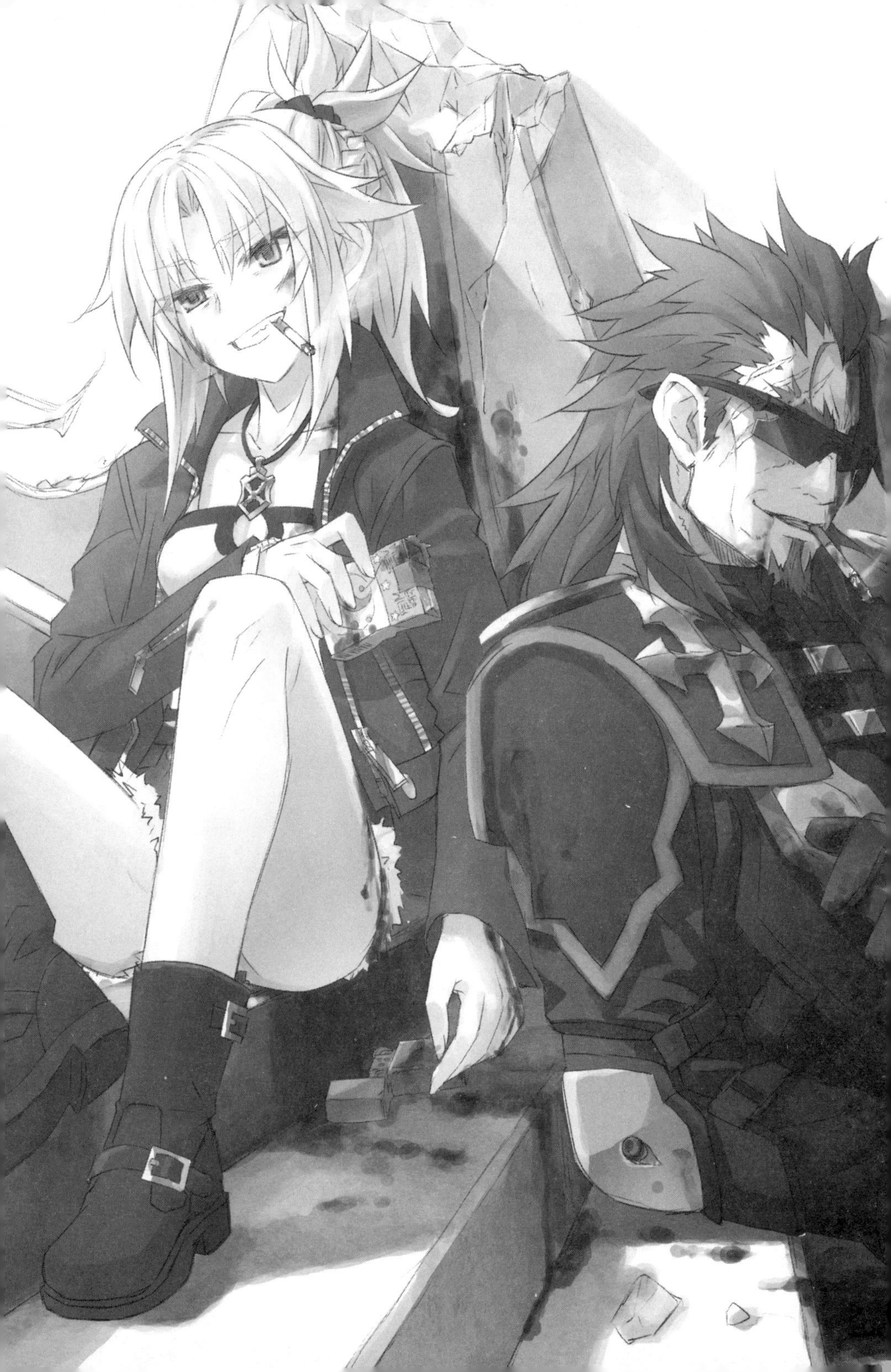

叹命运。但如今却看不出王有任何感情，甚至可以说是非常沉稳的。

即便将王逼到这样的境地，诅咒、谋反、憎恨王，王也完全不放在心上。此刻的莫德雷德不禁想，那可真让人难过啊。连一个本应憎恨的人都不去憎恨，比只是简单地用憎恨回报要难得多。

骑士带着王离开了战场。

莫德雷德追在他们后面。她像鸟一样从战场起飞，只是一直追逐着父王的背影。

王的随从只有一人，他一边鼓励王，一边寻找休息的地方。变成鸟的少女，只是跟着他们。随从终于停下，让王靠在一棵大树上。

随从来回了数次，最终将王托付给他的圣剑投入了湖中。他把情况告诉王，亚瑟王的传说就此终结。

这与生前想过的，有些寂寞的结束方式不同……是只有坚持完成了一切的人才懂的，安稳的圆满结局。

"对不起，贝德维尔。
"我这次睡得，会比较久——"

莫德雷德吃惊地屏住呼吸。真的，真的就像睡着了一样，王停止了呼吸。她看着那张没有一丝遗憾的脸，流下了眼泪。

这可能只是个梦。不，恐怕就是梦吧。或者也可能，只是她的愿望吧。但是，莫德雷德宁愿相信这并不是她的愿望。至少，她相信，自己的父王值得拥有这样的一个结局。

鸟儿张开翅膀，在天空飞翔。她要去的地方，是苍穹的另一边，星星的远方。

天上的云，不知道什么时候消散不见。

就像下个不停的雪，不知何时就消融殆尽。

"红"之剑士也不见了。她之前叼着的烟掉下来，无声无息地滚落。最后，那支烟滚到狮子劫界离掉落的那支烟旁边，停了下来。

剩下的就只有无边的寂静。

第四章

贞德在战场上手持圣旗，为了不输给漫天箭雨的恐怖，骑着白马飞驰。

没问题。虽然仿佛要被挫折压垮，想跪倒在地，快坚持不住了，但依旧能忍受。

抑制住恐惧的悲鸣，和士兵们一起向前再向前——

"这种事，无论重复几次——"

无论重复几次，自己必须要做的事，和自己的要走的路都不会变。她的过去不会改变，她对自己过去的作为也不曾后悔。

在迎来最后的瞬间时……她的心灵也没有屈服。

"原来如此，确实和你母亲所说的一样。你的心就是火与铁构成的。无论在什么情况下，只要能看到自己应该做的事，就会向着终点飞奔。真是了不起！"

贞德忍住没有大声喊出"闭嘴"这个词，配合着"红"之术士编写的故事。

敌军士兵祈求活命，己方士兵说着不留俘虏并将对方全部杀死，这是战场上常见的矛盾。

明明是圣女，却在战场上战斗。明明是圣女，却能接受伙伴杀人。

应该是已经死去的敌方士兵在批判她。

"如果你是圣女，为什么要杀我们？"

"手上拿着圣旗，却要杀我们？"

"我们不是罪人，只是与你立场不同的普通人类。"

贞德平静地承受这些辱骂。正如他们所说，她身为圣女手持圣旗，却认为伤害他人是理所当然的。这根本不是圣女该有的行为吧。

圣女玛尔达曾经用祈祷的力量驱逐了龙——

自己则是指挥官，所做的只是和人一起打倒其他人。

"说得没错，我绝对不是圣女。我自己也是这样认为的。"

无论有多么坚定的信仰，每天都对主祷告——甚至得到了启示，她仍然这么想。

"那你为什么还站着？"

头被羽箭贯穿的敌军士兵问道。对方的头沾满鲜血，双眼无神，嘴唇僵硬发紫。

贞德肃然对着死人说道："因为即便如此，我还是相信，这条路会通往正确的道路。"

她没有生气，只是表明了自己坚定的决心。

掷地有声的话语让敌我双方的士兵都粉碎了。他们化作飞灰，和充满血腥气的战场一起消失了。

贞德将无法回避的罪恶感踩在脚下，高声喊道："术士！还有第三幕吧！再快点怎么样？"

"是啊是啊，自然是少不了的。这个故事是为了判断出你的人生是不是走错了，如果走错了是否应该纠正。那就马上开始第三幕吧！"

景色变暗了——画面一转，贞德正骑在白马上参加阅兵，周围的人都在发出欢乐的呼喊。

贞德甚至不需要看，只听这些欢呼声，就知道自己此刻身在何处。这是查理七世的加冕仪式，是终于达成的奇迹。查理七世在兰斯大教堂接受了淋在额头的圣油，完成了加冕仪式。

大教堂正面入口有面带微笑的天使雕像。贞德仰视着雕像，和伙伴们一起分享这份感动。

查理七世站起来，转向这边。虽然他过于瘦削，却有一双意志坚定的眼睛。他表情真挚地问贞德："少女贞德，你为什么觉得在这里不好呢？"

欢呼声停止了，大教堂里的所有人都带着疑问看向她。贞德忽略心中微微的刺痛，回答道："为什么这么说？"

查理说道："从这里开始，我和你的道路就不同了。从这里开始，即便不是神明——也知道你会跌落了吧。你这么聪明，总不会说你不知道吧？"

"……"

"回答我,贞德。你觉得你走的路是正确的吗?"

"是的。"

"根本没有根据。你所听到的启示,是主对你一个人说的。那是当下无法判断的东西,只是你个人相信那条路是对的而已,又怎么让其他人相信呢?"

"我所走的,只能是这样的路。和抱着怀疑的心思,又想相信别人的陛下不一样。"

查理七世希望能与敌对的勃艮第派和平相处,这成为了他与贞德诀别的决定性原因。

大教堂里人满为患,却仿佛被冰封了一样陷入沉默之中。这是贞德的故事,若没有允许,他们作为配角是既不能发言,也不能离开的。

查理七世激愤地说道:"回顾历史,确实能证明你是对的。但是,那最多只是后世历史学家做出的无聊补充工作而已。在那个时候,在那种情况下,我的选择错了吗,能说是错的吗!那么贞德——你为什么不让我相信你呢!如果用你的力量,我一定会相信你的!不是我不信任你!而是你不信任我!"

这是因为被后世批判"做错了"而产生的苦恼。

同时——也是被敬爱的少女舍弃而产生的烦闷。贞德握住查理七世的手,摇摇头否定了他的说法:"不,陛下和我的路从这里开始产生分歧是宿命……而且,就算陛下当时相信我,也不会改变任何事吧。我们最多不过是组成历史这个阶梯上的一块砖。正因为如此,我们才必须沿着自己相信的道路前进。可能陛下错了,但也是对的。我可能是对的,可也是错的。我和陛下,都只是在拼命战斗。只是这样——只是这样,不就已经足够了吗?"

随着这番话,一切都消失了。

"我一直想知道这个答案。很好,那么就去下一幕吧。"

接下来正如预料的一样,必须要提及的人物出现了。

"皮埃尔·科雄……"

他是负责审判贞德的主教，隶属于勃艮第派，属于贞德支持的查理七世的敌对阵营。这个男人本来没有审判贞德的权利。

对于将贞德作为异端处刑这件事，这个男人充满热情。

男人对这边露出了嘲讽的笑容，轻声说："又见面了，悲惨的母狗。"

贞德叹了口气，不知道应该看向哪里比较好——干脆就面向虚空。

"'红'之术士，这没有用。就算你的剧本里让他再现，也只是重现我生前的人和事。你的宝具没办法让人感受肉体的痛苦吧？"

贞德说得没错。"红"之术士的宝具最多只是对人精神产生影响。即使是在世界上享有极高知名度的莎士比亚，也无法在舞台剧里重现肉体的痛苦。

皮埃尔·科雄耸了耸肩膀，点头答道："圣女贞德，你说得没错。凭我的力量，甚至不可能让你流出一滴血。能与你对抗的，要么就是'红'之枪兵或者'红'之骑兵那样古老的英雄，要么也得是像我们的御主那样的人吧。"

"红"之术士借着皮埃尔·科雄的嘴，滔滔不绝地说着。

"那这个宝具的目的是什么？"

"这个问题的答案，就在最后一幕的时候揭晓吧。"

打扮成皮埃尔·科雄的"红"之术士迈步走去。他只是打了个响指，场景又更换了——虽然早就有了心理准备，但贞德还是疲惫地叹了一口气。

"这就是你受刑那个瞬间的场面了。"

时间停止了。

嘲讽她的人，同情她的人，还有哭着给她送行的人——她在鲁昂的老集市广场上被行刑的时候，替她哀悼的几乎都是普通市民。当然，嘲讽她这个魔女的人也不少。

——若辱骂是遥远国度的歌，那么悲哀就是母亲的摇篮曲——

"你知道会有这个场面吗？"

听了"红"之术士的问题,贞德点了点头。

"是啊,我早就知道自己会有这样的结局了。"

"你不后悔?"

"当然了,因为我成为了让祖国得救的基石。"

"是吗!你说自己并不后悔。即便无论是在那个时代还是后世,都不会有一个少女有你这样的悲剧,你也还是这么想吗?"

"从旁观者的角度去看,和切身体会是不一样的。我从来没有认为我自己的人生有什么不好。"

这是贞德的真实想法。

过于短暂的人生,过于短暂的光荣,令人悲叹的结局——即便如此,她也可以自豪地断言,自己的人生绝对不是只有悲哀。

火焰席卷贞德的周围。不知道什么时候广场上的人都走光了,剩下两个人正面相对。一位是曾经被施以火刑的圣女,一位是下达这个命令的男人。

"你会死也是命运吗?"

"是啊。是不能逃脱,也不想逃脱的命运。"

"那些因为你受到波及的人,你也不打算给他们一个解释吗?"

"红"之术士用皮埃尔·科雄的脸笑着说——即便是贞德,心里也相当不安。

熊熊燃烧的烈火也像在指责她一样不停摇曳。黑色的眼睛瞪着贞德。和过去异端审判的时候一样,那双眼睛里充满了憎恶与嘲笑。

然而,贞德还是平静地做出回答。她不恨皮埃尔·科雄。他也有他的生活,并最终凄惨地死去……从某种意义上来说,他们是同类。

"不。虽然让人悲伤,但没有这个必要。"

没错。对于那些与自己有关联的人们,自己没有评论的权利。这么做等于是亵渎他们的命运,亵渎他们的选择。

贞德给出了没有错误——正确的答案。

"我就是想听你这么说。"

"红"之术士听到这个正确答案就笑了。他打了个响指火焰就消失了。眼前展开的不是黑暗，而是什么都没有的纯白空间。贞德回过神来，已经看不到皮埃尔·科雄，在她眼前的是"红"之术士。

"那么我们就去下一个场景吧。"

"你说什么？"

下一个场景。贞德没有下一个场景了，她没有以后的人生，因为她到这里就结束了。见贞德皱着眉头，"红"之术士又笑了。

"这个场景有点刺激，希望你做好心理准备！"

转换到贞德眼前的，是一个现实的地狱。昏暗的石屋里充满恶臭。屋中央摆着一张豪华的大床，旁边的桌子上陈列着整排的首级。地板上堆着他们的身体，甚至已经开始腐烂了。他们都是流着血，带着绝望的表情死去的。

贞德握紧了拳头，她没见过这个地狱。但这是与她相关的事，是在谈到她的时候，无法回避的内容。

"这里是……蒂福日城堡吗？"

"说得没错，就是那个地狱男爵，吉尔·德·雷居住的城堡。"

吉尔·德·雷——在贞德为了拯救祖国而站出来的时候，他就是随员，也是解放奥尔良的主要参与者之一。他在百年战争中留下了很多功勋，是最后做到陆军元帅之位的伟大英雄——

但后来，他在自己的领地里沉迷黑魔术，成了一个拷问虐杀了超过数百名少年的连环杀人魔。

贞德不认识。她只认识和她一起共同战斗，一直保护着她的吉尔。当然，既然她现在是从者，那么吉尔·德·雷残酷无情的行为已经作为知识存在于她的头脑中了。

可是——

"知识和实物是两回事吧？"

贞德表情僵硬，看着那些冰冷的尸体。这个场面太让人难受了。在战场上，曝尸荒野是常有的事。但是，此刻贞德眼前的尸体全是身材矮小、四肢枯瘦的——在成年人互相厮杀的战场上，很少会看到这样的尸体。

虽然这是让人几乎要晕厥的亵渎，但贞德的内心只是产生了些许的波动。因为她明白过去的事已经过去了，是不可能改写的。

尽管这一切不过是舞台剧制造的赝品，但也足以给贞德留下深刻的印象。

可是，这些不足以让贞德对自己的人生感到遗憾。

贞德的意志坚定，清廉的内心也完全没有被扰乱。

"即便如此，我也不会动摇。"

"也是啊，你还没有软弱到这种程度。看到不认识的少年的尸体，你会同情，却不至于心灰意冷。"

木制的门伴随着吱吱嘎嘎的声音打开了。贞德反射性地回过头，她的表情因为震惊而扭曲。瘦削的脸颊，闪耀着疯狂的眼睛——这个人身上没有了以前那种勇敢，取而代之的是被绝望与憎恶沾染的狰狞。

那不是贞德认识的吉尔·德·雷——

而是恐怖传说中被称为"蓝胡子"的怪物。

"哎呀，这不是贞德吗？怎么到这里来了？"

吉尔不慌不忙，平静地和贞德打招呼。他怀里还珍重地抱着什么东西，上面裹着的布上沾满了已经变色的血迹。

冷静点，贞德对自己说道，这都是幻觉。她感到不快，仿佛咬到生锈的铁一样；恶寒涌上心头，全身似乎被冰冷的雾气包裹着。裹在布里的东西——不行，不能去想象那到底是什么东西。对贞德来说，那东西一定是致命的。

"已经够了吧，解除这个场景吧。因为我的死亡，让他走上了残忍的道路，这很遗憾。不过，我——"

"我告诉你一个好消息吧。这个吉尔，可不是刚才那些只会说固定台词的舞台木偶。吉尔·德·雷能用自己的意志思考，是按照自己的意志侵入这个世界的英雄，是吾辈这个'红'之术士召唤出来的从者。"

裁定者吃惊地说："从者……怎么可能！你是说，你身为从者又召唤了一个从者吗？"

"如果是这个庭园的主人，就完全没问题了。不过即便如此，他也不可能有职阶。裁定者能看得出来吧？他只是重现了吉尔·德·雷的灵魂。外壳是一个脆弱的老人而已。"

贞德恶狠狠地瞪着"红"之术士。这种召唤，是对吉尔·德·雷这个人的侮辱。

"'红'之术士，你这么做到底有什么目的——"

"这个直接问当事人比较好。男爵啊，你有什么想说的吗？"

听"红"之术士这么问，吉尔脸上露出疯狂的笑容："是啊。贞德，我有个东西想让你看看。我迄今为止砍下了无数首级，虽然每次都觉得不错……"

吉尔慢慢地打开了那块布，可能因为恐惧所以才觉得动作缓慢吧。

贞德张开嘴——用嘶哑的声音低语道："住手。快住手，吉尔！"

但吉尔并没有就此住手。贞德知道，吉尔·德·雷喜欢这样把玩。住手，吉尔。他杀害那些少年，还以此为乐——

"但是你看吧，贞德！这个头，是迄今为止我找到的最好的材料！"

布被完全揭开了，首级露了出来。这张脸——啊，是一张见惯的脸。

"很漂亮吧！这张完美无瑕的脸，宝石一样美丽的眼睛，还有最美丽的头发，就像是用纯银打造的一样——"

"不行……不行！"

贞德捂着眼睛蹲下了。不能看那个东西，连想都不能想的东西。

那个和她一起战斗，能够互相理解的人造生命体——此刻却只剩下首级。

"拜托。别给我……看那个！"

听到她的惨叫，吉尔继续火上浇油地说道："那可真奇怪啊。你不是必须得放弃所有人吗？"

这句话过于冷酷、过于寂寞。贞德茫然地抬起头，又看到了更令她震惊的画面。

"吉尔？"

他眼睛里的狂乱消失了，身上穿的也不是豪华诡异的长袍，而是钢盔铁甲，简直就是往昔的那个元帅——吉尔·德·雷本人。

但是，他那双冷冷的眼睛，让贞德产生了一股难以名状的不安。

"你是圣女。无论你自己怎么想，这都是无可改变的事实。因此，无论遇到什么人，你都想公平地判断，平等地对待。无论是亲近的我，还是讨厌的皮埃尔·科雄——你都想秉持着作为人的真诚。"

"那……怎么了？"

少女软弱地说着，吉尔听而不闻地继续说道："可是有一个人是例外。你在面对他的时候并不真诚，反而抱有疯狂的热情。就是刚才被我杀了的他，那个人造生命体——"

贞德心急如焚。不，那样说是不对的。因为那份感情，并不属于自己。

"不是那样的。齐格是自愿参加圣杯战争。他有令咒，他既是御主也是从者。在这次混乱的圣杯大战中，他也是能让我信赖的人。"

只是这样。只是这样而已。他是共同作战的伙伴，一定要说的话，也是自己的后辈，会担心他的将来也是理所当然的。

吉尔不接受，说贞德是在撒谎。

"不对，因为你想让他从这次的圣杯大战中脱离。你在一次又一次表达这样的意愿之后，一边骗自己说是'没办法的'，一边又为此感到遗憾。"

"不战斗也可以的，齐格君不需要战斗也没关系。

"实现所谓的意义，并不是人生的全部。

"齐格君就是逃走也没关系的。"

"那是——那是，他——"

"因为他太可怜了吗？但是，要说可怜的话，'黑'之暗匿者也很可怜。不论生前还是现在，你身边明明有无数可怜人吧！"

吉尔的语气中并没有任何苛责。贞德能听得出来，吉尔的声音里没有恶意，他只是用过往的热情与威严——在质问贞德。

"我只是相信他是我的伙伴！"

"不，不对！你——"

别说了。别再继续说了。再说下去，就是禁忌的感情，是毫无疑问的罪恶，也是打开更绝望的大门的钥匙。

吉尔把手上抱着的少年的头送到贞德面前。这恐怕是她被召唤以来的第一次战栗。明明只是幻象，现在的自己却无法这么想——这是谴责。贞德此刻正受到自己的盟友，吉尔·德·雷的异端审判。

"你——喜欢这个少年。用圣女不应该有的感情，恋慕着这个少年。那不是父母对子女的感情，也不是对朋友的感情。你的那份感情，毫无疑问就是爱情。"

不。不是的。他说得不对。

因为，怀有这份感情的——不是我。这怎么可能是我的？！

"不对！恋情，和爱，都是与我无关的东西……必须是这样！"

"红"之术士的宝具"开演之刻已至，此处应有雷鸣般的喝彩"，无论作用对象是敌人还是伙伴，人生和精神都会被剥离，供人取乐。

贞德的人生里没有恋情。如果一定要说有的话，就是对人类普遍的爱。所有人都这样以为，就连她自己都是这么想的。"红"之术士的宝具揭露了她不知不觉中封锁起来的感情，并毫不留情地对其进行剖析。即使是贞德的感情，也没有例外。

"那么，你还不承认吗？"

吉尔温和地问。她刚想表达肯定，却说不出话。她脑海中闪过那双深邃的红色眼睛。少年明明与人类天差地别，却总是做出最有人性的选择。

在最艰难的环境中出生，偏偏又总是遇到最糟糕的选项——

啊，承认这份感情……简直是让人头晕眼花的亵渎。其中最被冒犯的，就是他。因为，他——

"我不承认。我不承认自己有这样的感情。"

她决然地说出这句话。

心里那份激昂的感情，是属于那个少女（蕾缇希娅）的。

那份渗进心里的喜悦，那几乎将人裹挟住的喜爱，也是只有活在这个世界上的人类才能享受的。

而贞德，没有这个权利。

"啊，完全如此！真不愧是奥尔良的少女贞德！你不应该有那样的感情，有就是不对的！"

"咦？"

吉尔在鼓掌，"红"之术士在鼓掌。

贞德只是茫然地接受他们的喝彩。她以为自己会听到否定。她以为……他们会重申，自己对人造生命体抱有不该有的感情。

她已经做好了准备，要用全部的力量驳斥他们的观点。结果他们居然这么简单就接受了。

但是，这其实是"红"之术士的陷阱。事先做好两种甚至三种准备，制造剧情的反转。对术士这个全世界都认可的世界第一作家来说，这是他的拿手"魔术"。

吉尔宣布："这是因为，你——知道他的宿命。无论他如何挣扎，都会在这次的圣杯大战中用完全部令咒，最后死亡。"

——扑通。

——感觉浑身一震。

"那，怎么可能——"

事实如何，她不是早就知道吗？只要在这次战斗中用完令咒，他就一定会死。他在战斗中确实会用令咒。而且毫无疑问会全部用掉。

不，不会的。他希望自己能够活下来。至少，她是这么觉得的。啊，可是……可是，他也是个"英雄"。

与活下去的意志相比，更想实现自己的梦想。就像过去曾经赌上性命去屠龙一样，在这个世界，他也一样赌上性命，想打倒"红"方的英雄（从者）吧。

莫非……我……不对。不对。不对。

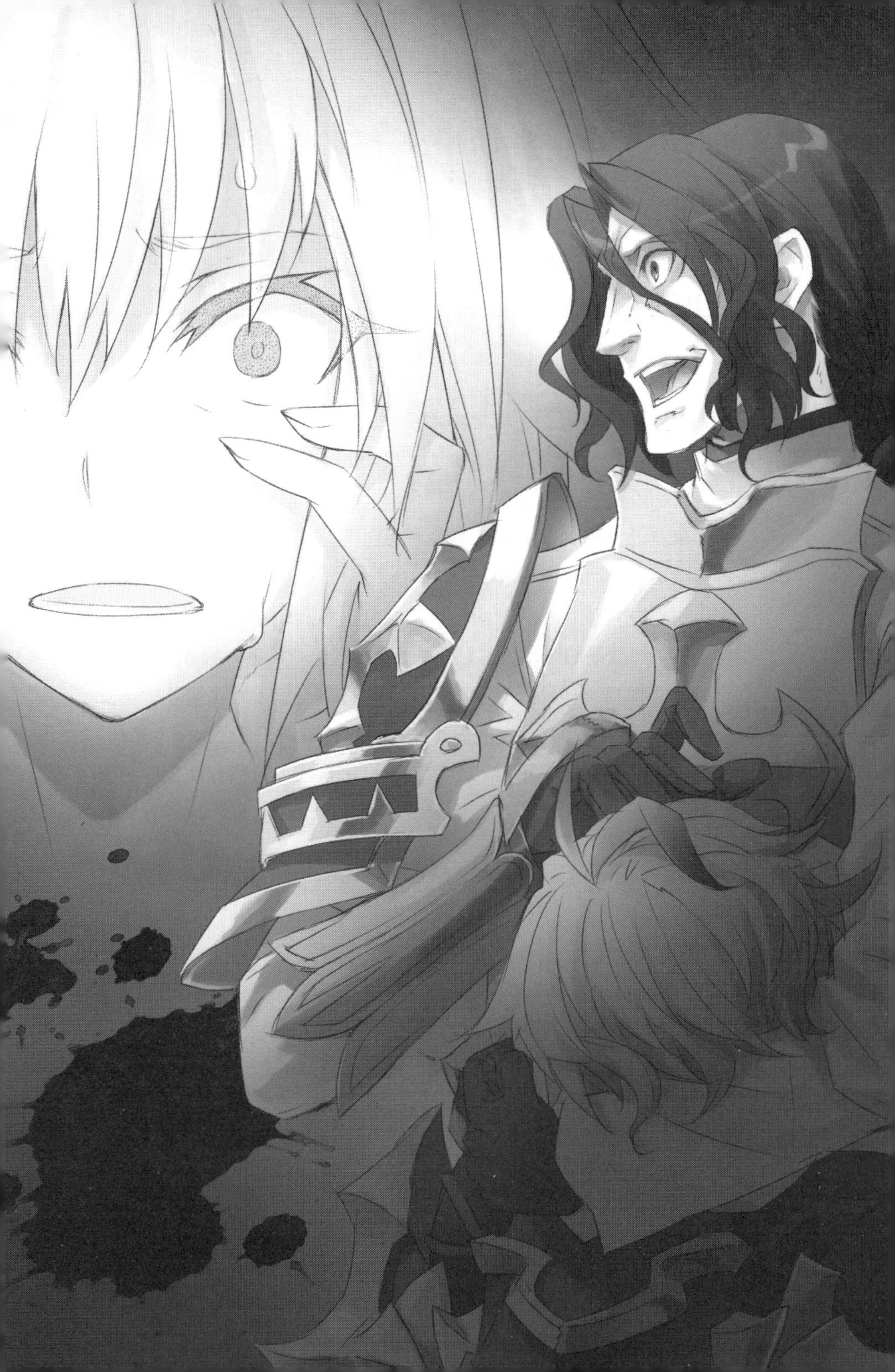

"不对！不可能！不会那样的！"

"红"之术士喊道："而你，不得不利用他。究其原因，不过是因为需要他作为从者的力量来对抗我们！没错，那个人造生命体之所以会来到这里，并不是因为他自己的选择！而是你的选择，是你杀了他！"

"红"之术士的短剑（话语），不偏不倚地刺穿了少女的心脏。

"啊——"

贞德说不出否定的话。

无论她如何否定，无论她如何辩解，"红"之术士说的都是事实。因为自己确实把纯洁无辜的他拉到了战场上，和他并肩作战。虽然一次又一次劝说他不要上战场，却没有拒绝和他一起行动。

如果自己真的为他着想，替他考虑，那即便会让他受伤，也不应该再和他一起行动的——

吉尔·德·雷说话了。他用温柔的音色，稳重地劝诫贞德。就像她当初还不了解战场的时候，教导她战场上的残酷与活下来的方法一样。

"你知道的吧，贞德。不，你只是假装不知道，不想去了解。圣女啊，是你的'启示'命令你，把那个人造生命体带到了这个战场上来的。如果你不这么做，他是不是就会知道，自己永远无法拥有幸福的结局呢？确实如此。因为这个少年，就是为了死在这里而生的。而只有这样，才是他的幸福。"

"不……是……"

说点什么，张嘴说些什么。什么都可以。毅然面对他们，用语言的盾去防御语言的利刃——然而下一个瞬间，贞德身为裁定者的探查能力发动了。

——确认"红"之枪兵消失。
——确认"黑"之剑士消失。

"死了？"

难以置信。明明这是理所当然的结局，是极高概率能推测的未来，也是做好了心理准备会面对的未来，贞德却完全无法相信。这是一出舞台剧，他的死应该只是一个遥远的梦。

不，不是的。

这是她作为从者裁定者获取的信息。"红"之术士只能"展现"，无法干涉裁定者的能力。

所以，这是事实。

从者"红"之枪兵消失了。紧接着，"黑"之剑士也完全从这个世界消失了，也就意味着人造生命体——齐格的死亡。

他死了。

如此简单，甚至没能告别。一直不敢直面，最后落得这样的结果。

"啊啊、啊啊——啊啊啊啊啊啊啊啊啊啊啊啊啊啊啊啊啊啊啊！"

圣女发出惨叫。

"红"之术士张开双臂，高声宣布："好了，这出舞台剧的分类已经决定了！是喜剧！圣女啊！欢迎来到杀人者的世界！手上从未沾染过血污的你，选中的第一个牺牲者，就是你心中恋慕的少年啊！"

"是我杀了他！

"我杀了他。我用这双手做出选择，用我的语言唆使他，杀死了他！

"我是凶手。为什么不拼命阻止他！就算会被他讨厌，会让他难过也无所谓，是我没能狠下心拒绝他！

"骗子，骗子，骗子！我明明知道他会死！我明明知道会变成这样，明明知道事情会这样发展……"

"红"之术士对跪地痛哭的裁定者宣告："世界转变了。"

达成这个结局，只用了十分钟。"红"之术士为了打倒圣女倾尽全力准备的这场舞台剧，其实只持续了短短十分钟。

但是，很有效果。一直在轰鸣的大圣杯突然安静了，与此同时，地面开始轻微地震动。还来不及思考发生了什么，"红"之术士已经感觉到了那个"存在"。

因为掌控了大圣杯，而有了压倒性的存在感。只是站在那里，就能让人相信他有资格支配世界，他拥有那份神圣的力量——一出喜剧结束了，另一出喜剧也奏响了凯歌。

"红"之术士擦擦冒出的汗，高声宣布："滑稽戏的时间到此结束，拯救的准备已然完成——接下来就是我们的御主，天草四郎时贞重返人间。"

∞ ∞ ∞

为了保护大圣杯，在"虚荣的空中庭园"的地下空间里，有无数房间的投影和由各种各样的术式构成的迷宫。

感觉就像在人体内不停坠落一样——如果只是普通的魔术师或者从者，就只能永远地徘徊其中吧。

但是，"黑"之骑士拥有宝具"破坏宣言"。四散的纸片就像小蝙蝠一样飞来飞去，可以找到正确的道路，同时也能破坏路上的陷阱。

即便用魔术增加了房间的数量，也不可能是无限的。只要有起点与终点，无论用魔术把两点之间的距离拉伸了多少，能造成的时间损失也很轻微。因为增加房间的数量，就是为了让人陷入迷茫。

"喂，快点！裁定者还等着！"

"黑"之骑兵和齐格在奔跑，考列斯在后面追他们。考列斯因为用魔术强化了脚部，倒是不担心会被骑兵他们甩掉，但是如果距离再拉开，他就要离开骑兵宝具的有效范围了，所以只能拼命追赶。

毕竟"黑"之骑兵是从者，跑得快也正常，问题是他的御主齐格。

"黑"之骑兵还没发现，齐格是和他并肩一起跑的。他不是被骑兵拉着手带着的，也没有用魔术做任何强化。即便考列斯只是个三流的魔术师，也能分辨出齐格是否使用了魔术。

有点奇怪，有什么事情不太对——考列斯想。

虽然直到刚才为止他还是个从者，但现在他只是一个人造生命体。所以，他能和从者用同样的速度奔跑，这根本就是不可能的。

虽然考列斯做过假设，但也只是假设。而且就算现在能证明这个假设是正确的，也没什么意义。不过，考列斯就是很在意这一点。

考列斯推测，齐格使用了五次令咒之后，一定会发生什么。虽然还不清楚具体是什么，但是如果从理论上推测，情况多半就是因为连续几次运行了超出容量的魔力，所以魔术回路完全毁坏，导致死亡之类的吧。

可是，齐格却健步如飞，在用与从者同样的速度奔跑。眼前的这个人造生命体，真的……是活着的吗？从刚才开始，考列斯的思绪就陷入了这个循环。无论如何假设，那个人造生命体应该死亡才是最合理的。但是他还跑在自己的面前——

他们突破了不知道第几个房间，门打开了。

冲在最前面的"黑"之骑兵停下了脚步。巨大的回廊，规律排列的石柱。不会错了，这里与他们之前徘徊的地方不一样。

纸片在骑兵身边盘旋飞舞，然后就排成直线指向了回廊的最深处。看到这个反应，齐格点了点头。

"好像就是前面了。"

三个人继续向前跑。他们一口气跑过长长的回廊，推开了巨大的铁门。

三个人都失去了语言。这里是王之间，有与绚烂的女帝相称的宝座。但是，宝座上空无一人。墙壁和地面都有严重的破坏痕迹。考列斯通过残存的魔力和划痕推断这里曾经使用过什么样的魔术，不禁有些毛骨悚然。就算是菲奥蕾和达尼克，再加上无数的奇迹，恐怕也达不到这样的水平吧。

女帝不在。反而有个魔术师就像睡着一样，靠在墙壁上死去了。

"狮子劫界离……"

考列斯低声说出他的名字，没看到和他在一起的从者，他本人也没有反应。一瞬间，考列斯心里涌现出一种无可奈何的寂寞感情，可能是觉得这样死去过于孤寂了吧。

"我们继续走吧。这里没有我们的事。"

听齐格这么说，考列斯点了点头。先抵达这里，与"红"之暗匿者战斗的，应该就是狮子劫界离和他的从者了吧。

是他们输了吗，还是成功报了仇呢……无论如何，"红"之暗匿者还活着。"虚荣的空中庭园"到现在还没出现崩溃的迹象，就是她活着的证据。

"好了，现在要继续走又应该往哪里……"

就在"黑"之骑兵嘀嘀咕咕的瞬间，纸片突然开始剧烈舞动。骑兵看向自己的御主。就像平时一样，御主的表情好像在发呆，但是他的背后，出现了一个黑色的旋涡。

"御主！"

骑兵毫不犹豫地扑向齐格，用手上的护甲挡下了飞出来的锁链。但是，锁链像蛇一样缠住了骑兵的手臂，把他抢了起来。骑兵被锁链用力甩到了墙上，却还是紧紧抓住锁链，一边控制住锁链不让它乱动，一边喊道："快跑啊，御主！这东西要对付的是你！"

一部分纸片飞向齐格，像要引导他一样在空中滑翔。

"跟着它们走吧！还有你也一起！"

"明白了。骑兵你也尽快跟上！"

"嗯！当然了！"

纸片一个急转弯撞破墙壁，齐格跟在后面跑了出去。"黑"之骑兵看着他的背影，总算放心了。回过神来，才发现他的背影变得很可靠了。

不是单纯地因为他变得强大了，或者是长大了，而是他向着重要的某种东西奔跑。这就是人类可靠的地方，必须得快点追上去才行——骑兵一边如此想，一边用力扯碎了锁链。但是紧接着又出现了另一条锁链，缠上了骑兵。

"真烦人……"

过于陈腐，又很执着的魔术——"黑"之骑兵推断，这恐怕不是"红"之术士，而是"红"之暗匿者的手笔吧。

但是这种感觉又为其提供了另一个重要的信息。骑兵抓着锁链，似乎有些高兴地对着半空喊道："原来如此，我好像明白了！'红'之暗匿者！你受了致命伤吧！你只能召唤这种平平无奇的锁链就是最好的证据！如果你用真本事，刚才就已经把我的御主杀死了！你之所以做不到……"

骑兵又一次扯断了锁链，朝着墙上的洞跑去。但好像有人不允许骑兵这么做一样，骑兵再次被新召唤的锁链缠住。

"是因为你负伤了，无法保护御主了！与你的御主相比，我的幻马还更强呢！也就是说！如果我现在过去，你们就糟糕了！"

锁链断开，使用这个魔术的暗匿者并没有现身。她的沉默，就证明了"黑"之骑兵的推测是正确的。

∞ ∞ ∞

庞大的魔力从球状的大圣杯中满溢而出，两只手伸了出来。

空间在扭曲，传来仿佛婴儿诞生时的声音。这让"红"之术士明白了，圣杯大战事实上已经结束。天草四郎时贞完全掌握了作为圣杯大战根基的大圣杯。也就是说，圣杯储存的庞大魔力，如今完全归四郎所有了。

"实现了！我的梦想啊，就在这里实现了！"

伴随着欢喜的喊叫声，支配者（御主）诞生了。天草四郎时贞从大圣杯的世界里脱离，再次回到了现实。搏动的大圣杯，就证明了这一点。

四郎的样貌令"红"之术士震惊。四郎穿着生前的红色战袍，戴着豪华的装饰领。这是四郎自己选择的服饰。原来如此，这正是他的凯旋。他的一头白色长发束在脑后，一身"王者"风姿即便与女帝相比也毫不逊色。

"事情办得如何了，御主啊？"

听到术士提问，四郎沉稳地回答："所有的一切，已经实现了。现在正在预热的阶段。过不了多久，这个大圣杯就要成为天之杯，它会一边吸收灵脉补充魔力，一边给全人类带来真正的不老不死。"

然后，四郎与裁定者眼神交错。就像在同情她一样，四郎眯起了眼睛。裁定者放开了圣旗，不停抽泣。四郎希望，她就是最后一个必要的牺牲者。

"胜利了吗？"

听四郎这么问，"红"之术士得意地捻着胡子点点头。

"是啊。除了吾辈以外，所有登场人物都对她有所误解。御主，包括你在内。"

"误解什么了？"

"她还只是个小女孩。虽然她表现得像个圣女，用圣女的标准严于律己，也能行使圣女的力量，但最终只是个随处可见的少女而已。因为表现得像个圣女，她舍弃了自己。不过，这也是没办法的吧。她作为从者被召唤的时候，需要的不是她身为女孩家度过的那十七年，而是她作为祖国英雄的那两年。"

"真可怜。"

天草四郎也曾有过类似的经历，所以他非常明白那种痛苦——成为圣人的代价，把曾经那些"理所当然"都舍弃的苦涩……

四郎发自内心可怜裁定者。他也很清楚，裁定者心底的裂痕被扩大之后，对自己已经构成不了什么威胁。

他不设防地靠近裁定者，对她说道："结束了，贞德。通过使用第三魔法，我已经完成了对人类的拯救。"

"第三魔法……"

当然，裁定者也知道这个魔法。尤其第三魔法与从者的系统也不是毫无关系，所以作为特例，大圣杯也给了她这个知识。

灵魂物质化是铸造大圣杯的御三家的其中一家——爱因兹贝伦一直追寻的遥远奇迹。

"不是那种不彻底的不老不死，而是舍弃会腐坏的肉体枷锁，完整的不老不死。而且不是一个人，而是所有人类共享。与善恶无关。激情与私欲变得淡薄，虚荣也变得毫无意义，是完美无缺的和平——那么，贞德，我再问你一次，我的做法有错吗？"

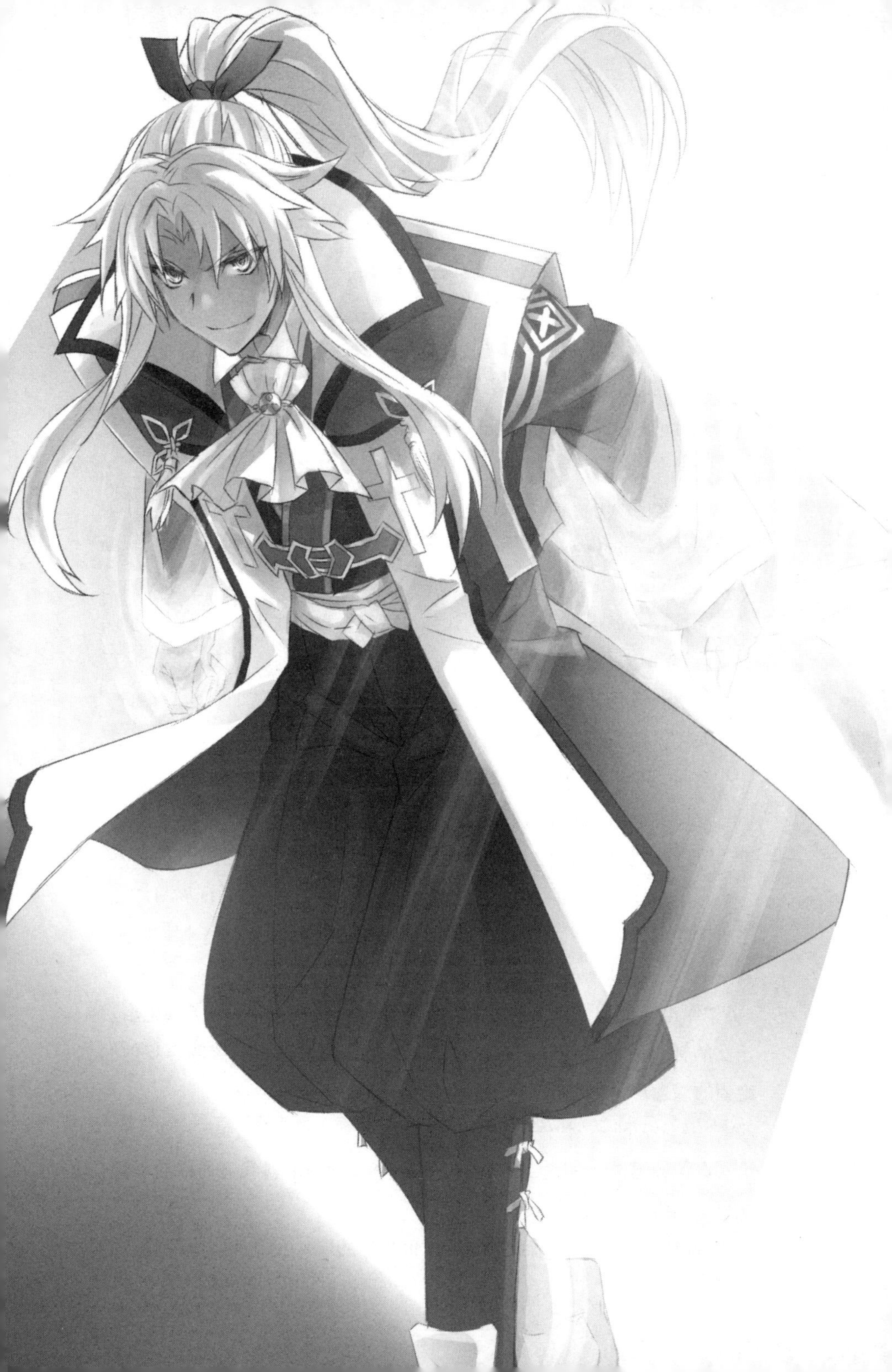

四郎终于在圣杯大战中走出将军的一步棋了。

明明应该说些什么，却发不出声音。
明明应该反驳，却找不到合适的语言。
第三魔法，灵魂物质化——不问善恶，让所有人类共享达成真正永生不死的魔法。所有人类都会变成仅凭灵魂就能生存下去。围绕着资源竞争的战争消失了，那么由思想引发的争斗也会消失吧。
复仇的连锁被斩断，世界会剧烈变化。这种做法——恐怕会通往永久的和平吧。
确实正如四郎所说，这个拯救方法是完美的。用无数的灵脉作为代价，让人类得以永生不死。如果说私欲必然会引发争斗，那么斩断斗争根源的方法绝对不会有错。
"没错，我做得没错，正确到让你也哑口无言的地步。可能更早之前，我就应该和你好好谈一次。不过，如果不在成功之后再谈，多少缺乏一些切实的感受。就算我一早说出自己的目的，你也依旧会妨碍我们。"
人类得到了拯救。没有苦恼，没有绝望——
然而，裁定者心中还是盘踞着难解的疑问。虽然她无法用语言表达，但总觉得有些东西不太对。
"贞德，睁开眼睛吧。你也不至于无法理解他在说什么吧？"
吉尔站在贞德的面前。他是作为从者被召唤的，他的现界与"红"之术士的宝具无关。而此时的四郎，要给吉尔提供魔力更是绰绰有余。
"可是，那是——"
"你也知道我的绰号吧？恶名昭彰的'蓝胡子'。我为了冒犯出卖圣女的神，犯下了各种恶行！你听到了吧，那些孩子的惨叫声！他们绝望的怨念！"
"停、停下……快停下！"
贞德知道的。那是吉尔·德·雷的下场。而他的自我之所以会崩塌，只是因为贞德这个少女的死亡。
"没错，他们的死是我造成的，也是你的罪！我之所以会疯狂，都是因为你被背叛带来的懊悔！如果你没有死，我肯定也不会发疯！"

吉尔的样子变了。干瘪的脸颊，异常炯炯有神的眼睛——正是让法国举国震惊的杀人魔，蓝胡子。

"我——我……"

贞德说不出否定的话。吉尔·德·雷的精神会崩溃，绝对有贞德的一部分原因。

"那些孩子不会再苏醒了！过去无法改变，死亡也无法一笔勾销！但是，未来就在眼前！让我们赎罪的机会和奇迹，就在眼前啊，贞德！"

赎罪，可以赎罪。

从对逝去的生命的罪恶感中逃离，共享人类的奇迹——

"没有神明能拯救我们！那么，我们就只能用自己的双手去拯救人类！贞德，回答我，你要拯救人类还是不要！"

贞德的心折服了。

心口绵绵的疼痛，让她抱紧了自己。

拼命控制着不流出眼泪，她找不出能反驳的话语。明明知道有什么地方不对，却不知道到底是什么地方不对。

因为，生命是如此美丽。所以救助所有的生命，绝对不可能是错的。

就连她自己，也不希望与别国开战，在战场与他人厮杀。

对方可能是敌人，却不一定邪恶。人类心里有憎恶，有愤怒。因此，无法避免战争，彼此只能战斗。

就连这种苦恼，都消失在了某个地方。

这是个幸福的结局。从理论上来考虑，是完全可以接受的拯救。

心底却有什么东西在抗拒。

"伸出手来，贞德。接受自己的失败，然后我们一起战斗。不，不是战斗，是拯救。踏上拯救人类的旅程——"

"吉尔……"

"这也是他希望看到的吧。没有名字的人造生命体，他的死是有必要的。为了抵达人类所期望的未来，那是必要的牺牲。"

为逝去的生命无法重来而叹息。

无法对自己眼前消逝的生命视而不见。

圣人就是这样的。只要是能拯救的，就都想施以援手。

所以，伸出手来。接受拯救，成为同胞。这样做绝对没有错。

就在贞德要下定决心的时候，眼底深处却闪过光亮。那是无法忽略的不协调之感，就好像有什么异物。

她模模糊糊想起了那个场面。

"你，还——"

——因为我，有人死了。那一定是对我来说很重要的人，甚至还可能在此之上。

——我必须要背负他的死亡。即便我救助了上万人，也绝对无法偿还。我不想用拯救人类给齐格的死附加什么意义。他的死，杀死他的人是我。

——这个世界上有无数的死亡。

——有无数的生，就有无数的死。像地狱一样的连锁，却绝对不是这个世界所必须的东西。没有任何死亡是这个世界所必须的。不合理的死亡，就应该由造成这种不合理的生来背负——

"不对！不是这样的！他的死，不是这个世界所必须的！而是我的责任，是我必须背负的责任！"

贞德站起来，用最大的声音喊道。

还差一点，她就要把齐格的死亡冠上其他理由了。这种行为太丑恶了。如果是自己杀死了他，那就应该由自己来背负这份罪孽。

同理，吉尔也必须永远承担杀死那些孩子的责任。

贞德不是因为充满希望而站了起来，而是因为充满愤怒，叛逆般地站了起来。她流下的泪水，灼热得让人难以忍受。即便如此，她还是重拾了一些战斗的力量。

四郎变了脸色。他意识到，裁定者的心本来马上就要屈服了，却因为人造生命体的死而重新坚定起来。也就是说,她再次成为了敌人。

四郎也没办法继续说服她了。裁定者抵达终点,得到了一个与四郎完全相反的结论。即便要与全世界为敌,裁定者也不害怕,她相信自己是正确的。

四郎感受到一些压力,但他也知道那只是杞人忧天,因为他已经掌控了大圣杯。虽然大圣杯还在为发动第三魔法做准备,但是即便只用剩余的魔力,也足以打倒裁定者了。

裁定者已经没有伙伴了,一个也没有了。

大概是感觉到了四郎的态度变化吧,裁定者瞪着他。裁定者似乎恢复了冷静,散发着静谧的气息。但是,四郎知道,她心里正被灼热的感情席卷。

一秒之后,四郎与裁定者展开厮杀。就在四郎确信自己一定会胜利的时候——他听到了那个声音。

"太好了,你还活着。"

裁定者僵住了,她以为再也听不到这个声音。她开始怀疑,这是幻听还是"红"之术士为了羞辱自己特意模仿的。但是,这个声音听起来太真实了。

裁定者提心吊胆地回过头。好不容易才站起来,几乎又要腿软了。

"'黑'之剑士打倒了'红'之枪兵。"

齐格淡淡地说出这个事实。

"齐格君……为什么?"

裁定者的问题让齐格茫然地歪了歪头。从这动作就能看得出来,这个人毫无疑问就是齐格。过了一会儿,齐格好像明白了,他点点头致歉道:"对不起,我来到这里似乎也没什么用。"

齐格绝对不笨。他很清楚,来这里之后会有什么样的结局。

他并不想死。正是因为不想死,才会从那个供给槽里逃出来。

他的确渴望活下去。所以,他并不想去一定会死的地方。

但是通过与"红"之枪兵的战斗,他明白了。

那个握着圣旗的少女,拥有着极限的破坏力。生前也好,死后也好,她一直都是这样活着的吧。满怀喜悦地保护着谁,庇护着谁,拯救着谁。所以被拯救的人也有责任,有责任去成就什么……

不过,这些最多也只是一些场面话。

对于齐格来说,其实有更单纯更重要的原因。在他濒死的瞬间,那个想法仿佛是被压榨出来的一样出现了。齐格非常不好意思,但还是目不转睛地看着贞德。

"但是,我想见你。"

只是这样而已。

听他这么说,裁定者几乎要流泪,好在她总算忍住了。裁定者没有信心,不知道自己还能不能报以一个微笑。

"齐格君,我可以再问你一个问题吗?"

"可以啊。"

"你现在,还在思考那个问题吗?"

关于人的善与恶,关于人类本身,还在——

齐格毫不犹豫地点点头。

"当然了……因为我不懂的事情太多了。虽然这可能是穷尽一生都无法解答的难题,但我还是想继续思考。因为我已经……已经想通了一点点。"

过去,那双无垢的眼睛沾染了苦恼,无法用虚伪去掩饰,传达着本人真实的想法。人内心深处本来就是有邪恶思想的。然而即便如此,他也没有放弃去相信善良。

刚出生的少年充满疑惑,只能一直思考。

善与恶。思考那些明明认为善良才是好的,却坠入邪恶之人的苦恼。

他仍然没有找到答案。

——即便如此,这个少年还是直面问题,一直在思考。

果然还是错了。

天草四郎时贞，明显做错了。

裁定者为这个结论而落泪。多么讽刺啊，多么可悲的事实。

"裁定者？"

看到裁定者哭了，齐格疑惑地伸出手。裁定者握住齐格的手，像祈祷一样闭上了眼睛。

"没问题的。"

"嗯？"

"齐格君，没问题的。"

裁定者低声说着，像是在对齐格说，也像是在和自己说。她再次转过去面向吉尔。

圣女的眼神已经不再摇摆不定。之前只是艰难固定住的心，此刻已经完全安定了下来。因此，她明确地反对这种拯救。

"贞德？"

听到吉尔的呼唤，裁定者用嘶哑的声音说道："我终于明白了。我不认可这种拯救。"

"为什么——"

吉尔瞪圆了眼睛。

裁定者的声音充满确定。没有犹豫，她明确认为自己的做法才是正确的，正面与吉尔对峙。当年的圣女，就在那里。

圣女高声喊道："天草四郎时贞，你的行为出于对人类的不信任，也会让迄今为止的一切毁于一旦。数千年来，人类一直在与邪恶战斗，即便失败无数次也不曾放弃。正是因为善良者的牺牲，人类才能走到今天！"

那种无能为力的感觉消失了。

裁定者忍着疼痛——像一个人类，双脚稳稳地站在大地上吧。她感觉到齐格在看着自己的背影。

裁定者断言道："确实，如果现在把那禁忌的果实交给人类，也许能让世界和平。各种事物都不再改变，也许确实能带来永远的安宁。没有变化的世界,不再有争斗,不再有伤害,所有人都能停留的世界——"

永远的世界和平——没有痛苦。

永远的安定——喜悦也消失。

只是永远地存在于不再变化的世界中——也没有存在的意义。

"吉尔,我们是已经死去的人。死者引导生者,甚至还要拯救人类,实在是太过狂妄了。放弃吧,吉尔。人类以我们为基石,正在一点点地前进。这样就好,无须我们插手。"

黑魔术师吉尔瞪圆了眼睛。

他是憎恨神明的背叛,才走向了堕落的。即便是他,也认为拯救人类的梦想是可行的。这让裁定者有些高兴。

"但是!这样一来,我堕落、污秽的灵魂就无法挽救了!如你所知,我杀了人!不停地、不停地、不停地!如果不能拯救人类,我的罪孽就无法洗清!"

裁定者抓住他的衣领,靠近他的脸。

吉尔僵住了。他觉得,这个怒气冲冲瞪着自己的少女,美得让人心惊。

同时他也认识到自己的错误。

无论身处炼狱或者地狱,还是身处天堂,贞德这个人都不会有什么改变。她连苦恼的时间都没有,不停地四处奔走,为了达成目标奉献自己——

裁定者高喊道:"别再期望用拯救人类来赎罪了,吉尔!你的罪孽是只属于你自己的。即便不能赎罪,那份绝望也只属于你自己。难道你想用其他人来赎罪吗?我和你都是罪人,根本没有对牺牲者赎罪的方法!我们只能永远承受这些苦恼和绝望。我们也不可能重新再活一遍。可是我们作为英灵,可以激励颓唐的生者。或许我们能起的作用很小,但也是我们竭尽全力要做的事。"

她明白那种焦躁的感觉。

正因为是被传说讴歌的人,被认同是英灵,在这个前提下,才能作为从者被召唤的这些人,在各方面都高于普通人的平均水平。

但是，即便如此——也不能去引导人类这个整体。

因为那是给贞德的惩罚，是给吉尔·德·雷的惩罚。

吉尔流泪了，这次轮到他双膝跪地。他紧紧握住裁定者的手，祈求道："我无法得到原谅了吗？"

裁定者给了他答案："神会原谅一切吧，而你杀死的孩子永远都不会原谅吧。你的罪孽，你的罪恶感，是你必须永远背负的惩罚……没关系的，我会站在你的身边。"

永远都不会有洗清罪孽的那一天。

即便身为被憎恶的罪人，也要以英灵的身份救助世界——这是他得到的惩罚，也是对他的救赎。

∞ ∞ ∞

天草四郎时贞叹了口气。他对贞德绝对没有一丝憎恨。贞德也只是这个世界上的一个牺牲者。如果他们能联手，当然是最好的——贞德却拒绝了这次拯救。

"怎么办，御主？"

"使用已经启动的大圣杯，碾压一切。"

四郎淡淡地说着，与裁定者对立。大圣杯在他的背后震动，就像生物一样。

"看来我们无论如何都无法相容。我还以为你会接受他的劝说，和我们站在一起。"

"是啊。如果是我刚刚现界的时候，可能会接受你们的劝说吧。我不可能会对拯救人类有什么异议。"

"那么，为什么——啊，是这样啊。你只想救某个人，而我希望救下所有人。"

只有这点区别。

她伸手去救某个倒下的人。

他越过某个倒下的人，去救所有人。

"你说自己不是圣人吧。我比任何人都相信你是圣女。我也曾经有过与你想法一样的时期。但是，我无法忍受。"

六十年的岁月，他活了过来，样子却毫无变化。这比他生前的时间还长，对他来说，受肉后活下来，给他带来了无法忍受的扭曲。

"为什么你会改变？刚刚现界的时候，和现在有什么不同？"

听到四郎悲伤的问题，裁定者微笑着看了齐格一眼，答道："因为我认识了出身特殊却又平凡的御主。明明只是一个生存感淡薄的人造生命体，他却渴望生命，并成功获得了生命。这就是人类一生的浓缩。这是可爱，也值得去爱的善。他了解了人，了解了善与恶，并为此烦恼。我也在想，如果你拿走了一切——他的烦恼，他的问题，会消失到哪里去，或者该何去何从呢？"

齐格听到自己成为话题，不禁感到疑惑。他看着裁定者，心里在想，自己并不是非得在这个时候拿出来讨论的人物吧。

听了裁定者的话，四郎的眼神变得锐利。那与其说是斗志，不如说那更接近于敌意。而且他看着的并不是裁定者，而是齐格。

"是他吗……原来如此，他确实就是你喜欢的人类——也是我讨厌的人类。在出生的瞬间，他就已经完整了。私欲极端淡漠，公平对待包括自己在内的所有人，本应是可以一直生存直到死亡的理想生物。"

没错。

如果说人类是不完整的生物，那人造生命体们就是完整的生物。

私欲淡薄，没有求生欲。如果需要付出生命来完成自己的职责，就会去死。如果不是在圣杯大战中被当作了棋子，他们应该会继续活下去——直到死亡吧。

"想活下去，你觉得这样的愿望是不好的吗？"

"想活下去，就是这样的愿望使人作恶。今后也会如此吧。"

裁定者露出了悲悯的神情。

这种想法太可悲了，但也包含着一丝真实。在形成这种想法的过程中，天草四郎时贞到底经历了多少艰难困苦。

裁定者想到那些痛苦，为四郎得出这样的结论感到悲伤。

但是，裁定者仍然认为这样做是错误的。生存本能是所有生物都具备的欲求。如果舍弃了这一点，人也就不再是人了。而他们不是历经苦难后取得这样的结果，只是单纯被给予——

"人造生命体，你怎么想？你不觉得以前的自己更好吗？那时没有苦恼，没有疼痛，没有绝望。也不需要感受死亡，不必挣扎求存。"

齐格摇摇头，否定了那个答案。

"人造生命体并不是你以为的那种完整的生物。我们并不是压抑了私欲，而是从一开始就没有。这是感受过生存之后才能产生的苦恼吧……我很羡慕你们人类。"

听了这个答案，四郎瞪了一眼这个站在裁定者身边的失败作。四郎既然决定拯救人类，原本不会再对谁抱有敌意。

但是，被贞德救下的这个少年却是例外。

在战场上看到齐格的时候，四郎就感到不快。这个感觉是正确的，齐格不是敌人，却是应该被憎恨的人。四郎·言峰认为的理想生物，既不是魔术师，也不是英灵和平凡的人类，而是人造生命体。所以四郎才憎恨齐格，非常憎恨这个脱离人造生命体而渐渐变成人类的少年。

"那你也是我的敌人。"

悲伤的笑容还有怜悯和同情，都消失了。四郎对裁定者做出宣言："我还是要杀死你。"

"那么，我还是要打破你的梦想。"

听到裁定者的回答，四郎举起一只手。

"我不会单挑，也没有这个必要。我只需作为首领（御主）粉碎你。"

大圣杯就像在呼应四郎举起的手，开始嗡鸣。四郎身后浮现出蓝白色的光芒，那是巨人的手臂。

"你们的目标，应该是在大圣杯发动第三魔法之前打倒我吧。不过，我们这边即便只用多余的魔力，也足够打倒你们了。"

所谓的掌控大圣杯就是这个意思。四郎相当于已经拥有足够的力量，去支配这个世界的法则——

但是，四郎忘记了，能颠覆法则才算得上是从者。能被放在圣杯战争这个天平上称量的人，都拥有无与伦比的力量。

"裁定者，有只能挥一次的剑。"

∞ ∞ ∞

裁定者的话没有传进四郎的耳朵里。四郎并不愚笨。他一定知道裁定者在喊什么吧。他并没有抗拒裁定者的话，而是在背负了这些理由之后——仍然选择了要进行拯救人类的道路。

"贞德，给你。这是你必须拿着的旗。"

吉尔恭敬地把圣旗递给裁定者。那是曾经和贞德一起驰骋战场的圣旗——

"不，这个就由你拿着吧。还有，请你保护我们。我不用那面旗。那面旗帜是用于守护的，不是战斗的武器。"

"但是——"

"交给你了。我……我要向主祈祷。"

吉尔瞪圆了眼睛。裁定者的手放在了剑柄上。那是她生前一次都没有用过的圣凯瑟琳之剑。吉尔很清楚她的话是什么意思。这是贞德所持有的唯一的武器。她要在这里使用，那恐怕意味着——

裁定者看着吉尔的眼睛，问道："只是在我祈祷的这段时间内就好，能请你保护我和齐格君吗？"

这是绝对的信赖。即便吉尔现在是"红"之术士召唤的从者，裁定者对他的信任依旧一点也没有变。即便此刻吉尔手中拿着不同的武器，但是那副威风堂堂的样貌，正是当年勇猛的法军元帅吉尔·德·雷。

"我知道了，贞德……虽然时间很短，但是能再次与你交谈，是我的幸福。"

残忍行为无法得到原谅。

赎罪的一天永远不会来临。

即便正是圣女本人向吉尔宣告了这一点，吉尔的声音却仍然平稳。

归根结底,这只是单纯的事实。

吉尔爱着这个女孩。他喜欢的不是圣女也不是救国的少女,而是贞德这个人本身。他是如此深爱着这个如阳光般温暖的女孩,所以少女的被杀足以让他疯狂。

"吉尔,有一件事,我活着的时候忘记告诉你了。"

"哦,是什么——"

"谢谢你。能与你相识是我的幸运。"

听到这句话,吉尔呆呆地看着贞德——他甚至不知道自己是应该笑,还是应该哭。

只是这个瞬间,这一刹那,就算回到英灵座他也不会忘记。他此刻非常满足,即便眼前的敌人异常强大,他也感觉不到任何威胁。

然后,裁定者又对另一个人告别。

"齐格君,就此别过了。"

听她这么说,齐格孩子气地问道:"我们不能再见了吗?"

要告诉他"不能"是很简单的事。圣杯战争,英灵世界的系统——如果明白了这些,就只能得出这一个结论。

既然有第二次生命,就有第二次死亡。而第三次与第二次的记忆没有关联。即便第一次人生会鲜明地留在记忆里,之后的生与死却只是简单的记录而已。

所以,第二次生命就在这里结束了。

即便这些回忆会永远留在他的脑海中,但对于我来说,这里就是一切的终结。

这也是或迟或早都会发生的。

所以,他再也不会见到裁定者贞德了。但是,没关系的。他还有蕾缇希娅。

——可能不会再见了,但是你身边还有与你相称的少女。

我张开口,本来是想说这句话的,却因为另外的某种感情而发不出声。明明应该告诉他不会再见，这份感情却阻止我这么说。

结果，我说出了完全不符合自己想法的话。

"我答应你，我会去找你的。"

我想确认一件事。在自己的心差点就屈服的时候，我才终于意识到这份感情。我想再见他一面，弄清楚。

所以，裁定者希望他们能再见面。

即便那是一条永远都不会有终点的道路，也无所谓。

"我等你。"

齐格的回答简短明了。淡淡的笑容，看起来那么不真实。

他说自己很幸运。事到如今，裁定者知道他说得不对。真正幸运的人不是他，而是裁定者自己。

她要感谢大圣杯让他们相遇，以及——

"天草四郎时贞。我要在这里破坏你的梦想。"

∞ ∞ ∞

巨人的手要打碎最后留下的三个人。

吉尔随即举起旗帜，发出勇猛的吼叫："大圣杯的所有者，天草四郎时贞！布列塔尼的吉尔·德·蒙莫朗西-拉瓦尔，做你的对手——"

"'大圣杯'开始同步。"

四郎挥动双手。他一步都没动，只是用纯粹的魔力凝聚体发起攻击。那是最强大，同时也是最有效的攻击手段。

"天之槌腕——落下吧！"

如流星般滑落的纯白之槌，其威力能与此前"红"之狂战士以自身为代价使出的攻击相匹敌。

"嗯！"

吉尔挥舞圣旗，接住了这猛烈的攻击。

一瞬间，世界变为无声。齐格反射般地捂住耳朵蹲下。在足以与对城宝具比肩的天之槌与圣旗的冲撞下，剧烈的爆炸声席卷了周围。"红"之术士也皱着眉头，慌忙远离他们两个人。

"啊……"

吉尔吐血了。即便贞德的圣旗代表着热烈的信仰，但是面对相当于千年城堡，或者星辰本体一样压倒性的攻击时，圣旗也没有足够的防御力量。

确实，吉尔用圣旗承受了从天而降的攻击——但是，四郎没有停下的意思，迅速又发起了下一次攻击。

再一次的爆炸与寂静。

吉尔早就没有了痛觉。即使冲击几乎能打碎全身骨头，他也不在乎。恐怕只有死亡，才能让他停下……但是，死亡很快就会来临。

因为四郎的攻击没有犹豫也没有间断，是单方面倾泻的暴力。吉尔只能忍受，但倒下也是迟早的事情。

又是一击。

吉尔挺住了。他是"红"之术士召唤出来的从者，没有获得与职阶相应的能力，只有为了重现身体与思想而准备的破败肉体而已。

他的身体能力恐怕比术士职阶更差吧。裁定者能看穿所有从者的真名和能力，所有她也清楚这一点。

即便如此，裁定者还是把一切都托付给吉尔。

吉尔被打倒，裁定者和齐格都被卷进去也只是时间的问题。但是，吉尔并没有心思考虑这些，他现在只是握紧贞德信任他才托付给他的圣旗——全身心地挥舞着。

四郎也一样着急。虽然不再得到启示，但是四郎有能引发奇迹的双手。其中，右手的"右腕·恶逆捕食"正在窃窃私语。

——尽可能迅速地全力应敌，不然自己的梦想即将破灭。

如果持续这样攻击，裁定者他们当然会被打倒。这个信心与右腕的低语，他应该相信哪一边呢——

∽∽∽

　　把大圣杯当作对手，就相当于以一人之力与世界为敌。无论多么优秀的从者，与"系统"为敌都很困难。
　　而身为裁定者的贞德，是无法战胜系统的。
　　如果不用最后的宝具……
　　她没有思考的余地了。但其实，她早已下定了决心。

　　后世的人们怜悯被烈火焚烧的少女。
　　她反复经受拷问与异端审判，信任的一切东西都被认定为虚伪，她应该悔恨吧。直到最后的最后，她都不被理解——所以她一定很痛苦吧。怨恨主，怨恨人类，很绝望吧。
　　——怎么会。
　　对于她来说，那只是理所当然的报应。那么多的人因为她受到伤害，落得这样的结局是理所当然的。不如说，她就是这样盼望的。
　　她相信，自己应该被处以当世最残酷的刑罚。因为，不这样就无法抵消。正是因为自己的愿望实现了，贞德才更相信主是存在的。
　　——感谢主，最后还能实现我的愿望。
　　她始终认为自己不是圣女。
　　即便是圣女，也不能蔑视那些被夺走的生命。得到拯救的生命与被夺走的生命是等价的，为被拯救的生命感觉欣喜，但不能因此而怠慢对被夺走的生命的赎罪。
　　正因如此，贞德的职阶才是裁定者，她的信念受世人赞扬。在众多英灵之中，正是因为力量与信念相称，她才被选为裁定者。
　　贞德是能理解天草四郎时贞的。
　　无论是谁，都会认为牺牲更少的方法更好。
　　即便如此，裁定者还是有自己的信念。那是不对罪恶视而不见，更要信任人类的道路。

即便这是一条没有人理解的残酷道路，裁定者还是愿意相信。相信人类——相信那个憧憬着人类，比谁都更笔直前进的少年。

裁定者拔出了剑。这柄银剑是她在圣凯瑟琳教堂得到的，想必是一柄好剑吧。但是，仅凭那种水平是无法与天草四郎时贞抗衡的——至少"红"之术士是这样推测的。

但是，令"红"之术士震惊的是，裁定者用那柄剑划伤了自己的手掌。她不理会流出的血，直接跪下了。然后双手合握，闭上眼睛。过于美丽的姿势让"红"之术士以为，这是降服或者殉教的行为。

天草四郎时贞——看到的却不一样。

"诸天述说神的荣耀，穹苍传扬他的手段。

"这日到那日发出言语，这夜到那夜传出知识。

"无言无语，也无声音可听。

"温暖的光通遍天下，传到地极。

"自天际而上，在天际巡游。

"我的心在我里面发热。我默想的时候，火就烧起。

"我身之终在此，我的寿数在此，我生命的虚幻在此。

"我一生的年数，在你面前如同无有，行动实系幻影。

"因为我必不倚靠我的弓，我的刀也不能使我得胜。

"我必用仅剩之物，保护他的脚步。

"主啊，我将为您献上此身——"

一瞬间，在场的所有人都体会到了奇迹的降临。那是等同于魔法的终极大魔术。

"这是，固有结界？"

"红"之术士吃惊地看着那柄剑。只是一瞬间，感觉整个世界被席卷而上。但是，四郎否定了术士的看法。

"不，不对！那是概念武装，是将自己的心象风景化作结晶（剑）

的特攻宝具！"

剑柄上开出了火焰之花。

这火焰，正是将贞德生命散尽的火。定罪的人相信这些火焰是对魔女的惩罚，而贞德相信，这火焰是临终的拯救。

对于圣女贞德来说，这是最初，也是最后的剑（武器）。

名为"红莲圣女"，是将人们对圣女的感情，为她落泪的场景化作结晶而诞生的特攻宝具——

裁定者握住了剑身，将剑柄对准了四郎的眼睛。

"在绝望之后，必有希望等待。"

火焰仿佛盛放的花，又化作爆发的利刃。

特攻宝具——通过将自己的生命注入其中，得以发动的宝具。特攻宝具脱离了对人或对军之类的类别，用不归之旅换来足以歼灭敌人的破坏力。

无论是什么样的英雄，面对这个宝具，也只能飞速消失。这是吞噬了圣女的火焰，能燃尽与其敌对的所有圣，所有魔，所有人。

耀眼的火光如此美丽。

"哦哦！"

浑身是伤的吉尔·德·雷确实在这熊熊烈火中看到了圣女的光辉。

这火焰足以达成净化，化作未来的基石，成为自己的救赎。即使经过一百年、两百年，甚至上千年，也不会淡忘这一场面。即便坠入地狱，也不会放开这份回忆——

"我满足了！"

吉尔·德·雷一边咆哮，一边举起残破的圣旗。他早就超过了自己的极限，此刻终于消失了。

"哈、哈哈！这可太绚烂了！啊，御主！御主啊！怎么办？吾辈倒是很想逃走啊！"

"没有用的吧。就算是逃也逃不掉的。"

听御主这么说，"红"之术士露出不屑的笑容。如果这红莲的火焰能消灭一切，那阻挡它就是主角（御主）的职责。

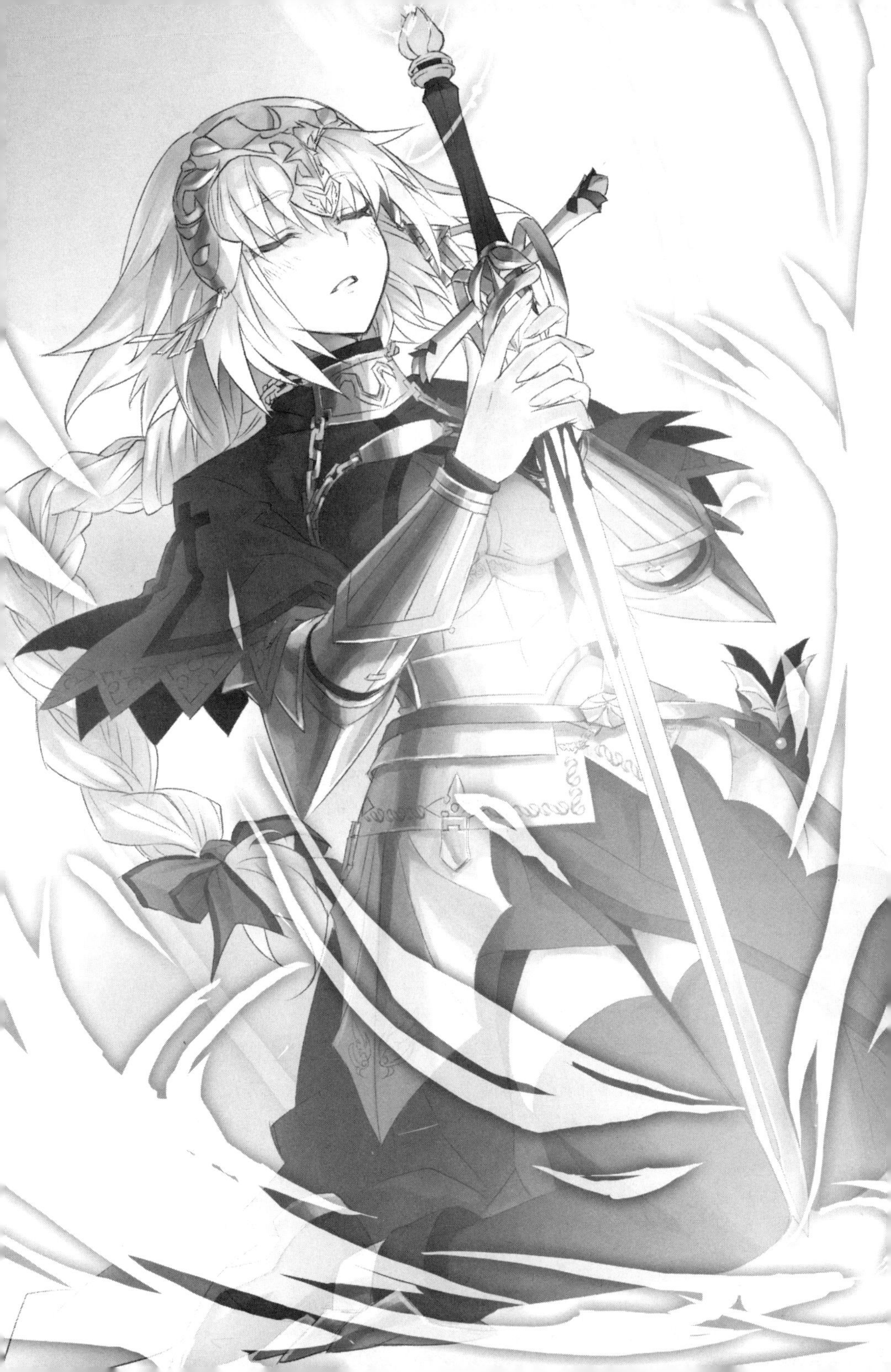

阻止终结的来临，挑战所有不合理。

天草四郎时贞，到底能不能打破绝望，抓住希望呢？

∞∞∞

美丽的火焰，正如她的生命。

如果被正面击中，马上就会被消灭，完全无须多言。不是没有慈悲，正因为慈悲，才会在瞬间消灭。

四郎想，也许自己也得出过同样的结论。他也可以认为自己的结论是邪恶，走上拼命与之战斗的道路。但是，自己最后还是走上了不同的道路。这两条路相隔太远，早就不能回头了。

没错。四郎知道自己为那样的结论迷茫，但还是走上了这条路。

四郎咽了一下口水。不能逃走，即便能逃得掉，他背后的大圣杯也会被卷入火焰吧。不，那正是裁定者的目的。

贞德准备破坏掉作为一切开端的大圣杯，所以四郎必须得留下。

他本来也没想过要逃走。

那么直接说结论，天草四郎时贞没有能防御火焰的手段。那是能消灭所有圣、魔、人的概念结晶武装。天草四郎的辅助宝具"右腕·恶逆捕食"和"左腕·天惠基盘"根本无法与之抗衡。

但是在这个瞬间、这个情况下，又另当别论了。他现在已经掌控了大圣杯！

"天之杯，开始向所有者注入力量。"

"'右腕·空间遮断''左腕·缩退驱动'。"

天草四郎时贞的魔术回路当然比魔术师的平均水平更高。

可也只是更高而已。即便他能储存比普通魔术师高出十倍、百倍、千倍，甚至更多的魔力，也会被那火焰压倒。那是世界知名的圣女用自己的灵魂交换才点燃的神圣之火。这个世界上不存在能与之对抗的东西。

——然而，天草四郎时贞能引发奇迹。

为了防止对自身产生反冲，他已经准备好遮断右腕的魔术回路了。

复制右腕的机能，将整体规格缩小，同时调整至仅用左腕就能处理一切。

把大圣杯里的庞大魔力汇入右腕。魔术回路一下子失控——痛苦满溢而出，肉体开始遭到破坏，脑因为过大的负担就要破裂了。

控制所需的力量和调整所需的精密操作，两方面都需要高精度的持续调整。如果魔力持续失控，无法控制右腕，那肉体就会灰飞烟灭。如果对魔力量的调整有零点几的误差，脑子就会炸裂。

千钧一发。

虽然拼命挣扎求存，却连挣扎都做不到。

时间的流动仿佛变慢。四郎把一切都赌在了自己能控制右腕这件事上。不向神明祈祷，不仰仗神明，不依靠神明，仅靠自身去引发奇迹。

"救国的圣女，别小看我六十年的执着！别小看我天草四郎时贞！"

他持续注入魔力直到极限，魔术回路已经完全破裂。但是，他趁着魔力还受控制的一瞬间，下达了命令！

"'右腕·零次集束'。"

那就像黑洞。所有魔力都被注入，四郎的右腕在失控边缘，没有爆发，却以强烈聚集的方式消耗着魔力。

简直就像开天辟地和宇宙崩塌碰撞在一起的瞬间。

在下达命令的零点一秒之后，四郎就切断了右手。能消灭一切的圣女的火焰，此刻被能汇聚一切的黑洞吞噬了。

圣女放出的魔力总量与自己的——如果他对此把握不当，只是细微的失误就会造成爆炸。至于右腕去了哪里，已经不可考了。能升华一切的火焰，被能吞噬一切的黑洞阻隔。

两股强大的力量冲突，互相侵蚀的声音在空间里回响。

四郎断掉自己的右腕，继续向其注入大圣杯的魔力。即便赢不了，应该也足以抗衡——他的推测还是过于乐观了。

"什么……"

四郎发自内心地震惊。

只见被黑暗吞噬的火焰，再次燃起。圣女的火焰，无论面对什么样的黑暗也不屈服——终于抵达了大圣杯。

"混……蛋……即便这样，还是要……还是要吞噬我的希望吗！"

火焰直击大圣杯。四郎的表情扭曲。六十年的时间，两千年的业障——一切都在此刻唤起，四郎不禁发出咆哮。

"我不会输给你，贞德！你那种执着，怎么可能战胜我的执着！这是人类的希望！坚持住……坚持住，天之杯！"

这是四郎六十年的拼命怒吼。他做了自己能做到的一切，订立了所有的战术，所有的策略。当然，他不会放弃。即便失败，他还会等待下一次机会。但是，下一次机会又要多久之后才能来呢？又要牺牲多少人与事呢？无论如何，都必须在这里取得胜利！

世界在咆哮。大气在惨叫，不断撼动四周的一切。这里的空间仿佛随时都会崩塌。

齐格在强风中眯起眼睛，亲眼看着压倒性的场面。这里不是地狱，也不是天国，是某个造物主喊出"要有光！"的瞬间。

光与火与黑暗乱作一团。火焰吞噬光芒，黑暗则在阻止。

能让万物得到幸福的圣杯扭曲了。

燃尽一切的火焰膨胀了。

突如其来的寂静。

咔嚓一声。

是谁的梦想碎裂的声音。

与此同时——红莲之火与黑暗的旋涡消散了。

"呼、啊……"

四郎的膝盖以下都废了，他知道自己的脑缺失了一部分，右腕没有了，可以说他作为从者已经失去了一半的力量。但是，这些都无所谓。

自己的命，早就不值一提了。问题是大圣杯。他根本不在意缺失肢体造成的疼痛，抬头去看大圣杯——随即因为大圣杯凄惨的模样而愕然。

但是，即便如此，大圣杯——

"太好了，太好了……大圣杯，还活着！"

那是欢喜地疾呼。

大圣杯确实遭到破坏，破损部分恐怕有八成以上。但是，大圣杯还没有失去它的光芒，直到此刻还在嗡鸣着努力完成它的职责。虽然要花些时间，但还是完全有可能吸收魔力完成第三魔法的。

火焰已经完全消失了。这也意味着，是天草四郎时贞胜利了。

少年一直游刃有余地面对所有事，此刻才第一次流露出喜悦之情。他遇到了那么严峻的危机，并成功将其跨越。

大圣杯还活着——他为最原始的感动而落泪。

四郎在平息心中的欢喜之后，才看向了圣女。

圣女一脸平静地看着四郎——让四郎有了莫名的罪恶感。

齐格跑过去，想抱住开始崩落的少女。然而，少女像融入空气一样消失了。外壳剥落之后，露出了内侧的无名少女。

四郎马上就看出来，她只是个人类，是连魔术都不会用的少女——贞德已死，她被打倒了。而天草四郎时贞还活着。

"还没结束！我还在！"

听到这句话，四郎感觉血都冻结了。没错，还有一个从者活着。

那就是"黑"之骑兵。他跟着这个人造生命体御主一路获胜，是"黑"方阵营最后的从者！四郎的"红"之暗匿者一直拖住他，最终还是被他挣脱了。

对于"黑"之骑兵来说，这并不是一条普通的道路。无论扯碎多少，总有锁链追上来。如此拼命的纠缠，甚至让人感受到从者不屈的意志。

"黑"之骑兵不顾手臂会受伤，不断用自己的怪力扯断锁链，但是因为"红"之暗匿者的执着，他一直被拖延到现在才闯进这里。不过，骑兵终于也抵挡了战场。

"非世间所存之幻马（骏鹰）"突然降低高度——它的冲击力，足以将浑身是伤的四郎撞个粉碎了。

"红"之术士根本没什么战斗力。四郎必须靠自己的力量防御"黑"之骑兵。他能做到吗？

四郎只有剩下的左手，和"红"之术士施以"魔力附加"的一柄刀。再加上黑键，仅凭这些能否——

"接续，拦截（Ekur）……"

突然，青铜色的锁链再次缠住了"黑"之骑兵。

"又、又来？"

"黑"之骑兵吃惊地喊着，幻马（骏鹰）的突击一瞬间就被拦截了。这条锁链上的魔力比之前更强。

四郎回过头，看到自己的从者"红"之暗匿者就倒在地上。一眼可以看出她受了致命伤，却仍然举起右手使用魔术。

缠住"黑"之骑兵和他幻马的锁链，特别强化了结实的程度。就算骑兵用他的书去破坏，也需要一点时间。

"暗匿者！"

四郎反射性地想冲过去，但是"红"之暗匿者对他喊道："愚蠢……别磨蹭了，快对我用令咒！"

四郎重新理清了情况。即便受了致命伤，只要用了令咒，那就能稍微延长暗匿者用锁链绊住敌人的时间。

"我以令咒命令你。我的暗杀者，用你的力量束缚'黑'之骑兵！"

他用最后一画令咒，加强了"红"之暗匿者的魔术。

但是，仅凭这个是不足以压制"黑"之骑兵的。"红"之暗匿者的伤太严重了，四郎也没有补救的办法。她的灵核损坏了一半，像一个漏了的水桶。无论注入多少魔力都会漏掉，很快就会力竭。

暗匿者之所以还能一直现界，主要是因为此刻身在"虚荣的空中庭园"这个主场,但绝不是只有这一个原因。是为了没能实现的野心还是——

一瞬间,即便不合时宜,四郎还是想问问她为什么。为什么她会有这么坚强的意志?但是,他没有这个余力。现在必须要做的事——打倒那个身为御主的人造生命体。

四郎还没说什么,那个人造生命体已经摇摇晃晃站了起来。他回过头,眼神中带着明确的敌意,以及难以言喻的冷静。

"我与你无冤无仇……"

"但是我有。"

他的眼神中,有根本不加掩饰的感情。

∞ ∞ ∞

无论闭上,还是睁开眼睛,那个身影都深刻地印在脑海。

火焰避开了自己,就像被孤立了一样。那些火焰没什么可怕的,是应该接受的。他觉得自己应该去碰触那些火焰,然后随其一起消失。

但是,看到裁定者侧脸的瞬间,他就没了那个想法。

裁定者的脸上没有深刻的悲伤或者欢喜,只有已经接受一切的人才会有的,那种看开了一切的豁达。有遗憾,有绝望,有烦恼,有悲哀。但是,也有即便抵消这一切,也仍然未竟的希望。

那是对人类的希望,是对人类的信任。

然而,火焰被天草四郎这个黑天给阻拦了。

虽然不知道他用了什么宝具,但是他付出了右腕作为代价,活了下来。

火焰消失了——齐格跑到裁定者身边,把她抱起来。

"振作……"

齐格没把话说完,因为他知道不可能了。

贞德的外壳消失了。圣女的嘴唇微动,但是没有发出声音——不知道她在说什么。空洞的心中被巨大的悲伤填满。

现在齐格抱在怀里的人不是圣女,而是蕾缇希娅。她身上没有伤,只是处于昏迷的状态,应该很快就会醒过来吧。

齐格早就知道会有这样的结果。

如果一定要说的话,他们早就注定会离别。齐格以为自己能接受,既然是一早做好的决定,那自己一定能忍受。

——唉,我是多么傻啊。

齐格不可能忍受得了离别。

他的内心充满哀伤,只能流下眼泪。这不是源自一切已经结束的哀伤的泪水,而是因为还有留恋才流下的遗憾的泪水。

这份哀伤,变成了决心。

齐格想打倒天草四郎时贞。即便什么也不会留下,他还是决定至少要做到这件事。

因此,即便"黑"之骑兵已经被锁链拦住——齐格还是直面天草四郎。

"你不准备投降啊,人造生命体。"

"即便我投降,结果也不会有什么改变。我会被你杀死。"

四郎否定了他的说法。

"如果你愿意投降,我会留下你的命。现在的你已经对我没有什么威胁了,对穷途末路的人赶尽杀绝也不好。但那个从者必须消失。"

齐格表情阴沉地摇摇头。

"我不可能让你杀死'黑'之骑兵,那等于是让我自己去死。另外,即便'黑'之骑兵不在,我也一样会继续战斗。"

"即便你已经不是'黑'之剑士了也一样吗?"

"到这里来的一路上,有很多从者和御主战败死亡。无论是敌人还是伙伴,每个人都战斗到最后。所以……我也决定了,至少不会从战场上逃离。"

——反正都要结束了。

齐格摸了摸失去令咒后变黑的地方。现在的他,一直处在不明朗的状态。这个状态随时都可能会被打破。也许是一天之后，也许是一分钟之后，对于时间感觉迟钝的齐格来说，无论是哪一种，都没有太大的区别。

"天草四郎时贞，我希望为了圣杯与你一战。"

四郎的笑容消失了。齐格的战斗意愿很明确，不是你死就是我亡，简单的二选一。

"明白了……到这边来吧。她在那里，不方便战斗吧。"

四郎表示不想把蕾缇希娅卷入战斗，和齐格一起换个地方。

被破坏的大圣杯正下方，就是最终决战的舞台。

双方相对。齐格做了个深呼吸，承受着对方如针尖般刺入皮肤的杀意。与其说是习惯了，不如说是变得更迟钝了吧——齐格冒出这种无聊的想法。

"天草四郎时贞，用三池典太迎击。"

即便是外行的齐格，也能一眼看出这把源自远东的日本刀绝非凡品，是一柄利器。像柴刀一样略厚的刀身，刃上泛着锋利的光辉。这柄刀已经升华为天草四郎时贞的宝具，有着足以杀死齐格的威力。

齐格平静地举起了阿斯托尔福的佩剑。

"不行！快跑，让你快跑呀！"

被缠住的"黑"之骑兵高声喊叫——齐格明白，他太清楚了。

齐格想起之前给他的忠告。

"如果你打算就这样战斗，我劝你最好放弃或者藏起来。"

杜尔说得完全没错。用这个状态与从者战斗，实在是太鲁莽了。即便对手已经失去了右腕——双方从根基上就已经天差地别了。

即便如此，齐格也不能后退。

裁定者赌上了自己的性命——仅凭这个就足以让他也赌上性命。

身体在发热，头脑却冷静得连自己都很吃惊。

心脏就像引擎在轰鸣。齐格现在已经失去了变身成为"黑"之剑士的能力，一切的希望只能依仗这颗心脏。

天草四郎时贞既是从者又是御主。

齐格既是御主也是从者。

此刻，圣杯大战的作战方式回归到圣杯战争最原始的形态。

"这场战斗的胜利者，将得到一切。原来如此，不愧是圣杯战争的落幕！"

天草四郎时贞大吼道。

活了六十年的独臂从者，与出生还未满一个月的人造生命体。

双方互不相让，各自背负着很多思绪——开始了这场决斗。

齐格希望自己能想起"黑"之剑士还在时的状态。

万幸的是，阿斯托尔福的剑很轻。即便不能完全重现之前的剑术，根据齐格的推算，只要能重现三成甚至是两成，就可以一战了。

但是——

"别因为我只剩一只手就小看我，人造生命体。我的真名是天草四郎时贞。这种场面，我看得够多了。"

齐格的两成，还是无法战胜天草四郎时贞的五成。

四郎用一只左手就轻松接住了齐格挥来的剑，顺势撞开齐格的肩膀。齐格脚步不稳地后退，四郎的横扫攻击则逼近至眼前。

齐格的胸口被划开。锐利的疼痛，齐格感觉恐怖已经贯穿了自己的脊髓。

他的本能拒绝战斗。他用理论勉强压制这种本能，继续挥剑。

眼前的男人是裁定者的仇敌。报仇是理所当然的，所以要战斗。

齐格只是紧紧抓住这个道理，甚至不理解更深层次的缘由……就持续拼命地挥剑。

四郎轻易就避开了齐格用尽全力的劈刺，看准时机对准面门就是一脚。

强力的一脚，让齐格眼底都冒了金星——一瞬间意识都模糊了。

齐格意识到四郎还会继续进行突击，想拉开距离……来不及了。锋利的刀刃刺入了侧腹部。冰冷，灼热，还有剧痛和恐惧。

自己的攻击全被避开，被破解了。

面对四郎的不断攻击，齐格用尽全力也只能避免受致命伤。

速度不一样。臂力不一样。骨骼，肌肉，神经，这些决定性的部分，都完全不一样。齐格也不是没有体力，单纯只是因为天草四郎时贞不是普通人罢了。

"呼——呃……"

又被躲开了。情况越来越糟糕了。即便如此，齐格仍然直面前方。他知道会经历苦难，但他仍然选择战斗。

那个时候，从他打破那个魔力供给槽的瞬间开始，齐格就已经选择了战斗。

那是为了求生而战，也是为了抓住某些还看不到的东西，是为了认清自己的心而战。

——当然，拥有压倒性优势的是天草四郎时贞。

无论有多么强韧的意志力，也只能影响精神的领域，不可能提升肉体能力。

"唔……"

攻击被四郎挡开，利刃贴近了自己的脖子。齐格拼命去防御——没能防住，刀刃划破了他的脸。伤口很深，情况太危险，"黑"之骑兵已经在哭喊了。

然而，齐格的眼神却没有放弃——

∞ ∞ ∞

有点奇怪，四郎想。

即便他只有一只手，实力差距也是压倒性的。虽然他的能力确实比平常低，但是他的左腕还拥有与右腕相同的技能。凭借战斗经验，他可以轻易预判齐格的行动，也知道应该怎么做才对。

但是，打不倒他。

四郎没有刻意牵制，也不是游刃有余地战斗。四郎带着杀意，想要迅速结束战斗。

是因为自己有点急躁了，所以才不能打倒对方吗——四郎一瞬间有了这样的想法，但他马上知道不是这样的。

齐格身上的圣骸布有魔术带来的自动治愈效果。那恐怕是裁定者的一种特权吧，是贞德给现实存在的东西施加了"魔术付与"。即便她已经战败退场，祝福礼装还能持续发挥机能。

那么，只要让他受伤比治愈更快就可以了。比刚才更快，更强。

半蹲在地上的人造生命体突然一口气冲过来——

"啧！"

这几天里，这个人造生命体跨越了多少生死的界限呢？即便他能变身成"黑"之剑士，精神的基础还是那个人造生命体。

那么，他现在习惯战斗也是很自然的吗——不，等等。即便这个人造生命体符合这个条件，仍然过于异常了。

他和普通的人造生命体，一定有什么地方截然不同。

说到底，那块圣骸布也没有能与C级宝具抗衡的威力。

那么，是因为他原本的魔术素养吗？一次又一次的战斗将其激发了吗？

这未免太巧合了……但确实也有这种可能，那就应该更倾尽全力。虽然之前也没有小看他，但是现在要尽可能地高估对手的力量。

四郎跳了一步，拉开与人造生命体之间的距离，把刀往石板地面一戳，迅速用左手召唤最大数量的黑键。

"宣告（Set）。"

齐格慌忙想拉开距离。可惜来不及了……事实上，无论他什么时候想避开都是来不及的。因为以他的身体能力，是绝对躲不开的。

投掷出来的黑箭，命中了齐格的手臂、脚背，以及侧腹部。

四郎再次拔出插在地面的刀，快速奔跑——他的目标只有一处，就是脖子。切断脖子，就结束了。他没有通过战斗获得喜悦的癖好。他只希望能结束战斗，越快越好。

齐格反射性地想躲，可剧痛让他面目扭曲。因为黑键刺入了脚背，他也没办法有效躲避。

"开通。"

人造生命体一碰上插在脚背上的黑键，黑键就脆弱地破碎了。

"什么？"

包括四郎在内，在场的所有人都很吃惊。齐格没有像狗一样乱叫，只是沉默地瞪着四郎——治愈魔术在修复齐格的伤，他开始快跑。

很快。

动作很快，恢复也很快，吟唱术式很快，最重要的是齐格应对的速度太快了。剑术最多算是熟练水平，根本无法与天草四郎时贞花费多年时间锻炼的剑术相比。更擅长魔术——齐格或许能使用高级的术式，但还是生存了六十年，一直在持续学习的天草四郎时贞更胜一筹。

只有一点。

齐格魔术回路的回转速度超群。就算他是人造生命体，这个速度也过于异常了。这种回转恐怕能与从者匹敌。而齐格身上那种几乎要满溢而出的魔力，更是让他的肉体无止尽地加速——

∞ ∞ ∞

踩下油门。

自己内部，开始了某种全速狂奔。

血液在翻滚，让人怀疑是不是已经沸腾了。

情绪并不昂扬，身体却在无限发热。

齐格接着破坏了刺入侧腹部和手臂上的黑键。从分析材质到破坏的速度非比寻常。之前他至少也得花上几秒钟，现在已经达到一碰就能理解，并能破坏的水平了。

要赢，自己身体内有人在呼喊。

要赢，自己也喊了出来。

不可能用剑术获胜。

凭臂力也无法获胜。

两者从根本上就有差距……即便如此，还是喊着要赢。

"啊啊啊啊啊啊啊啊啊啊啊啊啊啊啊啊啊啊啊啊啊啊！"

用积蓄的魔力强化身体。肌肉组织断裂，就交给圣骸布去修复。当然那也来不及。状态从些许的"加"陆续变成"减"，且占据了大部分。

浑身浴血的齐格在狂吼，浑身浴血地挥剑。

齐格这一剑又被四郎避开，还遭到了四郎的反击。脚踢、黑键，还有日本刀，都在损伤齐格的肉体。但是，齐格在死亡边缘承受了这些攻击后继续反击——也都被避开了。

呼吸粗重。

还不行，还是太慢了。自己应该还能更快一些。

即便动不了，也要用这颗心脏强迫身体行动。就算撕裂肌肉也没关系。虽然很痛苦，但还可以修复。

伤口疼得让人想哭。

即便如此，齐格还是双脚稳抓大地，不肯后退一步。

如果用全速还是追不上，那就只能铤而走险，不计后果地疯狂爆发加速。

对于以魔术回路为核心制造的齐格来说，魔力本身就是兴奋剂。

飘浮在周围的残存魔力，可以说是无限多的。这里还有一个巨大的魔力聚合物。把这些魔力聚集起来，在魔术回路中加速循环。

——这当然不是人造生命体的能力。

聚集周围的魔力残渣，再重复利用。如果能做到这种事，就相当于是永动机。

∞ ∞ ∞

考列斯·弗尔维吉·尤格多米雷尼亚在看着。他跟着齐格一起来到这个收纳大圣杯的地下后，就一直远远地看着。

考列斯作为御主，作为尤格多米雷尼亚家族的魔术师，亲眼见证了最后的战斗。情况非常残酷、令人绝望，他却拒绝逃走。虽然他一个人无法逃走是其中一个原因，但是即便如此，他也没必要冒着被敌人发现的风险旁观。

然而，即便精神上明白，肉体却拒绝。

——我有义务看着这一切。

即便颤抖却不后退的双腿也证明了这一点。

到了这个时候，考列斯终于懂了。原因弄清楚了，没有比这个更合理的解释了。不只是"黑"之骑兵、"红"之暗匿者、"红"之术士和正在战斗的四郎不明白，就连齐格本人都不明白为什么自己能如此奋勇战斗。

这让考列斯有种莫名的愉悦。

原来如此，齐格曾经数次在生死边缘徘徊吧。因为得到了"黑"之剑士的心脏，身体也变得强壮了。裁定者给的圣骸布也是他的一大助力吧。

但是，还有一个原因。

考列斯带着深深的喜悦，自言自语道："原来你在那里吗？"

那张设计图上写着"她"的宝具——能以极低概率再生成一个她。

当然，那只是幻想。

至少"他（齐格）"不是"她"，也没有她的任何一点记忆。

但是，那个时候濒死的少女确实曾经说过。

——希望某个人，能接受我的一点碎片吧。

他接受了她的祈求。

她是圣杯大战刚开始就败退的从者，因为是近代英灵，所以比较弱小、易碎，但是——她的一部分却这样活了下来。

活下来，在面对最后出现的强敌时，就能够成为一份助力。

考列斯觉得很自豪。只是因为自己的从者是这样的一个从者，就让他自豪，很想炫耀一下。

不过这种没用的自豪感，恐怕也只能让她不解地歪歪头吧。

啊——那个时候他还有话没有说出口。

说啊，说吧。叫出来，尽情地叫出来——那一定会非常痛快！

"干掉他吧！狂战士！"

∞ ∞ ∞

天草四郎时贞明白了。

他明白了所有的一切。原来如此，原来是这样。为什么齐格这么滥用魔力，却一次都没有陷入魔力枯竭的境地；为什么齐格已经变身了三次，还能坚持到现在。

如果只是因为"黑"之剑士的心脏，则不会这样。

没错。过去有个天才曾经制造过人造生命，在"她"身上搭载所谓第二类永动机。现在的齐格，好像是活着达到了那样的状态。如果是他原本的心脏还另当别论，但齐格飞的心脏应该可以轻易承受永动机带来的负担吧。

"……是'黑'之狂战士，弗兰肯斯坦！"

"黑"之剑士的心脏，加上"黑"之狂战士的宝具。

齐格飞与弗兰肯斯坦在圣杯大战初期就消失了。没想到他们两个居然成了他最后的劲敌——

齐格在加速。

即便结合了齐格飞和弗兰肯斯坦的力量，也还不及四郎的一半。

但是，他们双方的出发点有着致命的差异。不可思议的是，他们现在的立场正好和此前"红"之枪兵与齐格战斗时的相反。

天草四郎时贞梦想着未来。

齐格把一切都奉献给此刻。

再结合微弱的力量差距，二者的力量关系必然维持着平衡状态。

紫电在疾驰——那不是幻影。齐格正在以应该称之为"弗兰肯斯坦化"的状态在加速。

追不上。

过负荷——界限早就已经被打破了。

肌肉组织在破坏与修复中循环，神经重复着断裂与重连。齐格忍受着这个过程中产生的剧痛，挥动手中的剑。

四郎不明白。

齐格应该有战斗的理由吧，四郎也知道齐格为什么要与自己拔剑相向。

但是，齐格没必要做到这种程度。没有什么东西支撑着他这样超越界限，持续战斗。更何况，"黑"之骑兵还活着。他只要坚持打防御战，就能得到胜利——

"啊啊啊啊啊啊啊啊啊啊啊啊啊啊啊啊啊啊啊啊啊啊啊啊啊啊啊啊啊！"

四郎看着齐格发出充满怒气的咆哮，再次挥剑。在这个瞬间，四郎明白了对方力量的来源。

那正是四郎舍弃掉的愤怒——

立场、愿望、思想，这些都无所谓。就连胜利与败北都无所谓。只是憎恨——齐格对天草四郎时贞的存在有难以忍受的憎恨。这是多么罪孽深重、庸俗的思想。但是，即便如此——还是无法忍受。因为无法忍受，齐格才会在这里，在这里挥剑，在这里战斗！

伴随着毫无根据的吼叫，齐格再次挥剑。

受伤带来的痛楚没有让齐格感到恐惧，而是转化成了愤怒，促使他持续不成章法的攻击。只要继续拖延时间，"红"之暗匿者就会先坚持不住而败退。即便如此，齐格的攻击也没有转为守势。他的攻击里充满杀意，那正是原始的愤怒，是喜爱之人被杀带来的哀号。

而这种感情，正是天草四郎时贞为了拯救人类而拼死拒绝的感情。

"居然用这种感情（愤怒）——来对抗我吗？"

天草四郎也和齐格一样，变得无法原谅对手。不过，四郎不是凭借愤怒，而是凭借使命感对抗齐格的。

不能输。不是因为已经走到这一步了，而是因为走到这一步才能看懂一些东西。

完全的存在（人造生命体）想成为不完全的人。

不完全的东西（人类）却以完全的存在为目标。

齐格想，不能原谅。天草四郎时贞想，不能原谅。

"只有你，我绝对不能输！"

人造生命体得到了纯粹的愤怒，人类则放弃了那份愤怒。两人齐声否定对方的存在。因为得到感情带来的冲动与因为舍弃感情才能下定的决心，两者此刻正剧烈冲突。

一声锐响——已经失去的右腕却出现幻肢痛，让四郎不禁发出了嘶叫。

尽管四郎和齐格一样浑身浴血，但四郎还是尽量避免受致命伤。

怎么能输。

都已经……都已经走到这一步，终于能看到不同的未来了。

十七年加上六十年的人生，四郎为人类的未来倾注了一切，一定要坚守住。

"啊啊啊啊啊啊啊啊啊啊啊啊！"

四郎在吼叫。

怎么能输，怎么能输，怎么能输！

齐格的预判开始渐渐跟不上四郎的出剑速度了。

齐格飞的经验在警告齐格，再这样下去就会死。更何况，还有另外一件需要担忧的事情。

综合这些信息，齐格经过理性的思考后，得出结论——

自己可能会死。但仅凭追上四郎速度这一点，也无法获胜。

第一招，将横扫攻击弹开。四郎眯起眼睛，察觉到齐格接下来的攻击。

第二招，刺击被挡开。一瞬间，阿斯托尔福的剑断了。

第三招，四郎没有去攻击齐格的脖子，而是选择直劈心脏……既然齐格有弗兰肯斯坦的宝具，砍断脖子也不能放心了。不破坏心脏，齐格就不会停下。

死神之刃挥下。

目标是心脏。厚重的刀身砍进齐格的右肩，轻易斩断锁骨，割开肌肉组织与神经，即将抵达心脏。

正如四郎的预期，齐格的心脏被切成两半——他确信自己能得到胜利了。

"什么？"

紧接着，这确信就被颠覆。

心脏没有被切成两半。第二招之后，齐格把聚集的所有魔力都用于心脏的防御。他希望能成功，也选择了这么做。

他有武器。

齐格还有唯一剩下的武器。他抓住了四郎的脖子和左手。

来吧，天草四郎时贞，一起坠落到地狱深渊吧。

启动宝具，储存在心脏里的魔力解放最终机能。

宝具"磔刑之雷树"会不分敌我进行攻击——很奇妙，和裁定者同样是自爆宝具。

"你！"

四郎想退开，但是被齐格用尽全身的力量压制，无法移动。

即使在庭园内部，魔力依旧卷起了雷云，吹起了暴风。齐格笑了，和"黑"之狂战士临终前对"红"之剑士露出轻蔑的笑容一样。可是，齐格的眼中却透着坚定的意志。

"我，不会，让你，躲开。"

心脏奏起凯歌。歌声唤起雷鸣。就在这个瞬间——

"弗兰肯……斯坦……"

四郎确实看到了曾经面对的少女。黄金之剑出现，被投下。那是能孕育出奇迹的能量，是人类恐惧、憧憬，最终获得的神之武器。

四郎明白自己无法避开，只能接受。接受并不代表四郎肯认输，他决定要拼死撑下来。

齐格根本没想躲，他认为只要能打倒四郎，自己死了也没关系。

落下的裁决之雷不偏不倚，穿透了齐格和四郎两个人。

凄惨的声音让考列斯反射性地堵住耳朵。那就像神明的愤怒，也像是齐格的咆哮。

在所有人的沉默之中，"黑"之骑兵在惨叫。

"御主！御主，御主，振作啊！齐格！起来啊，混蛋！"

齐格动了。他放开了四郎的脖子和手臂，把四郎扔了出去。四郎的刀还留在他的肩膀上——不过，他思绪模糊地做出判断，如果就这么放着不管，恐怕这把刀也会愈合进伤口的吧。

齐格皱着眉，硬是拔出了刀。他还活着，与其说是奇迹，更像是一种必然。弗兰肯斯坦——"黑"之狂战士才能用全力使出"磔刑之雷树"，而刚才的那一击，最多不过模仿那个技能而已。

毫无疑问，齐格继承了弗兰肯斯坦的"某种东西"，但是绝对不是她本人。因为不够完整，所以齐格活了下来。

不过，即便只是这种水平的技能，也足够打倒浑身是伤的天草四郎时贞了。

束缚着"黑"之骑兵的锁链一瞬间就消失了。骑兵慌忙跑向御主喊道："御主，御主！喂，你还活着吧？因为我还活着啊，你也活着吧？"

"黑"之骑兵一边哭得稀里哗啦的，一边抱起了齐格。心脏，心脏在跳动，也有微弱的呼吸。而且他睁开了眼睛，还有生气。

"我还算……是活着的。"

身体的高热退去。不过，齐格很清楚。这就像一种波动，体温现在下降了，但是过不了多久又会迎来高峰。

"黑"之骑兵哭喊道："太好了，太好了。"

齐格安慰了骑兵，又跑到蕾缇希娅的身边。

"别担心。虽然她失去了意识，但是没有外伤。"

考列斯大概检查过了。正如他所说，蕾缇希娅只是睡着了，伤势好像都由贞德的外壳承受了。

确认完这一点，齐格该做的事就都做完了，除了最后一项残留的职责。

"骑兵，我有件事拜托你……"

突然而来的震动让所有人都抬头向上看。沙粒和石头的碎片就像下雨一样落下。

"'红'之暗匿者——"

她消失了。她和她的御主四郎，一起从这个地下空间里消失了。还有"红"之术士也是。

考列斯不安地嘀咕着："还会有什么事吗？"

齐格否定了这个可能："不。什么也没有了。正是因为没有了，他们才没必要留下来了吧。"

大圣杯在嗡鸣。

即便已经有八成的部分受损了，它还是准备开始拯救人类了。它会找出灵脉，吸收魔力，用"天之杯"让人类永生不死吧。

大圣杯早已不是万能的许愿机，现在是为了单独的目的运行的人类拯救机。

"红"之暗匿者和她的御主四郎，正是因为清楚这一点，才离开了这里吧。

∞ ∞ ∞

这是致命伤啊——"红"之暗匿者确认了一下四郎的伤势。

就像暗匿者作为心脏的灵核遭到破坏一样，四郎的心脏也被雷击穿了。从伤势的严重程度上来说，暗匿者觉得还是自己的伤比较重。

他们没有输。至少天草四郎时贞的目的已经达到了。虽然他无法在那样的世界成为唯一的帝王了，但也许这个野心从一开始就没有存在过。

第三魔法，能实现真正的永生不死。那么，说不定无论有没有一个统治他们的帝王，对事情都没有什么影响——

如果真是如此，那四郎其实欺骗了塞弥拉弥斯。

"红"之暗匿者想，这实在是难以饶恕的罪行，把他大卸八块也难消愤怒。然而，暗匿者现在所做的却是过去为了开四郎玩笑而设计的恶作剧。

"暗、暗匿……者？"

四郎缓缓睁开了眼睛，就像从深深的睡眠中醒来一样。

"醒了吗？说不定还是继续沉睡比较好吧。说实话，你要死了。"

"红"之暗匿者笑着碰了碰四郎胸口残留的黑色焦痕。

"不疼。"

"因为我用了麻痹痛觉神经的毒。你原本会因气闷，痛苦挣扎而死去吧。"

"这里是——"

"是庭园的外侧。距离坠落，还有一点时间。"

回过神来才发现，天空已经渐渐亮了起来。这是人类的黎明，四郎轻声说道。之后，世界会发生变革。已经启动的大圣杯会给人类带来真正的永生不死，永久的和平将会来临——

接着，四郎突然满怀歉意地问自己的从者："你不生气吗？"

"因为你输了吗？还是因为你骗了我？"

"两种都有。"

四郎这种毫不犹豫坦白的行为，让暗匿者莫名觉得有些好笑。原来如此，这个男人好像从一开始就没打算真的让自己成为女帝。

"是啊。生气也对。我就该应用世界上最强烈的毒，用那种痛苦剥夺你的人性。"

啊，可是……反正也要结束了。

"不过，我累了，甚至可以对被骗的事一笑置之了……而且，我也输了，没资格对你说三道四。"

"红"之暗匿者越发觉得遗憾。那个时候，如果她能稍微转变一下想法，说不定就不会输了。

"虽然我的愿望没能实现，但你的愿望好像实现了呀。"

"是啊……我想看看那个世界，人类得到救赎的世界。"

与说出来的话不同的是，四郎笑得很爽朗。他的目的已经达到，所以满足了。

这让"红"之暗匿者有些懊恼。

"我和你，谁会先死呢？"

四郎碰了碰"红"之暗匿者的伤口。外表倒是修复到了至少看得过去的样子，但也仅此而已。四郎也很清楚，她内里早就崩塌了。

"好像不会有太大的差别。说起来，我怎么又躺在你腿上了？"

四郎有些为难地笑了。"红"之暗匿者仿佛不知道他在说什么，只回答："别放在心上，这是你的光荣。"

四郎可能是意识到暗匿者不打算停止这种行为，也只能叹口气随便她了。两个人身上都不是很疼，但这只是因为毒药让感觉变得迟钝了而已。

崩塌的声音听起来很遥远，就像发生在另外的地方。

剩下的就是闭上眼睛，等待坠落的那一刻。不过，这是难得的休息时间。"红"之暗匿者觉得用来睡觉有点太浪费了。如果四郎也能这么想就好了，她想到这里，开口问道："我可以问一个问题吗？"

"是什么？"

"红"之暗匿者犹犹豫豫地开了口。她觉得自己连看都不敢看对方，有点过于窝囊了。

"成功之后，你原本打算怎么处置我呢？"

让暗匿者成为统治世界的女帝——这个承诺只是骗局，很快就会败露，那四郎是不是打算在败露之前就杀死她呢？

"红"之暗匿者有点害怕会听到这个答案。

"啊……如果直接跟你道歉，你会原谅我的吧。"

结果这个少年却说出了非常随意的答案。

"红"之暗匿者吃惊地问："你觉得我会接受吗？"

"如果我怎么解释你都不愿意接受，也就没办法了吧。事实就是我骗了你。所以，如果你不愿意接受……"

被你杀死，或者被你做成傀儡，都没关系——这就是四郎·言峰的回答。

"原来如此，你一开始就是那么打算的吗？"

"红"之暗匿者露出冷淡的笑容，碰了碰他的脸。对不起，真的非常对不起，四郎在道歉。

"抱歉。不过，要做到这一步，你的力量是不可或缺的。"

"谁让我是从者呢，没办法。"

"你真是宽宏大量。"

"现在说什么都没用了。而且，你已经受到惩罚了。"

"惩罚？"四郎不可思议地歪了歪头。

"红"之暗匿者扑哧一声笑出来，告诉他："你看不到未来了。这个惩罚还不够充分吗？"

听她这么说，四郎有些难过地点点头："啊。是啊。确实是残酷的惩罚。"

他说的确实是事实。对于把整个人生都奉献给拯救人类的四郎来说，看不到结果，就像被处以极刑一样残酷吧。

他这么做不是为了名声，也不是为了得到赞赏。他只是想看到明天。

正是因为了解那些苦恼和烦闷，"红"之暗匿者温柔地抚摸着四郎的脸。

"哼，难得有这个机会，就给你个奖励吧。"

"奖励？"

四郎好像没听过这个词一样，疑惑地歪着头。可能是因为他一生中，从来没有过以获得报酬为目的的情况吧。

因为把一切都奉献给陌生人，故而高洁。

因为对所有堕落视而不见，故而迟钝。

但是，已经没有这个必要了。只有塞弥拉弥斯知道这个男人不断奔走的一生。那么，如果她不给这个男人报酬，谁又会给他呢？

"没这个必要。"

"接受吧。反正我现在也拿不出什么好东西了。"

"红"之暗匿者不容拒绝地贴上了四郎的嘴唇。

触碰只在一瞬间。

"红"之暗匿者看着茫然的四郎，呵呵地笑了。

"这就是报酬？"

"如果你敢不满，我就给你喝毒药。"

听到女帝别扭的威胁，四郎也笑了。

"不，这报酬足够了。谢谢你，塞弥拉弥斯。能遇到你，太好了。"

四郎闭上了眼睛。

"红"之暗匿者明白，他死了。

塞弥拉弥斯曾经爱过一个男人，是个干枯的老者。老者对塞弥拉弥斯没有任何强求，只要塞弥拉弥斯能陪着他直到最后一刻就好。就连为了魅惑男人学会的舞蹈和歌唱，老者也笑着告诉她，只要在自己喜欢的时候唱跳就好。

那是很安稳的爱吧。

下一个出现在塞弥拉弥斯生命里的，是因为爱她而把她抢走的男人。那个男人以让她屈服为乐，她越是因为懊悔扭曲他就越是开心大笑。

那也是热情的爱吧。

虽然塞弥拉弥斯不曾后悔杀死了那个男人，但是曾经被爱这件事是不会改变的。

如今眼前这个男人却什么都不要，只要力量。他说为了拯救人类，需要塞弥拉弥斯的力量。

事到如今她突然发现，女帝最讨厌的，其实是她自己。因此，她也会讨厌追求自己和信奉自己的男人。所以,当对方只是单纯需要她的力量的时候,她是高兴的。

"啊,可是,为什么每次都是我送走别人呢?"

不想失去女人的老人,自己盼望着死亡。

想要夺走女人的男人,即便因为毒药变得意识模糊,也仍然渴求着她。

最后,女人自己追求的男人,却踏上了旅途,一次都没有回头。

虽然她到最后都没能理解四郎追求的东西有什么价值,但是只要四郎自己满意就好。

"真是遗憾啊。"

遗憾。

自己死在这里,让他死在这里,真是遗憾啊。

然而,带着遗憾永眠是人的命运。至少,天草四郎时贞并不遗憾,他只是带着希望踏上了旅程。

暗匿者茫然地看着淡紫色的天空,觉得这样也不错,便笑着消失了。

∞ ∞ ∞

"我们跑吧。再磨蹭下去,就要大脑朝下跌落七千五百米了。"

听"黑"之骑兵这么说,考列斯毫不犹豫地点点头同意。"黑"之骑兵随即把蕾缇希娅抱了起来。

"御主,快点……"

骑兵的话只说了一半,因为他有种非常、非常不好的预感。只见齐格站在嗡鸣的大圣杯面前,背对着骑兵他们。

"御主?"

齐格回过头,若无其事地回道:"你先去吧,骑兵。我看看怎么处理大圣杯。"

短暂的沉默之后,骑兵发出了惨叫:"啊、啊?什么怎么处理啊?不可能的!不可能,不可能!我们阻止不了,它已经在为实现愿望运行了！虽然不甘心——虽然不甘心，但是他们赢了！不过，我们活下来了！这也可以了吧？"

齐格沉默着摇摇头。

"我确实阻止不了大圣杯。这个大圣杯的性质已经变了，无论是什么样的魔术师，都无法阻止了。"

闪闪发光的大圣杯，变成了持续令第三魔法具象化的奇迹产物。

它会对全人类降下甘霖，从肉体中解放灵魂。或迟或早，都会是这个结果吧。

"不过，总能做点什么。"

"你要，破坏吗？"

听考列斯这么问，齐格摇摇头。

"我要把它运到没有人的地方，没有人的世界去。破坏是不可能的，我也不想破坏。早晚会有人来找回它吧。到了那个时候，这个东西——一定会变成不必要的东西了。"

"那御主你想带去哪里啊？"

哪里也没有那样的地方啊。

没有人的世界根本就不存在。那不等于是白日做梦吗？骑兵说道。

"遥远的另一边，这个世界的'内侧'。"

这原本是已知的知识。这个世界还存在"内侧"，一个居住着幻兽的地方。

原本栖息在这个世界的幻兽，都去那边生活了。因此，这个世界基本上没有任何幻兽——

第三魔法虽然是给人类的福音，但对于幻兽来说却并非如此。那里是与这个世界隔绝的异世界，人类就不会因为第三魔法变成不死之身了。

——世界不会改变。人类也不会改变。就这样继续挣扎求存。

"等等……等等、等等、等等！御主，别说傻话！你要怎么送，你要怎么去那边啊！那怎么可能啊！"

"黑"之骑兵因为焦躁，不停地喊叫。

既然已经找到了答案，剩下的只是应该怎么做，必须得有个方法。根本不可能有那样的方法，骑兵一边想一边喊。

"可能……就是为了这个吧。"

齐格眯起眼睛，肯定地点点头。

他按着没了令咒的右手。黑色的痕迹在发疼，就好像吵着让他支付变身成"黑"之剑士时消耗的大量能量一样。

令咒里封印的，是能束缚从者的庞大魔力。令咒一瞬间就可以消耗那些魔力。这样一来，通过那些魔力，齐格可以变成"黑"之剑士。但是，很难说变成"黑"之剑士是正确的使用方法。这是隐藏的技能，同时也是违反规则的技能。

令咒消耗的魔力实在过于庞大。每次使用，驱使的魔力都会污染身体。只有齐格飞才能承受的龙之血——

现在，齐格终于明白了。

他身上那些不是黑色的痕迹。覆盖在自己身体上的，毫无疑问是黑色的"龙鳞"。他一直在借用沐浴过龙血,还喝过龙血的齐格飞的力量，大概是终于到了要还债的时候。

按齐格推测，再这样下去，他全身会长出龙鳞，变成一个糟糕的生物。肉体如果无法承受增幅的龙血就会死吧。

——总之，在他选择变身的时候，道路就已经被决定好了。

但是，即便是这样的结局，也还有一个规避的方法。

那是经过五次变身后，作为齐格飞铭刻在脑海中的记忆。首先这个空间里残留着大量的魔力，而齐格自身——多多少少有些损坏，却是还能使用的第二类永动机。最重要的是，被留下的大圣杯。在它完成第三魔法之前，抓紧时间——说不定能实现一个小小的，真的很渺小的愿望。

材料和条件都已经齐备了。他要用自己积累的命运，去打破不可能的领域，实现几乎等同于魔法的难事。

身边的人们，也许没有一个会愿意看到这样的结局。即便已经到了这个地步，说不定也有人不愿意屈服于命运。

但是现在，齐格却这样盼望。

正是因为没有人这样希望，正是因为接受了那样的意愿——

"别、别、别、别说傻话，笨蛋！"

"是啊。嗯，我大概真的是笨蛋吧。"

可能就这样也不错。

真正的永生不死，是幸福的。谁也不会受伤。反过来，如果他真的抹消了大圣杯，这个让人受伤、将人打倒的世界又会继续吧。

即便如此，齐格还是觉得永生不死的世界并不好。

有人希望能停止争斗，挣扎求存。

有人希望能维护和平，继续前进。

如今的大圣杯却认为这些都是没有价值的。因为人类太无能，愚钝得不可救药，以后的事就交给圣杯吧。

就是这个意思。

那些早晚会站起来的婴儿，都有圣杯护着，即便不站起来也没关系。努力完全失去了意义。

齐格想，那样——虽然会很幸福，但是也很可悲吧。而此时此刻，只有齐格意识到世界会变成什么样子，所以他也有了阻止这件事发生的理由。

"不行、不行、不行！我不允许，不同意，绝对不行！"

"黑"之骑兵又哭又叫，眼睛里不停地流着泪。虽然骑兵的理性蒸发了，但是这种时候他脑子还是好用的。

"……"

"不行啊，不行啊。因为那样的话，你不就——"

齐格正因为很清楚"黑"之骑兵要表达的意思，才坚决地拒绝了他。

运走大圣杯。也就意味着，他不再是人了。

"我！我们！都想让你幸福！只要你过着平常的生活，那就好了！"

"黑"之骑兵在呜咽，在痛哭。

他的这一切全是为了齐格。这让齐格有点高兴。

"是啊。所以裁定者才希望我能远离战斗吧。"

她曾经那么多次确认他的想法。

她曾经说过他是自由的。

即便违逆了启示,她还是不停告诉他一些重要的事。

"那这也是命运吗?怎、怎么能有这么残酷的结局呢!"

骑兵无法忍受地喊叫着。看到骑兵拼命挽留自己,齐格高兴得几乎要哭出来。骑兵流着泪,说着真心话,高声喊着希望齐格不要死。

这样的从者,这样的朋友,这个世界上又能有多少呢?

齐格认识的人很少。但是,他有值得骄傲的朋友。齐格很想挺胸抬头地大声喊出来,那就是自己的从者。

"这不残酷,而且我也不会死。"

"那岂不是比死更辛苦吗!我明白!我明白的!我多多少少还是明白的!"

那等于是背负了人类罪孽的赎罪之旅。

如果齐格不靠夺取的力量,到底要多久才能抵达那里呢?

至少,那绝对是漫长到可以称之为永远的时间。

"喂,骑兵。放弃吧。你的御主,已经下定了决心。"

考列斯拍了拍骑兵的肩膀。啰唆,骑兵喊着。

"为什么……为了什么要那么做啊……"

虚弱的语言。

为什么要为了陌生人,为了没见过的世界,做出这么多的牺牲。

"骑兵,我相信你。"

"啊?"

"骑兵相信人类,我也选择相信他们。裁定者——贞德曾相信的人类,我也想去相信他们。这就是答案,这就是一切。"

骑兵曾经说过。

"如果我插手了,说不定就有什么东西会发生变化。"

没错。齐格想扯上关系。

无论是以什么形式,他都想与人类这个物种扯上关系。从现状来看,真正的永生不死会让人类停滞不前,那就必须要将其清除。

这就是齐格与人类扯上关系的方法,也是他的希望。

即便钝重,即便彷徨,人类总体还是在持续前进的。那么——

人们总有一天会抵达梦幻的远方,无限的天空。人类一边重复着不可避免的失败与挫折,一边前进,沿着阶梯向上。

"我只是先去大家都会去的地方等着而已。"

骑兵哭得满脸泪痕,狠狠点了点头。

震动变得更加剧烈了。考列斯也急得喊出了声。骑兵一召唤出骏鹰,就紧紧抱了上去。

"没办法了,就特别让你也坐上来吧。"

"啊,嗯。我非常谢谢你,所以动作快点吧。"

听了骑兵的话,考列斯慌忙跳上来。骑兵催促了骏鹰一下,然后回过头——喊道:"御主!加油!"

这个人类理所当然的鼓励,让齐格笑了出来。他也喊道:"啊!你也加油啊!"

骑兵几人骑上了骏鹰。骏鹰发出一声嘶鸣,骑兵一直看着齐格的方向,依依不舍地飞走了。

"很好。"

齐格看看大圣杯。这个实现第三魔法的装置闪闪发光。

老实说,他现在有点害怕。他害怕的不是死亡,而是自己的结局。即便如此,齐格还是做出了这样的选择。

"我要为已经用完的五个令咒付出代价。"

没有痛感。

但是,体内好像有什么东西崩塌了——并且范围在不断扩大。

起点不用说,当然是心脏。就像刚才的战斗一样,魔术回路在加速。他在记忆中探索,想起了曾经在梦里几次拜访的龙的洞窟。遗传信息已经到手,重要的只有能力。没有必要连内在都构架起来。

齐格想到了"黑"之剑士。那个男人想做正义伙伴，却总是为了不太一样的某种东西而挥剑。

齐格想起了"黑"之骑兵。骑兵救了自己，还陪在自己身边直到最后，是最棒的搭档。他鉴于自己现在的状态，愉快地做出推测，说不定骑兵还能成为这场圣杯大战中真正的胜利者。

齐格想起了并肩作战的从者们，还有曾经敌对的从者们。

那些英雄有善有恶，为了自己的信念而战——齐格学到的东西太多了。

齐格想起了魔术师。

他们追求根源，并为此消耗自己和其他人的人生，结果得到无望而终的绝望。可能是很愚蠢吧。齐格可能一辈子都无法理解。但是，这种愚蠢有时也会变得值得尊敬。

齐格想起了天草四郎时贞。

齐格想着的这个人，即便面对绝望，还是一直希望能拯救人类。明明一切都是正确的，却有什么东西，只有那么一点点不对……此刻，就在这个瞬间，齐格仍然迷茫。

虽然茫然，齐格还是选择要这么做。

最后，齐格想起了裁定者。那个时候，裁定者没能打倒对手，她是带着怎样懊恼的心情消失的呢？

如果齐格牺牲了也没打倒天草四郎时贞……还是说她早就察觉到，事情会发展成现在这样呢？从某处传来的启示，通往未来的道路……齐格无力地想，真是仿佛诅咒一样啊。

然而即便这样，裁定者还是给予希望，怀抱希望。齐格想，那么我也相信吧。最初感觉到的恐惧已经淡薄，只有兴奋的感觉。

"嗯。这就是我的愿望。"

每个人生于世上，都希望能达成自己的愿望，但是真的做到的人很少。这不是自我牺牲也不是别的什么，是自己想做才去做的。所以，齐格很高兴。

那就向着遥远的地方飞翔吧。

∞ ∞ ∞

"等……等一下。这很危险,绝对很危险!"

考列斯会这么惨叫也是无可厚非。三个人乘坐的骏鹰正在摇摇晃晃地飘浮。仔细看,它翅膀上到处都是伤,可以看得出之前已经使出了超过极限的力量。

"你可要抓紧了!不好意思,万一掉了可就没救了!"

"黑"之骑兵喊道。崩塌的天花板,掉落的瓦砾,他们现在就是在拼尽力量躲避这些。

他们全速穿过走廊,从裂开的天花板下面飞过。

拍拍骏鹰的头,它还会高声嘶鸣给予回应。虽然骑兵不想回头,但是他还是一次又一次转头去看"他"所在的方向。

留恋、疑问与其他混乱的情感交织在一起。即便如此,骑兵抱在怀里的少女的体温也是真实的。

骑兵担心瓦砾可能会砸到蕾缇希娅,倾身挡在少女上方。骑兵不知不觉地屏住呼吸,只考虑怎么做才能逃出这个庭园。虽然要窒息了,感觉就像身处水中——但是他们的前方,有微弱的光。

轰呜——呜——呜——

崩塌的声音仿佛是巨人在痛哭。此时在哭的,是意识到什么也没有成功的庭园还是圣杯呢?

骑兵舍弃愚蠢的感伤,祈祷蕾缇希娅不要受伤——只是祈祷。

受伤的骏鹰用头撞破了天花板,他们终于离开了庭园。"黑"之骑兵想着再看一次,回头望向庭园。

然后他就看到了。

∞ ∞ ∞

即便崩塌的声音越来越近,"红"之术士仍然哼着歌奋笔疾书。

"仿佛获胜了，又仿佛是失败了。虽然不是完美结局，但也很难说这是不好的结局。这是多么不上不下的结局啊。这也是没办法吧。简直就是'我们的生活是吉凶交织而成的网'啊。"

砰，天地都在震动。掉下来的书砸中了莎士比亚的头。

然而无论是掉落的书也好，还是毁坏的书架也好，"红"之术士都毫不关心。

"红"之术士喜欢写作，也习惯把自己的作品写完。事实上，能否获得赞赏无关紧要。重要的是，自己有没有把有趣的故事写得有趣，那才是一切。

他相信。

相信人的梦想、人的野心、人的愤怒。

这个世界上有趣好笑的事无穷无尽，即便真的枯竭了，只要自己还能提供就没问题。

这次的故事，也非常有趣好笑。每个人都死一样疯狂地生存，死一样疯狂地思考。无论是悲剧还是喜剧，或者是除此之外的什么，只是把这些故事记录下来，就足以让术士感到幸福。

"无论是英灵、人类、魔术师，甚至是人造生命体，材料都是一样的。'人生如梦'——天草四郎时贞的梦、塞弥拉弥斯的梦、贞德的梦、人造生命体的梦，如果不能把这些强烈又虚无的梦悉数记录下来，还算什么作家！"

崩塌很快就要来了。

即便如此，"红"之术士仍然没有停下写作。即便半个身体都要消失了也不在乎。先从脚开始消失算是很幸运了吧。毕竟——只要还有两只手，他就还能写稿。

"哎呀。"

外墙崩塌，一阵强风吹来。"红"之术士仍然无所畏惧继续写稿，忽然注意到外面有个黑色的影子——

∽∽∽

蕾缇希娅被剥掉贞德的外壳之后，原本应该被传送到她希望的地方。想回出生的故乡也好，想回出发点的学校也好，可以自由选择。

但是，蕾缇希娅希望能留下。无论这样做有多么危险，她还是选择要继续旁观这场战斗直到最后。

——这就是恋爱吧，圣女曾经说过。

——这不是恋爱，她想。

这个想法有点天真，但是蕾缇希娅不想让第一次产生的感情就这么不了了之。她会留下来，就是因为这样无聊的想法。蕾缇希娅认为这么做是对的。

"蕾缇希娅！你看，你快看啊！"

蕾缇希娅被人叫醒。她对自己现在身在高空并不惊讶。

但是，被叫醒睁开眼睛之后，她看到的是——

"啊啊。"

有一条龙。

蕾缇希娅莫名其妙地流出了眼泪。

巨大的龙有一双黑色的翅膀，嘴里紧紧地咬着大圣杯。

它沐浴着黎明淡紫色的光，准备飞离这个世界。

它踏上了旅程。

前往某个不知道在哪里的世界。到一个谁也没见过的世界去。为了让这个世界能维持原状，龙抱着对人类世界的希望，展翅高飞。

——根据传说。

法夫纳原本是人。因为不想和兄弟平分到手的黄金，他们丑恶地互相厮杀。法夫纳获得胜利之后，选择了不再做人的道路。

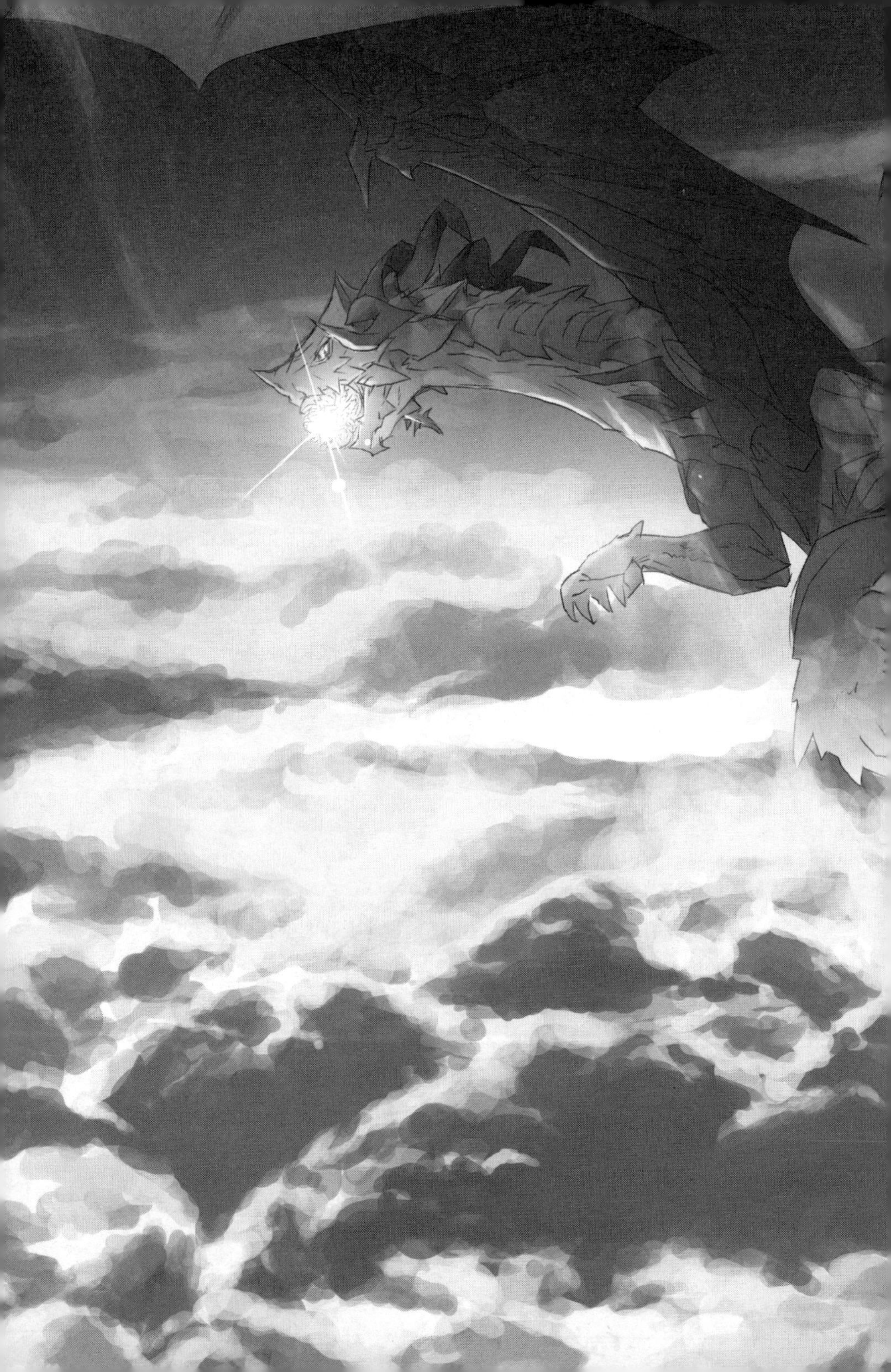

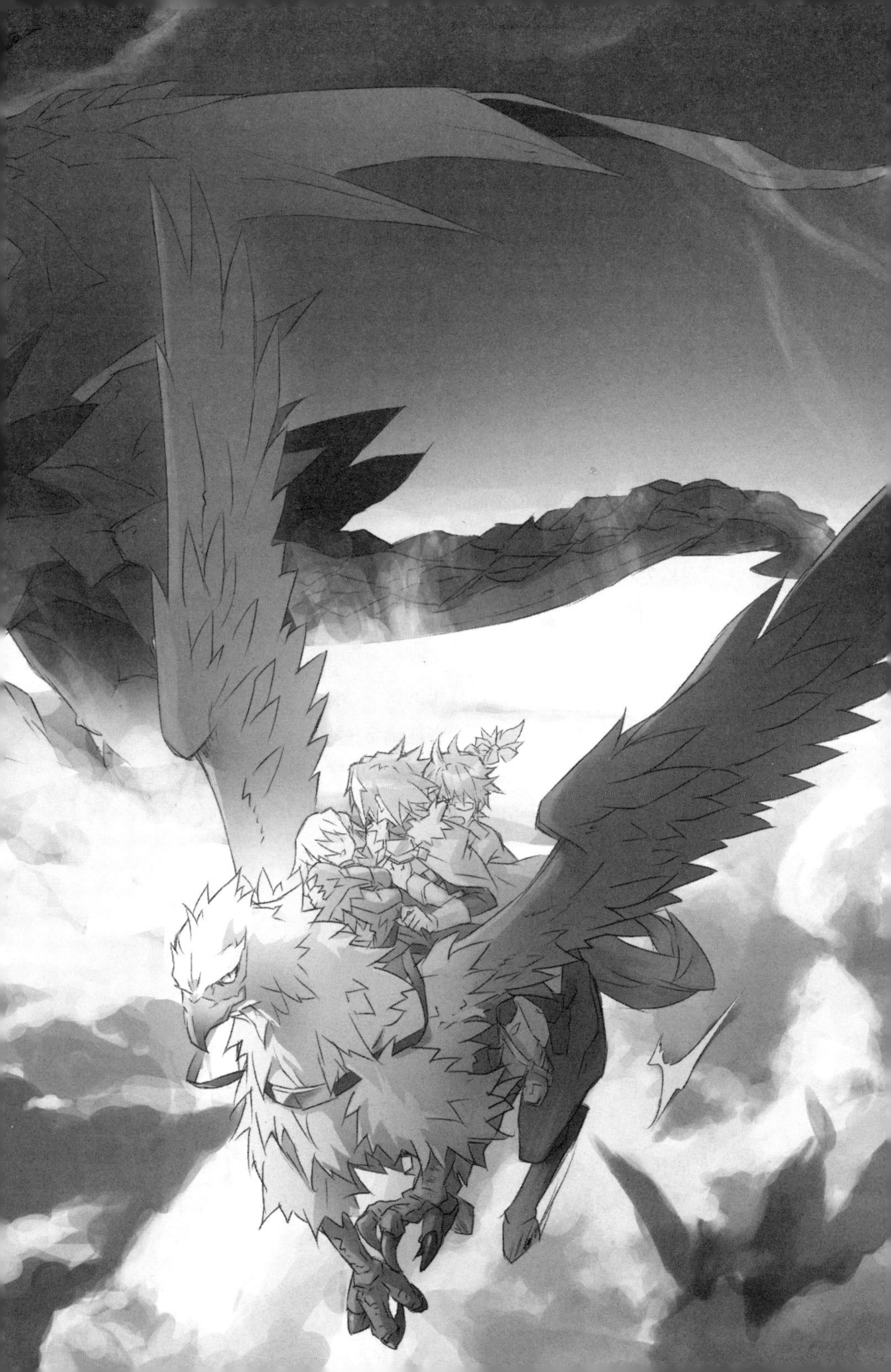

那么，眼前这条龙也免不了受到邪恶的诽谤。因为它怀抱着人类世界的希望，正要离开这个世界。

然而，龙的眼睛里没有阴影也没有邪念。它张开双翼，骄傲地飞向高空。

"黑"之骑兵明白了。令咒所说的"死"——根本就等于是作为人类这一种族的死亡。

幻想之兽——它还有一颗人心，外貌却变成了邪恶的龙（法夫纳）。

它要去的地方是世界的内侧，遥远的地方——

"你真的要去啦，真了不起。"

"黑"之骑兵称赞道。

"齐格先生会怎么样呢？"

"没问题。他只是要去很远的地方，他还活着这一点是不会改变的。"

"是吗……"

"黑"之骑兵温柔地问自己怀里的蕾缇希娅："可以了吗？"

"嗯。和圣女分开之后，我现在能确定了。"

蕾缇希娅憧憬过，憧憬他那份淡薄却不会屈服的意志。对于像自己这样连未来方向都没确定的人来说，迷茫却持续前进的他，是非常耀眼的。

——恋上他的不是我。

——恋慕之情属于她。

——关爱他们的是我。

——敬重的人不是她。

"那两个人，还能再见面吗？"

"能的。因为他们都想见面啊。"

圣女回归了英灵座。

龙前往了世界的内侧。

虽然两个人相隔遥远，但"黑"之骑兵却一点都不怀疑自己刚才说的话。其中一个人是不可救药的老顽固，而另一个是历时千年仍能继续等待的慢性子。

所以，他们会见面的。

龙巨大的身影眼看着越来越远。"黑"之骑兵和蕾缇希娅都盯着它的背影不放。虽然眼前看到的是魔法一样的奇迹，他们两个却只是在感叹这份抉择的高尚。

对于作家来说，有一个词，在让他们深恶痛绝的同时，也让他们爱不释手。

有时候，作家根本无法达到那个地方。有时候，作家会伴随着充满苦涩的决断写下这个词。

"红"之术士紧紧攥着稿纸，一边抵抗猛烈的风压，一边奋笔疾书。他早就知道龙会出现。

只要是或多或少知道莎士比亚名字的人，恐怕都愿意付出全部财产换取他的原稿吧，这些原稿现在却一张接着一张地被吹向远方。

这是四郎·言峰的故事，也是贞德的故事——而最重要的，这也是一个名为齐格的人造生命体的故事。

如果说人早晚都会以天空为目标，那么即便是人类的仿品（人造生命体），也是可能变成龙的。

这是多么了不起的事实。然后，术士写下了最后一个词——自己的署名。他嘴角浮现出小孩子一样志得意满的笑容，高声喊道："哈哈哈哈哈！写完了！这样就写完了！完结了，完结了！啊，但是——吾辈也想演主角啊！"

在最后的最后，"红"之术士说出了这句真心话。

他对自己只是旁观者这件事感到少许遗憾，就此消失了。

远行，远行。

龙夺走了人类的梦，踏上旅程。

这是多么邪恶的行为啊。

但是，对龙来说已经无所谓了，因为他是邪恶的龙（法夫纳）。成为人类的敌人，正是他存在的理由。

你放下，有人在喊。

你来啊，龙回答。

龇牙露出不屑的笑容，你一个人去吧。

战斗吧。用拳头，用剑，用枪，用兵器，用语言，与自己战斗。

与憎恶战斗，与悲哀战斗，与绝望战斗——然后他得到了与龙战斗的权利，高喊着让龙交出自己的宝藏。

随着时间的流逝，宝藏的价值在下降。当人类掌握能真正永生不死的魔法时，这东西早就变得毫无价值了吧。

那样也好。

他相信，早晚有一天，这份邪恶也会变成没有任何意义的东西。

龙张开双翼，翱翔天际。

——就这样。

就在身影即将消失不见的时候，龙确实转头看向了"黑"之骑兵驾驭的骏鹰所在的方向。龙看着他们两个，轻轻点点头，猛地一扇翅膀，不见了。

尾声

亨利·科安德国际机场

蕾缇希娅回国时所需要的各种手续，都是考列斯负起全部责任帮忙办理的。少女当时是以贞德的身份到来的，现在又要作为蕾缇希娅踏上回到法国的旅程。

她在柜台办好了直飞巴黎的手续，对来送行的"黑"之骑兵说："所有事情都很感谢。请帮我跟考列斯先生道谢。"

"啊，没关系没关系。因为你根本就是无辜被卷进来的啊。"

虽然圣杯大战已经结束了，"黑"之骑兵仍然保持着现界的状态。他和齐格之间的因果线还没有被切断，考列斯还提出过"你到底什么时候才回去"这样禁忌的问题。

当然啦，他本人也不知道。看起来，好像即便去了世界的内侧，和御主的因果线还是连接在一起的。"黑"之骑兵对此感到高兴。

蕾缇希娅有点垂头丧气。

"怎么了？"

"没事。就是觉得世界上有各种各样的人啊。我越来越有这种感觉了。大家都很了不起——"

只是想一想，都会产生一种仿佛要被压倒的劣等感。

战士们为了某个目的赌上性命而战。

那种拼命的程度，可不是用努力这样的词语就能形容的。

"你在说什么啊。你也很了不起啊？"

"了不起的不是我，而是圣女大人——"

"不不不。圣女大人是很了不起，但是你也很了不起。如果你不把身体借给她，这个故事根本就不会开始了。"

无论如何，都应该会害怕，又或者无法彻底相信。

但蕾缇希娅还是相信了圣女的话，投身于这个战场。

"对了，很好玩吧？"

骑兵呵呵一笑，在蕾缇希娅耳边问道。蕾缇希娅满脸通红地抗议："谁、谁会有那种遭报应又轻浮的想法啊！"

"这个嘛，倒也是。不过，齐格还活着。你也还活着。就算稍微想了一些遭报应的事也没关系吧？"

"这可……算了。"

蕾缇希娅转开了视线。"黑"之骑兵目不转睛地盯着她看，脸上仍然带着坏坏的笑。

转头看向一边的蕾缇希娅，好像认输了一样，微微点头承认。

她刚点了一头——"黑"之骑兵就说着太好了，紧紧地抱住了她。

"骑兵先生？"

"谢谢你。多亏了你。"

骑兵的声音有些哽咽。

这些话是对蕾缇希娅说的，同时也是对另外一个少女说的。意识到这一点，蕾缇希娅也忍不住流出了眼泪，她回答了一句"是的"。

就这样，他们结束了道别。

蕾缇希娅已经上了飞机，她一边隔着窗户看着外面的一小块天空，一边在思考。她想着齐格和圣女。

他们两个，要到什么时候才能重逢呢？到底是想象不到的遥远未来，还是出乎意料很近的未来呢？

唯一确定的只有一件事，就是那一天一定会来的。一定。

蕾缇希娅闭上了眼睛。与齐格有关的记忆，基本上都是作为圣女的时候发生的。

但是，只有一次。只有一天是他们两个交谈了。

"齐格先生，即使你不是御主，不是从者，不会使用魔术，就只是你自己，你也是个了不起的人。"

因为已经对齐格说过了这句话，所以完全、一点也不会有——哪怕是一丝的悔恨了。

　　明明应该是这样的。但是一想当时齐格吃惊的表情，赞同这句话的态度，不知道为什么就是会流下眼泪。

　　世界的变化是如此缓慢，以至于急性子的人类根本看不出来。即便如此，他还是认为，世界是在前进的。

　　就连自认为没什么变化的自己本身，总有一天也会改变吧。她祈祷那将会是一些好的变化。

　　过了五分钟，困意袭来。虽然蕾缇希娅动着脑子想再回忆起什么，但是脑子已经开始休息了。整理好的记忆——那些因为不是自己的记忆，被当作多余的东西舍弃的记忆——她从中拾起了一叶。

　　然后她突然明白过来，露出了笑容。

　　啊，那个人笑的次数——比自己以为的更多。

∞ ∞ ∞

　　总之，考列斯将所有的责任都推给了达尼克·普雷斯通·尤格多米雷尼亚。达尼克是一族的族长，也是数一数二的优秀魔术师，反抗他是不可能的。达尼克很快就召唤出了从者，所以其他人也只能唯唯诺诺地遵从他的指示——就是用了这样的借口。尤格多米雷尼亚事实上已经输给了魔术协会。考列斯经手的第一件工作，就是战后处理。

　　当然，事情不会到这里就结束。作为赔偿，尤格多米雷尼亚几乎需要交出迄今为止积累的所有研究成果和专利。

　　再加上，他们手上有一个被认为是魔术协会下一代王牌的男人，这算是唯一有利的材料了吧。

　　这个人充满自信地上阵，没想到居然还没开战就败退，这算是很丢脸的情况了，就当作战争根本就没有存在过吧——尤格多米雷尼亚接受了他的家族做出的提议。

　　尤格多米雷尼亚没有叛乱，魔术协会也没有讨伐过他们，就是这样……当然，这个想法还是太天真了。毕竟站在魔术协会的立场，尤格多米雷尼亚敢独立，就已经是需要被肃清的对象，需要将其家族的历史"变成零"。研究成果另当别论，加以监管也是必然的结局。

如此这般，本来就是用扭曲的方式组合在一起的尤格多米雷尼亚被强制解散了。

你们聚在一起是不被允许的，每个家族各自退回原本弱小并且正在衰退的时代去吧，就是这个意思。

考列斯爽快地接受了——尤格多米雷尼亚一族被抛弃到了历史的阴暗角落。考列斯是弗尔维吉家的魔术师，戈尔德是穆吉克家的炼金术师，都是要衰退的丧家犬家族。他们已经不能团结在一起了。

"哼。算了，总比被砍头示众好。"

"说得也是。"

生还的两个人，戈尔德和考列斯一起叹了口气。

老实说，就算用断头台砍了他们的脑袋，也没什么可抱怨的。最后他们救了那五个人，可以说是万幸了。

"话说回来，这样一来我们也完了。至少在我这一代，是不可能做出什么成绩了。"

"啊，是啊……魔术师本来就是这么回事嘛。"

"达尼克生前曾经这么说过：'机会来了。不过，能有机会就已经是过于幸运的幸运了。因为很多家族，连接触根源的机会都不会有。'也就是说，我们没有抓住好不容易得来的机会。"

"是啊，也就我们了。"

考列斯嘀咕着，戈尔德吃惊地看着他。考列斯没有把大圣杯具体的去向告诉任何人。魔术协会已经确认过，大圣杯完全从这个世界消失了。

那么看起来，齐格是顺利地做到了。

这个世界会继续。然后也会像螺旋一样盘绕，缓慢地前进吧。

前进——那才是人类的责任。

"那你要去时钟塔吗？"

听戈尔德这么问，考列斯点点头，耸了耸肩膀。

"就是那种素质不错的人质吧。虽然大概会被了解真相的人愚弄，但我在家里也习惯了，没什么问题啦。"

万幸的是，年龄方面也没什么问题。虽然最初的一年会受到监视，但是只要他老实一点就好——反正他也没想捣乱。

戈尔德露出了对他来说算得上是很抱歉的表情。

"你怎么办？"

"回去，重新教育我家的儿子，必须让他重新认识现实了。我们的家系，已经是全方面不可救药的丧家之犬了。成为胜利者已成为遥不可及的故事。"

先对他进行彻底的打击，如果这样之后他还是想做魔术师，就把自己懂的东西全教给他，完了就是等死了。

"要适度啊。"

"笨蛋，那可是我的儿子。只要没有被打垮，就会成为第二个我。"

"那可真是，有点像是噩梦了。"

杜尔在戈尔德的背后，一脸轻松地如此说道。戈尔德吓了一跳，回过头去看，考列斯已经忍不住笑倒了。因为他其实也有完全一样的感想。

戈尔德生气地抱着胳膊，愤然说道："哼。我先说好，这个城堡也会被接收。你们继续留下来，就会成为新主人的仆人。"

杜尔冷淡地瞪着戈尔德。

"我拒绝。再重新说服魔术师也太麻烦了。"

"这么说倒也是。那你们怎么办？"

听考列斯这么问，杜尔坐正了身子，回答道："有几个人想跟着活下来的你们。你们也要人手打杂吧。"

"我们可付不出多少工钱。"

"只要提供衣食住和基本的身份保障就行了。当然，也有人想跟随菲奥蕾阁下，她治疗双腿也要耗费不少时间吧。"

"嗯。那太感谢了，姐姐就拜托你们了。"

"交给我们吧。"

戈尔德从这两个人的对话里听出了一些让他不安的东西，他怀疑地问道："不，给我等一下。这里面应该没有我吧？没有吧？"

"你在说什么傻话。你家至少也得给我雇满五个人。"

"你觉得我有那么多钱吗？"

"你是炼金术师，自己去想办法赚钱。别忘了，你身为制造者，必须对我们负责。"

短暂的沉默之后，戈尔德长长叹了口气。

"还不如做噩梦呢。"

杜尔听他这么说，一脸轻松地点了点头。考列斯不禁产生了一个想法，这两个人其实还挺合拍的。

尤格多米雷尼亚是丧家之犬，只剩下残兵败将，今后就算有什么事情，情况应该也不会有什么好转了。

即便如此，还是有一件事——只有一件事，称得上是好事。

考列斯的亲姐姐，已经走上了其他的道路。

就在前不久，菲奥蕾开始感到双腿内部发热。这是魔术刻印大部分都被取走带来的影响吧。她学习的降灵术，不少都是为了能自然行走。

然后，在几乎完全失去了这些魔术之后——反而这么简单就能靠近"行走"这个梦想。

"好像人鱼公主。"

菲奥蕾因为不好意思没说出口的形容，被"黑"之骑兵直接说了出来。

作为得到双腿的代价，菲奥蕾失去了比什么都重要的魔术。

不能告诉家里人，她只能就此转身背离魔术的世界。

菲奥蕾有后悔，有依恋。但是，最后双腿能动的喜悦还是那么强烈。

抱着微小愿望的人类，可能就适合这种微小的结局吧。

"菲奥蕾大人，差不多是时候出发了。"

一个要跟随菲奥蕾的人造生命体向她低头示意。

"谢谢你。但是，这样好吗？"

那个人造生命体轻松地提出反问："您现在连魔术都不能正常使用，难道真的认为自己能做好所有事吗？"

"这个嘛……你说得也对。"

菲奥蕾嘀嘀咕咕地说着，好像不太服气。确实，她的双腿也只是感觉到发热而已。是不是真的能动，不检查一下也不知道。虽然魔术刻印带来的麻痹消失了，但也只是让她看到了希望而已。

只是希望……而这样的希望，正是让人类前进的原动力。考列斯也是因为抓住了什么东西，才能作为弗尔维吉家的子嗣，表现出与之相称的成长。

"不和弟弟道别吗？"

"不了，昨天已经道别过了。所以，我们走吧。"

从此以后，自己的人生与弟弟的人生不会再有任何交集了吧。作为魔术师的他，与作为普通人类的自己，目标已经不同了。

即便他们今后因为莫大的幸运重逢，也只是偶然，不会是其他任何情况——重逢之后，他们的道路也只会再次渐行渐远。

魔术师就是这样的。他们探求过去与未来，解析现在。

人类就是这样的。为了抵达看不见的未来而回顾过去，继续前行。

"早晚会到天上的。"

这是谁说的话，说的又是谁呢？

菲奥蕾挥去这些模糊的记忆，离开了米雷尼亚城堡。她乘上货车，回头看向自己生活过的城堡。

她看到了"黑"之弓兵在挥手。

"等等！"

菲奥蕾反射性地叫住了正准备出发的人造生命体。透过窗户再次看向城堡——当然，"黑"之弓兵不在那里。

站在城堡瞭望台上的是考列斯。失望、安心和喜悦，这些情感混杂在一起，菲奥蕾不知道应该做出什么样的表情。

但是，她知道有一件事是必须做的——菲奥蕾对着考列斯，轻轻挥了挥手。考列斯点点头，他们的道别就这样结束了。

少女和少年向着各自的道路迈出一步，接下来就要向着不同的方向前进了。

"对不起，我们走吧。"

菲奥蕾没有流泪，泪早就流干了。她心里只有奔向未知的喜悦——车子再次启动。城堡越来越远。弟弟越来越远。过去也越来越远。所有东西都越来越远。最后看不见了。所有记忆都变得淡薄。

虽然这让菲奥蕾有些难过，有些不安……但也仅此而已。

就这样，魔术师菲奥蕾·弗尔维吉·尤格多米雷尼亚死去了。她的名字没有留在历史上，像大多数魔术师一样消失了。

∞∞∞

伦敦　时钟塔

君主·埃尔梅罗二世正在自己的房间和洛克·贝尔费邦、布拉姆·纳泽莱·索菲亚利二人交谈。话题当然是刚刚得知结果的圣杯大战。

"作为结果来说，倒也不坏。"

洛克的话，让埃尔梅罗耸了耸肩膀。

"到底是不是真的这样呢？冬木的大圣杯又一次消失了。虽然我们一边旁观一边做好准备夺走大圣杯，但是大圣杯都消失了，也无从夺取了。"

"那可不是夺走，而是夺回，二世……不过，我们可能应该更积极一点介入吧。我们观测到了大圣杯启动带来的魔力波动。如果把这些信息加入正在构建中的圣杯里，也能提高复制成功的可能性吧。"

听说，有一些魔术师从三十年前，就开始尝试重现冬木的大圣杯。好几个平时对立的学科联手，好像最近突破了百分之四十的完成度。看来，洛克与这件事也有很深的关系啊。

"不过，为了实现愿望，去制造一个能实现愿望的东西，这种事也挺奇妙的。"

"远东不是有个成语叫作临阵磨枪吗？"

这个意思还是有点不一样的吧，埃尔梅罗虽然心里这么想，但是顾虑到满脸得意的洛克，他还是没有把话说出口。

"可是这次，魔术协会在圣杯战争里没有得到任何好处啊……就连圣遗物都丢失了大部分。"

布拉姆一脸阴沉地嘀咕着。对于拼命收集圣遗物的他来说，这个结局确实让人懊丧吧。

"索菲亚利讲师，下次你去参加圣杯战争怎么样？"

布拉姆的脸马上抽搐了两下。

"不、不了。我就算了。我们一族和圣杯战争的相性不太好。"

一旦提到这个话题，埃尔梅罗二世必然也会被牵扯进来。看着一起沉默的两个人，洛克坏心眼地笑着说："那么，谈话就到此结束吧。圣杯大战是我们魔术协会的胜利，但是大圣杯丢了——哎呀哎呀，只是往前走一步也很艰难啊。"

洛克说完这句话，就和布拉姆一起离开了。

埃尔梅罗点燃雪茄，长长地吐出一口紫烟——忽然一只胳膊压在了他的头上。

"话说完了吗？"

一声叹息。他虽然没有吓一跳，但也确实挺吃惊的。

"莱妮丝，你是什么时候来的？"

莱妮丝指了指堆起来的纸板箱。

"在你们开始谈话之前。"

就在这时，纸板箱忽然变了。那是特里姆玛乌——前几天刚取了名字的水银女仆。看来，如果是只改变表面，她已经可以毫无瑕疵地变成无机物了。一定是弗拉特那个笨蛋教她的吧。

"最后好像一点好处都没得到啊。布拉姆，活该。"

莱妮丝哈哈大笑。虽然埃尔梅罗家和索菲亚利家表面上维持着稳定的关系，但是如果有机会还是会互相拉对方的后腿。尤其是莱妮丝，因为索菲亚利家在埃尔梅罗家陷入困境时没有提供任何帮助，所以莱妮丝对他们恨入骨髓。

"说话别这么难听，他不是个坏人。"

"是啊。他真是个古典的魔术师。彷徨海啦，阿特拉斯院啦，真是笑死个人。"

"魔术师本来要说古典也算得上是古典，就像巴洛克音乐看不起文艺复兴音乐一样吧。"

"我倒是更喜欢齐柏林飞艇。"

莱妮丝刚轻声说完这句话，特里姆玛乌的头就突然开始猛烈摇晃，还唱起了《移民之歌》。

"啊，我都忘了。她现在有个功能，一提及乐队名字就会自动唱歌。"

"这是什么功能？你们的脑子里都是糨糊吗？"

这种过于自由的做法，让埃尔梅罗发自内心地嫌弃。他确定，这个功能肯定就是弗拉特·艾斯卡尔德斯加上的。于是，他决定给弗拉特的课题量增加二十倍——就在这个时候。

"嘿，教授。这是给您的东西。"

就在莱妮丝费尽千辛万苦想让特里姆玛乌停止演唱的时候，处在暴风眼中的人不失时机地出场了。

"哦，刚想到这笨蛋，这笨蛋就送上门来了，哥哥。"

"是啊，众望所归的笨蛋。"

莱妮丝笑着看走进门的弗拉特，埃尔梅罗则是恶狠狠地瞪着他。特里姆玛乌倒是顺利停下了歌唱，歪着头看向弗拉特。

"怎、怎么了？我今天还什么都没有做过呢！"

"哈哈哈哈哈。如果每天都有个信用度，从某种意义上来说，没有人比你更值得信任了。"

因为让埃尔梅罗感到胃疼的麻烦，大部分都是由弗拉特或者是他和另外一人组成的二人组带来的。

"咦,是这样的吗?我很高兴!"

弗拉特率直地接受了有点拐弯抹角的挖苦。他好像有点不好意思地红了脸,这让埃尔梅罗的太阳穴又开始抽痛了。

"算了,有送来的东西是吧。你没有打开吧?"

"哈哈哈,那当然。啊,经过解析,里面是短剑。"

"那就叫开过了,笨蛋。算了……只要没暴露就可以偷窥,像是什么坏心眼的女神会说的话。"

埃尔梅罗一边嘀嘀咕咕地抱怨,一边打开了东西。正如弗拉特所说,里面是短剑。当然,不是市面上能买到的那种,可能是手工做的吧。

莱妮丝看到箱子里有张纸片。

"里面有留言:'作为同在从者身上吃过苦头的同病相怜者,送上一点小礼物——狮子劫界离。'啊,后面还追加了一句'上面有毒,多加小心'。"

"是那个男人的伴手礼啊。"

原来如此,埃尔梅罗理解地点点头。唯一一个不知去向——大概是死亡了的雇佣魔术师,狮子劫界离。这是他送来的礼物。

埃尔梅罗和狮子劫界离也算不上特别有缘,最多也就是通过电话收过两三次汇报而已。

那狮子劫界离为什么要送东西给埃尔梅罗呢……纸上的内容就是全部原因了吧。他好像也因为从者吃到了苦头。不过,从吃苦头的程度上来,埃尔梅罗觉得自己也不会少。

"是送给您用吗?"

弗拉特兴致勃勃地想伸手去拿短剑——被埃尔梅罗喊了一声"别碰"给阻止了。

"是让你卖掉吧。"

这次是莱妮丝想去拿,也被拦住了。埃尔梅罗把整个箱子都放进盒子里,谨慎地上了锁。然后他才回过头,清了清嗓子。

"不是用的也不是卖的,是让我仔细收藏起来的。"

对方也知道埃尔梅罗的财务情况,说不定是特意给他送来了值钱的东西。但是，即便真是如此，埃尔梅罗也不准备卖掉。

那是因为，弗拉特搞不好早晚会被卷入纠纷之中，又或许是埃尔梅罗被牵涉进去。说不定，也有可能是莱妮丝。

到了那个时候，这把短剑就有用了——也许吧。无论如何，既然没有什么紧急事态，就没有必要拿来用或者出售。

"老师真是一个爱惜东西的人啊，大小姐。"

"不是哦。他只是吝啬而已。还是一个不上不下的收集狂。不是那种所有东西都放在收集名单里的家伙，而是只要有一些就满足了。因此擅长收拾，那种整洁的感觉还是挺厉害的。"

弗拉特和莱妮丝故意在埃尔梅罗身后用他能听到的声音咬耳朵。

"好烦人，安静点。"

埃尔梅罗瞪着两个人，但是弗拉特和莱妮丝都已经习惯了。双双举起手回答"是"——却完全没有反省的态度。而且不知道为什么，特里姆玛乌也跟着举起了双手。

一声叹息。埃尔梅罗给弗拉特增加了二十倍的课题，又把莱妮丝和特里姆玛乌打包扔了出去，才深深坐进椅子里闭上了眼睛。

——朦胧中，他看到了征服王的背影。征服王正以遥远的"世界尽头之海（俄刻阿诺斯）"为目标。

无论怎么追赶，也不可能比让征服王骄傲的爱马布西发拉斯跑得更快。即便如此，他也可以笑着说没关系，反正只要抵达最远的地方，就一定能追得上征服王。

只有一件最重要的事，不要迷失。那就是持续奔跑。

自己现在是在奔跑吗？如果没有，只要是向前进也可以……

埃尔梅罗茫然地思考着这些，不知何时睡着了。

五分钟之后，特里姆玛乌和莱妮丝轻轻打开门锁，偷偷摸了进来。看到埃尔梅罗安稳地睡着，莱妮丝呵呵地笑了。

特里姆玛乌指了指架子，大概是在问"要不要把短剑拿走"。

莱妮丝摇摇头，否定了特里姆玛乌的猜测。

"偶尔让哥哥休息一下也是妹妹的义务。给我泡杯红茶吧，特里姆玛乌。"

莱妮丝用余光看到特里姆玛乌点了点头，她自己则看着埃尔梅罗毫无防备的睡脸，脑子里在烦恼，接下来要搞什么恶作剧了。

∞∞∞

这是发生在深夜的事。

圣杯大战的胜利者，走过最初成为战场的那片平原。现在这里没有人造生命体的尸体，也没有魔偶的碎片。一切都变得整洁，崭新。

这片大地平坦，有些无趣。这里曾经是战场。

仔细分辨还能看得出，划在地面上的痕迹——那是剑士他们的斩击留下的。谁都不会相信，这里曾经有过战斗。

脚下的土很松软，还有微弱的青草气息。无论过了百年还是千年，这个味道都不会变啊，"黑"之骑兵莫名有些寂寞地想。

可能因为这里不是都市圈，也没有人类聚集居住吧。他感觉夜空中的星星分外明亮，也没有感觉到寒意——啊，因为是从者嘛，这不是理所当然的吗？

戈尔德、考列斯、菲奥蕾、人造生命体，大家都离开了。考列斯还给"黑"之骑兵安排了身份。

无论你接下来想去哪里，身份都是必须的——考列斯是这么说的。

是啊……接下来，"黑"之骑兵应该去哪里呢？

他的目的已经达成了。虽然保护御主这个职责算不算是完成了还存疑，但齐格最后对骑兵笑了，而且齐格也还活着——骑兵现在还在这里，就是齐格活着的证据。

骑兵觉得，御主和从者的关系，真的不可思议。

原本都是被侍奉的王、将军、英雄，成为了被魔术师驱使的使魔。御主是通过令咒获得了成为御主的资格。但是，最重要的一点，其实是如果没有御主，从者是无法存活的。

就像没有人民的王算不上是王。

没有御主的从者，也称不上是从者。

那么，现在的我又算什么呢——"黑"之骑兵迈着软绵绵仿佛要飘在空中的脚步，故地重游。

他脑子里一直回荡的，是齐格在大圣杯面前说过的话。

齐格让骑兵要加油，是为什么要加油呢？骑兵看着闪亮的星星，拼命地思考，他知道自己的脑子不怎么好。

所以，只要比一般人多思考十倍——就一定能找到应该做的事吧。

然后骑兵突然想到一件事，大概是应该先开始去做比较好。

"嗯，那就到处走走吧？"

比如德国的沃尔姆斯。那个德国都市是齐格飞长眠的地方，也是尼伯龙根之歌发生的舞台。

比如法国的栋雷米。现在好像改名叫栋雷米·拉·皮塞勒了，似乎是那个裁定者的出生地，去看看也不错吧。

德国、希腊、日本，有好多地方可以去。

到了最后，如果再回到这里，说不定就能知道自己应该去做什么了吧。

如果还找不到，那就再继续想。反正自己应该有足够多的时间——

"很好，我决定好目标了！"

骑兵张开双臂，仰望夜空。在比星星更远的地方，他的御主就在那里。只要御主还没有切断因果线，就等同于命令他"活下去"。

不是仅仅存在，而是要与各种各样的人接触交流并向前走。

那么，他就要活着，就像他之前一直做的那样。

因为自己很愚蠢，所以可能会犯错。

因为自己很弱小，所以也可能会失败。

即便如此——即便如此，反正自己是个笨蛋，也不会一蹴而就。

在看不到未来的隧道里，也只能抹着眼泪匍匐前进。

"御主！远在天空另一边的，我的御主！不管你能不能看见，我觉

尾声

得你多半是看不见吧，我都要在这里发誓！我改变不了这个世界，也不能让人类产生变革！但是，我会加油的！就像你最后的命令一样，我会加油的！所以，你只要悠闲地等着我就行了！"

阿斯托尔福开始奔跑。

他相信自己总有一天能追上天际的星星。即便这需要一千年，他也完全不会介意吧。

因为即便是在看不到未来的隧道里，他也知道等待他的是什么样的未来。

Apocrypha

那么，接下来说说外典（Apocrypha）的结局吧。

说实话，这是对远方的巡礼。

那不是什么险峻的地方，就连去路的线索也没有。如果是在不同的大陆上，就迈开双脚。即便是不同的维度，也能想办法。但是，如果是世界的内侧，那就毫无头绪了。

但是，在强大坚定的意志面前，这点烦恼没有任何意义。

找出连通的方法需要耗费漫长的年月，为了能抵达那里，需要更长的年月。

可是，我已经约定好了。

不，其实有没有约定也不重要。我只是想再见。就算被讨厌、被憎恨也没关系。

与此同时，我也有自信，如果真的被讨厌或者被憎恨了，那我一定会哭出来。

在我的内侧，有两方力量在争斗。

为了确定这到底是什么样的感情，我不断巡礼。

我想起了匆匆忙忙的数日和平静的两天。这等于是一种执着，可以归类为妄念邪念。就像人走在泥泞的路上，脚上全是泥。

因为那可是怨念啊。是邪恶的，必须被驱除的那类东西。

可是，我心里却莫名很轻松。"明明那就是答案，为什么你一直没能发现呢？"好像有个得意忘形的人这样对我说过。这句话偏偏是那家伙说的，让我有点生气。

还是有不可思议的事情发生啊——那么，就继续旅程吧。

我在各种地方游历。穿过所谓地面的地面去探求。即便什么也没有找到，也不觉得苦。

我像一个被诅咒的水手，只能永远彷徨。我觉得这样也无所谓。即便要永远彷徨下去，也是我应得的惩罚。

就连这样的想法,都是多余的。

追根究底,我的想法很单纯。

我就是想见他。只是想见他。希望能完成重逢的约定,紧紧握住他的手——

确定这份像个小瓶子一样在海上漂浮的感情,到底是什么。

∞·∞·∞

总之,这是一个不存在的地方,一个不存在的世界。

这里没有所谓的时间概念,没有早晚,也没有太阳和月亮。只有淡淡的极光照亮了这片天空。

这个世界里,没有变化。广阔的海面没有波浪,天空也没有流云。住在这个世界的龙,因为看不到星月而感到一丝寂寞。

所以龙闭上双眼。只要闭上眼睛,便会看到令人怀念的过往。

即使重复几千遍几万遍也不会腻烦,值得骄傲的过往。

龙在等待,某个早晚会来到这里的人。那是人类必将登上天空的证据。

如果是自己认识的人,那就更好了——他抱着这样的期待度过每一天。

虽然说是每一天,但是过去十年百年,他也不会有什么变化。龙的身体,对时间的流逝并不敏感。

他既不会饿也不需要睡眠,只是浑浑噩噩地过着日子。幻兽是一群介于存在于不存在之间的模糊物种。无论是什么状态,至少它们中没有一个喜欢到自己身边来,老实说这可太好了。

他只是在等待。

并不辛苦,只是有些无聊。名为希望的惩罚,名为绝望的福音。

他只是在被追赶。

从那以后,有多少纷争,多少可叹之人出生,多少无辜的生命死亡呢?

一想到这里，他就怀疑自己做错了。想对早已不存在的天草四郎时贞谢罪。与此同时，也对他产生强烈的共情。

——我可能做错了，说不定犯下了致命的错误，说不定人类根本没办法再前进一步。

这种想法，就像毒一样侵蚀着他。

正因如此，天草四郎时贞才会寻求简便的拯救——只要自己一个人站出来就可以的世界。

那是对其他人的不信任。是所有英雄都会陷入的陷阱。正是因为对自己的优秀之处没有自觉，才会存在这种无所适从的感情。

每次他都会想起圣女所说的相信。即便在那样绝望的时刻，不屈的圣女还是会说相信。

原来如此，他想，这是必然的吧。

他是平凡的。他几乎没有任何比其他人优秀的地方，反倒是比其他人糟糕的地方，用两只手的手指也数不完。他相信自己只是受到了幸运的眷顾。

正因如此，龙才相信。

如果连这样的自己都能抵达这里，那么一定会有不知道是谁的人也能来到这里。

所以，他能一直等待。

人类平凡、平等，经历无数出生与死亡。

愚者一边怀抱着不断下调的梦想，一边为了能前进而流泪。

只有这些人，才能有力地迈出一步。不是靠伟大的英雄拉上一把，也不是靠圣人在背后用力去推。而是仅仅凭借他们的意志，向前迈出一步。

他相信，人类必定有这样的希望。

那些人类，总有一天——

"醒一醒。"

有个声音。不是幻听,也不是幻象,而是确实有人来到了这里。

虽然他相信总有一天会有人来,但还是难以置信地睁开眼睛。看到眼前的人,龙笑了。

她按照约定,来到了这里。

龙眯起眼睛,看着与初见时一样的她。这样一来,龙的职责终于完成了。不变的世界开始运转。对着自己伸出的那只手,和以前一样。

他握起了她的手——他的手,当然也和当初一样。

"啊,果然就像那人说的一样。"

双手交握让少女的眼中泛起了泪光。

少女好像终于能理解,在过去那遥远的日子里,自己怀抱的到底什么样的感情。那明明应该是虚幻的、脆弱的、就像泡沫一样早就消失的感情。

而她之所以一直、一直珍重地保存着这份感情——大概,就是为了这个瞬间吧。

"绝对不会再让你独自一人了。"

实在是让他等得太久了。被强加的永远,被迫背负的永远——就算受到惩罚也是理所当然,就算挨骂也是没办法。

但是,少年当然不会那么做。不仅如此,他还紧紧握住少女的手,抱歉地对她说:"这段旅程很漫长吧?"

"没有你的旅程那么长。"

"我只是在这里等着有人来而已,很悠闲的。虽然有点无聊,但不辛苦。因为你说过会来啊。"

少年很自豪地说。那不是因为对方遵守约定而产生的喜悦,而是因为自己遵守了约定而产生的喜悦。因为对他来说,少女会遵守约定好像根本就是理所当然的。

少女忍住不发出呜咽。他们双手紧握,感受着喜悦。

所有的一切,都还是那天离开时的样子。少女有些怀疑,这样真的好吗?

她有罪，莫大的罪。因为她不在，他被迫背负了沉重的宿命。

但是，他还是像那天一样。

她觉得自己从那天开始，也没有过任何变化。就连她都觉得自己就是一个迟钝到不可救药的乡下姑娘——

"谢谢你，真的，谢谢你。"

明明想说的话有那么多，少女却只能说出这一句。她的胸口被填满了，除了感谢的话，都纠结在一起。

少年理解地点点头，好像这一句话就能表达所有感情一样。

然后，少年说："好了，那我们出发吧，我们现在已经不需要留在这里了吧？"

少年在世界的内侧停留了有如永远那么久的时间，现在却如此轻松地说道。

仿佛这永远的时间只是途中短暂的休息。即使已经开始了，那也只是刚刚开始。

原来他是这样想的吗？他还想继续向前进。少女对此感到吃惊，也有难以抑制的喜悦。

死者是静止的生物，所以只能一成不变。

生者因为在静止的世界，所以无所事事没有变化。

少女露出微笑，决心再不会放开紧握的手。

少女好像在说什么无关紧要的小事一样。在这段漫长旅途的终点，把她终于确定的感情说出了口。

"我，喜欢你。"

少女露出的笑容，就像盛放的鲜花一样，她说出了心中所想。

她握着一脸吃惊的少年的手，没有等待答案就迈步向前走。他们已经抵达了一段旅程的终点，所以要开始下一段旅程了。

"好啦，我们走吧。新的星星（世界），还在等着你。"

听少女这么说，少年有点不好意思地点了点头。

两个人走了出去。
游历星际的旅程,就此开始。

后 记

我总觉得，完结后写后记，多少有些像在深夜写情书。如果作品本身是二次创作类型的，就更是如此。

想必事后翻阅会觉得羞耻。明明没喝酒，却像喝醉了一样写下这篇后记，但我觉得有这感觉就对了。哎呀，好害羞，好害羞。

Fate/Apocrypha到这里就完结了。虽然活下来的人可能还会继续战斗，但那又是另外的故事了。我现在觉得所有内容都写完了。说不定以后再回顾，会有"这里那样写就好了""那里这样处理就好了"的后悔之情，那都另当别论——我现在已经非常满足了。

Fate/stay night毫无疑问是可以在美少女游戏史上留名的作品。对我自己来说，也是喜欢了十年以上的作品。

在Saber线为剑士的真正身份吃惊，在凛线为弓兵最后的话落泪，在樱线被卫宫士郎的决定震撼。正因为这些经历，才有了今天的我。

也许Fate/stay night对我来说，正是永不终结的梦，是永远无法触及的那颗星。

所以，时至今日我有时候还是会怀疑，写Fate/Apocrypha这件事会不会只是我的一个梦。梦醒了之后，我只是一个普通的粉丝，只是一个仰望那束光的人而已。

这两年里，我每天都像是变成了蝴蝶，在快乐地飞舞着。

Fate/stay night的TV动画现正热播（本书发售时第一季应该结束了），还公开了新动向——将在智能手机上发行新作品Fate/Grand Order。

Fate，或者说奈须蘑菇所创造的世界正在无限地开疆拓土，Fate/Apocrypha也只是在这个世界里游玩的一个作品而已。

虽然这部作品确实是TYPE-MOON BOOKS旗下发售的作品——同时也只是外典，是对奈须蘑菇描绘的TYPE-MOON世界的二次创作。

所以，希望大家能尽情享受这个世界。通过思考设定、写成文章、画成图画……通过二次创作展示"我所理解的Fate"。希望各位都能像虚渊玄大哥一样高声喊出"我最喜欢Fate了"。

例如，成田良悟的Fate/strange Fake预计会在本作之后发售（漫画版也会和小说版同一天上市，太棒了）。故事的舞台在美国，虚假的圣杯战争。已经有人看过PV了吧。还有三田诚的《君主·埃尔梅罗二世事件簿》也会在同一天发售，是以埃尔梅罗二世为主角的魔术推理小说！我对这两部作品都很期待，真是难分伯仲。还有樱井光（另一个名字是樱井·鬼畜·光）写的《Fate/Prototype 苍银的碎片》，正在Comptiq上连载中，广受好评。可见，各位都在用各种各样的形式，描绘并展示"我所理解的Fate"。

我希望能看到更多人展示"我所理解的Fate"，体会在这个世界里游乐是多么快乐的事。如果我的作品也能让大家沉浸其中，那就更荣幸了。

在最后，我要再次对奈须蘑菇、武内崇、TYPE-MOON的诸位，在魔术相关考证上帮了大忙的三轮清宗，协助翻译莎士比亚内容的海法纪光，为Fate/Apocrypha Online版提供设定和原画的诸位，以及一直为这部作品创作插画的近卫乙嗣，致以深深的感谢。

这是漫长的旅程。在"Fate"这一重压下，虽然我一次又一次跌倒，但也成功走到了作品完结。

能将一个小小的点子写成一部全五册的作品，除了意料之外的幸运，不做他想。如果这份幸运能以一个完整的形态——成为让大家感到有趣的作品，就好了。

希望大家都能看得尽兴！

东出祐一郎

原著名：《フェイト/アポクリファ Vol.5「邪竜と聖女」》，
著者：東出祐一郎，绘者：近衛乙嗣，日版设计：WINFANWORKS
Fate/Apocrypha 5
©TYPE-MOON
First published in Japan in 2014 by KADOKAWA CORPORATION, Tokyo.
Simplified Chinese translation rights arranged with KADOKAWA CORPORATION, Tokyo.
Translation copyright ©2024 by Guangzhou Tianwen Kadokawa Animation & Comics Co.,Ltd.
未经出版者预先书面许可，不得以任何方式复制或抄袭本书的任何部分。
著作权合同登记号：01-2023-2509

图书在版编目（CIP）数据

Fate/Apocrypha. 5, 邪龙与圣女 / (日) 东出祐一郎著；(日) 近卫乙嗣绘；tomo译. -- 北京：北京工艺美术出版社, 2024.2
ISBN 978-7-5140-2663-4

Ⅰ.①F… Ⅱ.①东…②近…③t… Ⅲ.①长篇小说－日本－现代 Ⅳ.①I313.45

中国国家版本馆CIP数据核字(2023)第106462号

出 版 人：夏中南	装帧设计：黄悦怡
责任编辑：周 晖	责任印制：王 卓

法律顾问：北京恒理律师事务所 丁 玲 张馨瑜

Fate/Apocrypha 5 邪龙与圣女
FATE/APOCRYPHA 5 XIELONG YU SHENGNV
[日] 东出祐一郎 著　　[日] 近卫乙嗣 绘　tomo 译

出　　版	北京工艺美术出版社
发　　行	北京美联京工图书有限公司
地　　址	北京市西城区北三环中路6号　京版大厦B座702室
邮　　编	100120
电　　话	（010）58572763（总编室）
	（010）58572586（编辑室）
	（010）64280045（发　行）
传　　真	（010）64280045/58572763
网　　址	www.gmcbs.cn
经　　销	全国新华书店
印　　刷	中华商务联合印刷（广东）有限公司
开　　本	889毫米×1270毫米　1/32
印　　张	9.75　插页10
字　　数	300千字
版　　次	2024年2月第1版
印　　次	2024年2月第1次印刷
定　　价	49.00元

版权所有　侵权必究　如有印装质量问题，请致电：020-38031253
本书为引进版图书，为最大限度保留原作特色，尊重作者写作习惯，酌情保留了部分外来词汇。特此说明。